TARA DUNCAN Le Dragon Renégat

타라 덩컨

드래곤의 배반 ④ 상

TARA DUNCAN, Le Dragon Renégat
by Sophie Audouin-Mamikonian

Copyright© Editions Flammarion, Paris, 2006
Korean Translation Copyright©SODAM Publishing Co., 2007
All rights reserved.
This Korean edition was published by arrangement with Editions Flammarion, (Paris)
through Bestun Korea Agency Co., Seoul

이 책의 한국어판 저작권은 베스툰 코리아 에이전시를 통해 저작권자와의 독점계약으로 소담출판사에 있습니다.
저작권법에 의해 한국 내에서 보호를 받는 저작물이므로 무단전재와 무단복제를 금합니다.

TARA DUNCAN Le Dragon Renégat

타라덩컨

드래곤의 배반

펴 낸 날 | 2007년 7월 25일 초판 1쇄
         2017년 11월 20일 초판 20쇄

지 은 이 | 소피 오두인 마미코니안
옮 긴 이 | 이원희
펴 낸 이 | 이태권
펴 낸 곳 | ㈜태일소담
         서울시 성북구 성북동 178-2 (우)136-020
         전화 | 745-8566~7 팩스 | 747-3235
         e-mail | sodam@dreamsodam.co.kr
         등록번호 | 제2-42호(1979년 11월 14일)

ISBN 978-89-7381-959-1 03860
     978-89-7381-857-0 (세트)

● 책 가격은 뒤표지에 있습니다.
● 잘못된 책은 구입하신 곳에서 교환해드립니다.

www.dreamsodam.co.kr

TARA DUNCAN Le Dragon Renégat

타라 덩컨

드래곤의 배반 4 상

소피 오두인 마미코니안 지음 | 이원희 옮김

소담출판사

나의 나날을 변함없이 새록새록 즐겁게 만들어주는
사랑하는 남편 필리프, 사랑하는 딸들 디안과 마린에게 이 책을 바친다.

— 소피 오두인 마미코니안

이전 줄거리

:: 『타라 덩컨 1』, 「아더월드와 마법사들」 ::

　타라 덩컨은 자신의 탄생에 관한 비밀을 모른 채 프랑스의 타공 마을에서 할머니와 평화롭게 살고 있다. 어느 날 갑자기 나타난 마지스터의 공격으로 할머니 이사벨라가 중상을 입게 되면서 타라는 자신이 마법사라는 것과 아마존 정글에서 바이러스에 감염되어 돌아가신 것으로 알았던 어머니 셀레나가 살아 있다는 사실을 알게 된다.

　한편 마법의 세계를 지배하고, 마법 능력이 없는 인간들을 노예로 만들겠다는 야망에 불타는 마지스터는 악마의 힘을 지닌 사물들을 얻기 위해 타라를 납치하려고 혈안이다. 영문도 모른 채 마지스터의 끈질긴 추격을 받는 12세 소녀 타라는 영생하는 마법을 사용하다 잘못되어 사냥개로 변한 증조할아버지 마니투와 마법의 행성 아더월드로 피신한다.

　아더월드의 랑코비트라는 나라에서 살게 된 타라는 페가수스와 정신적으로 결합되는 놀라운 경험을 한다. 아더월드는 수많은 종족의 마법사들과 수시로 풍경을 바꾸는 살아 있는 궁전, 뱀파이어, 키마이라, 하르퓌아, 유니콘 같은 전설의 동물들, 악마…… 등이 버젓이 활개를 치는 무시무시한 세계지만, 다행히 타라는 지구의 친구 파브리스, 공주의 신분인 무아노, 어린 도둑 칼리반 달 살란, 난쟁이 파프니르, 하프엘프 로빈 등을 만나면서 신기하기 이를 데 없는 마법의 세계에 빠져든다.

　데미데루스의 직계 후손인 타라와 오무아 제국의 여제 리스베스만 악마의 힘을 지닌 사물에 접근할 수 있기 때문에 마지스터는 타라를 납치한다. 그러나 소녀 마법사는 친구들의 도움으로 억류되어 있던 어머니를 구하고, '실루르의 옥좌'를 파괴한다.

　마지스터는 사라지기 직전 죽은 것으로 알고 있는 타라의 아버지가 사실은 오무아의 황제 단비우 탈 바르미 압 산타 압 마루이며, 따라서 타라가 아더월드의 오무아 제국을 계승할 후계자라고 밝히는데…….

:: 『타라 덩컨 2』, 「비밀의 책」 ::

　칼이 살인죄로 고소되어 감옥에 갇히자 타라는 할 수 없이 아더월드로 돌아간다. 땅신령들이 흉악한 마법사에게 억류된 식구들을 구해달라는 조건으로 칼을 탈옥시킨다. 그러나 땅신령들의 함정에 걸려든 칼이 치명적인 벌레에 감염되었기 때문에 타라와 친구들은 악당 마법사와 맞서 싸울 수밖에 없다. 마침내 문제의 마법사를 굴복시키고 땅신령들을 구하지만 칼의 무죄를 증명하기 위해서는 악마들의 세계 림보에 있는 조각상 재판관이 있어야 한다. 죽음을 무릅쓴 모험 끝에 그들은 목적을 달성하고 무사히 아더월드로 돌아온다.

　그러나 이번에는 불과 며칠 사이에 아더월드를 정복한 영혼 약탈자의 기상천외한 공격에 맞서야 한다. 타라의 목숨이 위험해지자 마지스터가 그 싸움에 개입하게 되고, 드래곤으로 변신한 타라와 마지스터는 서로 협력하여 영혼 약탈자를 물리치기에 이른다. 일단 영혼 약탈자를 제거한 뒤에 마지스터는 림보로 홀연히 사라지고, 타라는 마지스터가 죽었다고 생각한다.

한편 자식이 없는 오무아의 여제는 타라가 자신의 후계자라는 걸 알게 되고, 타라를 아더월드로 데려가겠다고 주장한다. 거절하면 지구가 위험에 처하게 되는데…….

::『타라 덩컨 3』, 「저주받은 왕홀」::

폭탄 테러로 어머니가 부상당했다는 소식을 듣고 황급히 아더월드로 돌아간 타라는 림보로 영원히 사라졌다고 믿었던 상그라브들의 보스 마지스터가 돌아왔음을 알게 된다.

공간이동의 문 폭발 사고, 도서관의 좀비 살해 사건 등 테러 행위와 이상한 사건이 잇달아 발생하는 가운데 타라는 오무아의 궁전에서 공식적으로 여제 후계자 수업을 받기 시작한다.

여제를 함정에 빠뜨려서 악마의 힘을 지닌 사물들 중 '저주받은 왕홀'을 손에 넣은 마지스터는 아더월드에 있는 모든 마법사의 능력을 빼앗아버린 데 이어서 악마 군단을 앞세워 오무아 제국을 침략하고 드래곤들을 몰살하겠다고 선전포고한다.

여제와 황제가 포로로 잡혀 있기 때문에 타라는 여제 후계자로서 오무아 제국과 아더월드를 지키기 위해 또다시 온갖 위험을 무릅써야 한다. 할 수 없이 타라는 각자 조국으로 돌아가 있는 친구들을 오무아로 불러들이고 의문의 사건들에 얽힌 미스터리를 하나씩 풀어나간다. 그리고 마지스터가 심복인 여자뱀파이어와 스파이를 궁전에 심어놓았음을 알게 된다.

타라는 이번에도 하프엘프 로빈, 지구소년 파브리스, 면허 받은 도둑 칼리반, 난쟁이 파프니르, 개로 둔갑한 증조할아버지 마니투, 특히 놀라운 기지를 발휘한 '야수' 무아노의 도움, 그리고 상그라브들의 감옥에서 탈출한 스너피가 전해준 정보 덕분에 마지스터와 가공할 만한 악마 군단을 물리치기에 이른다.

한편 타라는 자신의 열네 번째 생일파티를 엉망으로 만드는 것을 시작으로 말썽을 일으키고 다니는 쌍둥이 남매가 놀랍게도 친동생들이라는 사실을 알게 된다.

여러 가지 이유로 타라의 유전자가 조작되었을 거란 의혹이 제기되면서 여제는 정밀분석을 지시한다. 로빈은 마침내 사랑을 고백하기 위해 타라를 만나러 가지만 소녀의 방은 텅 비어 있다. 후계자가 사라진 것이다…….

::『타라 덩컨 4』, 「드래곤의 배반」::

이 이야기는 이제부터 읽어야지요! 그럼 친애하는 독자 여러분, 재미있게 읽기 바랍니다. 준비하시고…… 읽기 시작!

TARA DUNCAN Le Dragon Renégat

타라 덩컨
드래곤의 배반 상 | 차례

1장	드래곤	14
2장	양피지	25
3장	지구에서는	30
4장	하르퓌아	52
5장	금빛 고리무늬	67
6장	임무	75
7장	과거의 그림자	101
8장	아더월드의 폭탄	118
9장	살아있는 돌의 죽음	151
10장	살인과 음모	156
11장	런던 여행	169
12장	라인의 황금	195
13장	비밀 문서	231
14장	파괴된 세상	239
15장	스톤헨지행 기차	252
16장	비마들의 성	278

✦ 아더월드의 용어 해설   293

● 일러두기
1. 친위대장 산디아르의 이름을 크산디아르로 수정합니다.
2. 티라니크의 직책 하원의장을 수상으로 명칭을 수정합니다.
3. 이 책의 본문에 표시된 * 부분은 뒤페이지의 '아더월드의 용어 해설'에 자세히 설명해두었습니다.

드래곤의 배반 상

드래곤

이빨이 사람 팔뚝만한 자와 맞섰을 때
공명정대하게 이기는 방법

*

인간인가 동물인가, 정체불명의 존재는 손가락 살갗을 뚫고 나오는 갈퀴발톱을 느끼면서 떼끼, 들어가! 하는 얼굴로 노려봤다. 갈퀴들이 마지못해 오므라들면서 손톱이 나타났다. 암…… 그래야지. 지금 변신하면 절대로 안 되는데 억제하기가 힘든지 초조한 기색이 역력했다.

존재는 야릇한 미소를 흘리면서 머리를 쳐들었다. 유전학자 블루르 마브리는 등을 돌리고 있어서 전혀 알아채지 못하고 있었다. 온갖 실험도구로 복잡한 연구실에서 학자는 구시렁거리며 안절부절못했다. 독촉 주문에 걸린 시험관들이 부산을 떨며 찰그랑거리고, 뿔처럼 생긴 해괴한 것들이 이상한 액체를 교환하면서 반짝이는 아라베스크 무늬를 만들고 있었다. 무언가 중요한 것, 예를 들어 팔이나 머리를 잃고 싶지 않다면 궤적을 그리며 떠다니는 위험한 액체를 피하는 것이 상책이었다.

날아다니는 카메라 스쿠프들이 이 실험실을 비롯하여 오무아 황궁에 있는 열 개쯤 되는 비밀 연구실과 중요한 곳들을 감시하고 있었다. 그러나 이 실험실은 일루시우스 주문에 걸려 있어서 스쿠프는 있으나 마나 했다. 동그란 램프 안의 브리앙트*도 잠들어 있고, 날개도 조는지 희미한 빛을 깜박일 뿐이었다.

존재를 향해 돌아선 유전학자는 기진맥진해 보였다. 붉은 머리털의 유전학자가 눈을 비비면서 동그란 돋보기 안경을 고쳐 썼는데 펑크 스타일의 부엉이가 연상되었다.

"그래서요?" 인간이 아닌 존재가 물었다.

"아연실색할 따름이오." 학자는 흥분한 어조로 말했다. "이 조직 샘플은 정상이 아니에요. 전혀! 도대체 이걸 어떻게 해냈습니까?"

존재는 눈살을 찌푸렸다.

"그건 당신이 상관할 일이 아니오. 그들의 마법 능력이 절정에 이르렀다는 뜻이오?"

"네." 학자는 부엉이 눈을 끔벅거리면서 단언했다. "내가 발명한 글로비노마지코그라메르 덕분에 그들의 혈액에 함유된 마법의 양을 측정할 수 있었지요."

"그래서요?"

"지구의 인간들이 만든 원자폭탄을 아십니까?"

"아는데 뜬금없이 원자폭탄은 왜요?"

"당신이 분석을 의뢰한 두 인간의 마법 능력과 비교하면 원자폭탄은 폭죽에 불과하지요."

존재는 기뻐서 어쩔 줄 모르는 얼굴로 한 걸음 다가섰다.

"이럴 수가! 드디어 내가 목표한 바에 이르다니!"

존재의 반응에 학자는 침을 꼴깍꼴깍 삼켰다. 툭 튀어나온 울대뼈가 마구 움직이고 있었다. 흥분한 학자의 머릿속에서 야망과 양심이 다투고 있었다. 학자는 존재에게 협력하는 대가로 젠드라의 별을 손에 넣을 수 있다. 아더월드의 마력을 지닌 석영으로 만든 젠드라의 별, 그토록 갈망하던 보물을 갖게 되면 마법의 기원을 밝히고 마법을 과학적으로 연구할 수 있다. 더 이상 불가능이란 없게 되는 것이다. 최고 마구스들이 고대의 신들과 동격이 될 수도 있다. 그러나 야망이라는 이름의 제단에 이 두 인간을 제물로 바쳐도 되는 것일까? 머릿속으로 한참을 싸운 끝에 불행인지 다행인지 양심이 간발의 차이로 이겼다.

한숨을 내쉬는 학자의 좁은 어깨가 축 늘어졌다.

"미리 알려두는데 한 가지 문제가 있습니다. 마법 잠재력이

100제곱으로 증대했어요. 이 상태로 내버려두면 결과는……."

 존재는 거친 몸짓으로 유전학자의 말을 끊어버렸다.

 "결과에는 관심이 없소. 나는 그들의 마법 능력이 절정에 이르렀다는 것을 확인하고 싶을 따름이오."

 "엄청난 능력이지요." 학자는 하는 수 없이 손에 쥐고 있는 문서를 가리켰다.

 학자는 잠시 뜸을 들이다 힘주어 말했다.

 "그러나 그 능력 때문에 그들은 죽을 수도 있습니다. 극도로 쇠약해지고 있어서……."

 은빛 줄무늬 마법복 두건의 그림자에 가려 얼굴이 보이지 않는 존재가 어깨를 으쓱하는데 그것은 분명히 인간의 몸짓이었다.

 "그건 중요하지 않소. 그 아이들이 죽는다고 해도 내 계획에 차질이 생기는 것은 아니니까."

 "사내아이는 그렇다 쳐도 타라틸랑넴 덩컨은?" 학자가 물었다. "그 아이는 사정이 다릅니다. 우리 제국의 후계자예요. 당신은 그럴 수……."

 "내가 왜 그럴 수 없다는 거요?" 존재는 부드러우면서 냉기가 도는 목소리로 반문했다. "그 아이들은 하수인에 불과하단 말이오. 나는 수세기 동안 그 아이들의 게놈(생물의 생존에 필요한 기본수로 이루어지는 한 쌍의 염색체 — 옮긴이)을 배양해왔소. 그런 이유가 내 결정에 제동을 걸 수 있다고 생각하시오?"

흠, 이거 재미있군, 아주 재미있게 됐어. 그 생각을 하자 존재는 흥이 절로 났다. 그는 난감해서 어찌할 바를 모르는 블루르 마브리를 유심히 살피면서 의중을 떠보기 시작했다.

"아이들이 얼마나 더 살겠소?"

"치료를 받지 않을 경우에 말입니까? 짧으면 며칠, 길어야 2주일입니다. 예전에 폭발했던 행성 레안드라의 경우를 예로 들면……."

그러나 한 가지 생각밖에 없는 존재는 귓등으로도 듣지 않았다. 그는 학자가 듣거나 말거나 버럭버럭 소리를 질러댔다.

"두 아이에게 시간이 얼마 남지 않았다면 S지역으로 보내야 해! 의혹을 사는 일 없이 거기에 같이 있어야 해. 마침내 두 아이를 제물로 삼아 내 가족을 죽인 가증스러운 종족을 없애버리게 되었어! 수천 년의 노력 끝에 드디어 내 사랑의 원수를 갚게 되었구나!"

증오에 찬 고함을 질러대던 존재는 가까운 우리에서 야수의 울음소리가 들려오자 한순간 멈칫하면서 귀를 기울였다. 그 틈을 타서 학자는 몇 시간 전 가구 사이에 만들어놓은 비밀장소에 재빠르게 연구자료의 사본을 숨겼다.

인간이 아닌 존재가 돌아서서 손을 내밀었다.

"모든 자료가 필요하니까 나한테 전부 넘겨주시오."

유전학자는 체념한 듯한 얼굴로 감춰놓은 사본을 제외한 모든 연구자료를 내밀었다.

제목을 쭉 훑어보던 존재가 갑자기 눈살을 찌푸렸다.

"아하, 하프엘프 로빈 망질이 문제로군. 그 계집애와 아주 친하단 말야."

그 말에 약간 놀란 학자가 어깨를 으쓱했다.

"아직 어린 아이들이에요. 누구를 좋아하고 누구를 싫어하는지 어떻게 정확하게 알 수 있겠습니까? 그 아이들이 자주 어울릴 때는 다 그럴 만한 이유가 있을 텐데."

"그게 마음에 안 든단 말이오. 무슨 조치를 취해야겠소."

그 어조로 보아 결정적인 조치가 내려질 것이 틀림없었다. 하프엘프의 수명이 단축될 것은 불 보듯 뻔했다. 등골이 오싹해진 블루르 마브리는 불똥이 자기에게 튈까 봐 하프엘프를 변호할 마음이 싹 달아났다.

"그따위 풋사랑 때문에 내 계획이 망가진다는 것은 어림없는 소리!" 흥분한 존재가 중얼중얼 내뱉었다. "나의 두 아이에게 둘이서만 서로 사랑에 빠지는 주문을 걸어야겠어. 그러면 두 아이는 S지역에서 만나게 되어 있어. 나는 어린 인간들을 잘 알지. 일단 만나면 절대 헤어지려고 하지 않을 것이야."

존재가 주문을 읊었다.

"아도루스의 이름으로 내 마법은 공간을 뚫고 나갈지어다! 타라틸랑넴과 제레미렝비레는 결합하고 다른 결합은 풀릴지어다!"

그가 강렬한 보랏빛에 휩싸였다. 보랏빛 광선이 두 줄기로 갈라지더니 실험실 벽을 뚫고 어둠 속으로 사라졌다. 마법의 광선은 이제 곧 표적을 향해 날아갈 것이다.

"이제 됐군." 존재가 만족한 어조로 결론을 내렸다. "주문이 작동하는 순간부터 두 아이는 사랑에 빠져서 아무도 받아들이지 않을 것이오. 자, 이제 혈액과 조직을 채취한 샘플을 주시오."

학자가 떠오르게 한 시험관 여러 개가 사뿐히 존재의 손바닥에 내려앉았다.

"여기 있습니다."

절망적인 얼굴이 된 학자는 눈물이 글썽해서 마지막으로 강조했다.

"내 말을 귀담아들어야 합니다. 무시무시한 폭발이 일어날 겁니다. 지구가 폭발할 수도……."

조급해진 존재는 격한 손짓으로 또다시 말을 끊었다. 그는 자신의 몸이 변형되는 조짐을 느끼고 있었다. 척추에서 파동이 일고, 호흡이 가빠지는 것이…… 통제하기가 힘들어지고 있었다.

"결과에 대해서는 알아들었다니까!" 존재가 으르렁거렸다.

유전학자는 입을 열려다가…… 다물었다. 그를 쏘아보는 눈빛이 노랗게 변하고 파충류의 눈처럼 동공이 칼날 모양으로 변하는 것이 아닌가. 공포에 질린 학자는 숨이 막힐 지경이었다.

"그, 그럼 내게 주기로 한 대가는?" 학자는 어물어물 물었다.

"젠드라의 별? 그건 당신 것이오."

존재의 손바닥에 눈부시게 빛나는 보석이 나타나자 언제 두려움에 떨었냐는 듯 유전학자의 눈동자가 반짝거렸다. 마침내 그는 정당한 대가를 받는 것이었다. 그의 배신을 정당화할 수 있는 보상이었다. 젠드라의 별이 있으면 그는 아더월드의 마법과학 아카데미 최고 마구스들의 비난을 잠재울 수 있다.

젠드라의 별에 홀린 학자가 앞으로 나서다가 멈췄다. 아티팩트를 쥐고 있는 존재의 손이 변하고 있었다. 손바닥이 비늘로 덮이고 끔찍한 갈퀴발톱들이 살을 뚫고 나왔다. 마법복은 온데간데없이 사라지고 등이 쫙 벌어지면서 날카로운 척추 뼈가 삐주룩삐주룩 튀어나오는가 싶더니…… 유전학자의 얼굴에 끔찍하게 뜨거운 입김을 내뿜었다.

무시무시한 용의 앞발에 놓인 젠드라의 별이 한없이 조그맣게 보였다. 6미터 높이의 천장에 머리가 붙어 있는 것 같은 용이 소름 끼치는 송곳니를 드러내고 있었다.

유전학자는 파랗게 질렸다. 목숨이 풍전등화와 같다는 것을 깨달았던 것이다.

"아, 아무 말도 하지 않겠습니다. 맹세합니다!"

드래곤은 잠시 머뭇거리다가 유전학자의 이마에서 뚝뚝 떨어지는 수상쩍은 땀을 노려봤다. 드래곤은 거짓말이라는 것을 느끼고 있었다.

"인간은 믿을 수가 없어. 결승점을 눈앞에 두고 위험을 무릅쓸 필요야 없지. 안됐지만 할 수 없어."

유전학자는 자신이 죽을 것이라고 생각하지 못했다. 격렬한 통증에 이어 몸속을 후비는 서늘한 바람을 느끼면서 그는 푹 고꾸라졌다.

드래곤은 유전학자의 시체를 냉담하게 응시하면서 자극적인 피비린내 때문에 코를 실룩거렸다. 그러나 자유를 갈구하는 하얀 깃털 하나가 비늘로 덮인 몸뚱이에서 빠져나와 가구 밑으로 날아드는 것을 알아채지 못했다.

드래곤은 바닥에 떨어진 젠드라의 별을 집어들고 바닥에 흥건한 헤모글로빈 웅덩이에 갈퀴발톱 자국을 남기지 않으려고 조심하면서 며칠 전에 점찍어놨던 우리로 향했다. 처음부터 드래곤은 유전학자를 살려둘 수 없으리라는 것을 알고 있었던 것이다.

드래곤이 철창 앞으로 다가섰다. 발이 여섯 개인 고양이과 야생동물, 흰빛과 금빛이 어우러진 브르리르가 피 냄새를 맡고 쩝쩝 입맛을 다시고 있었다.

 드래곤을 보는 순간 브르리르는 공포의 울음소리를 내면서 잽싸게 우리 안쪽으로 뒷걸음쳤다. 브르리르는 실험실에 있는 인간을 잡아먹고 싶은 충동 때문에 제 몸을 찌르는 자해를 할 정도로 반쯤 미쳐가고 있었다. 그 인간이 브르리르의 송곳니가 닿는 곳에 연약한 목을 들이대는 실수를 저지르기를 얼마나 고대하고 있었던가.

 그러나 드래곤이라면 사정은 달랐다. 오히려 브르리르 자신이 간식거리가 될 위험이 있었다.

 그런데 이게 어찌 된 일인가, 거대한 파충류는 철창문을 열어주는 것으로 만족했다.

 경계하면서 어슬렁어슬렁 걸어나온 브르리르는 비늘로 덮인 거대한 몸뚱이 주위를 빙 돌아서 실험실로 들어가더니 기쁨으로 포효했다. 드래곤이 브르리르에게 유전학자의 시체 처리를 맡긴 것이었다.

 드래곤은 흡족해하면서 멀어져갔다. 피에 굶주린 브르리르가 갈퀴발톱 자국은 물론 피 한 방울 남기지 않고 깨끗하게 없애줄 것이었다. 지금부터 동이 틀 때까지 브르리르가 뼈만 앙상하게 남기고 먹어치울 시간은 충분했다. 학자의 죽음에 대한 책임은 브르리르에게 돌아갈 것이고, 그러면 사고로 처리될 것이다.

이제는 덫에 걸려든 아이들, 두 모르모트를 유인해서 연쇄반응을 일으키는 일만 남았다. 드래곤의 흉측한 낯짝에 미소가 번졌다.

그 폭발로 지구가 파괴될 것이다. 제일 좋아하는 암소를 다시는 구경 못하게 되는 것이 미치도록 아쉽지만…….

양피지
모든 이의 기억에서 잊히게 꼭꼭 숨긴 것을 찾는 방법

*

불빛이 하얗게 달군 칼처럼 어둠을 갈랐다. 그러나 그 빛으로는 어림없었다.

햇불형 손전등에서 퍼져나가는 빛의 다발, 그 빛이 미치지 않는 장애물에 정강이를 부딪쳤을 때 타라는 입술을 깨물었다. 너무 아파서 다리를 잡고 펄쩍펄쩍 뛰던 타라는 손전등의 빛으로는 안 되겠다는 판단을 내렸다.

소리 내면 안 되지만 할 수 없어!

"일루미누스의 이름으로 내가 앞을 볼 수 있게 빛이 나타나거라!"

순식간에 타라의 손에서 솟구친 마법의 파란빛이 퍼지면서 방은 대낮처럼 훤해졌다.

그래, 이 정도는 돼야지. 타라는 가슴을 졸이면서 귀를 기울였다. 아무도 들은 사람이 없는 것 같았다. 타라는 지하 박물관에 있기 때문에 바깥의 빛을 볼 수 없었다.

타라는 경계를 늦추지 않으면서 다시 전진했다. 고대의 거울에 가무잡잡한 소녀의 예쁜 모습이 비쳤다. 타라는 마법을 사용하여 이집트 여자처럼 긴 금발을 검은색으로, 피부와 쪽빛 눈을 더 짙게 바꾸는 변장을 한 것이다. 흰색 반소매 블라우스에 치마, 샌들을 신은 타라는 도둑이 아니라 얌전한 모범생의 모습이었다.

숨이 턱턱 막힐 정도로 더웠다. 등줄기를 따라 땀이 줄줄 흘러내리고 있었다. 타라는 샅샅이 뒤지기 시작했지만 찾는 시간이 길어질수록 점점 불안했다. 경비원들이 머지않아 순찰을 돌기 위해 지하실로 내려올 테고, 그러면 끝장나는데…….

타라는 아더월드 오무아의 황궁 도서관에서 책을 읽다가 우연히 이 양피지의 존재를 알았다. 제국의 모든 자료를 이용할 수 있는 신분이지만 전투 훈련과 아더월드의 풍습에 관한 수업을 번갈아 받아야 했기 때문에 타라는 원고가 있는 정확한 장소를 알아내는 데 거의 1년이 걸렸다. 신중한 아더월드 사람들이 악의를 가진 마법사가 손이나 발, 촉수로 찾을 수 있을 만한 마법의 행성에 그 양피지를 보관할 리가 없지 않은가. 아더월드 사람들은 지구 중에서도 이집트에 원고를 감춰놓았고, 물론 은폐 주문이 작동되어 있었다.

게다가 고모 리스베스 여제가 마지스터에게 납치되는 사건이 일어났다. 타라는 악마 군단과 맞서 싸우고, 음모자들과 암살자들을 소탕했다. 그리고 살아남아야 했다. 그것만으로도 다른 것은 생각할 겨를조차 없었다.

그러다 마침내 타라는 지구의 한 박물관, 관람객들의 발길이 뜸한 박물관의 지하실, 「수메르 언어로 추정되는 어원 미상의 양피지」라고 표시된 귀중한 원고 앞에 서 있는 것이다.

타라는 그 계획을 어느 누구에게도 털어놓을 수 없었다. 계획에 대한 정보가 새나가면 아더월드 사람들이 즉시 그 양피지를 다른 데로 옮길 것이 아닌가. 타라는 친구들의 의리를 알기 때문에 그들에게도 알리지 않았다. 타라 자신과 칼, 파브리스, 로빈, 무아노, 난쟁이 전사 파프니르로 이뤄지는 '매직 6총사'가 나서면 귀중한 문서를 손에 넣는 것쯤은 식은 죽 먹기인데…… 타라는 이를 악물고 혼자서 몰래 아더월드를 떠났다. 그렇게 사라진 지 하루가 되었기 때문에 타라는 황궁이 발칵 뒤집혀서 모두 자신을 찾아 나서기 전에 빨리 돌아가야 했다.

아더월드를 떠날 때 타라와 갈랑은 카무플루스 주문을 걸어 투명 존재로 변신했다. 둘은 뉴욕행 공간이동의 문을 통해 두 명의 마법사 옆에 묻어서 지구로 갔다. 계속되는 이동에 지친 타라는 프랑스 타공에 있는 할머니 집으로 가서 잠시 쉬었다가 페가수스를 두고 혼자 이집트로 향한 것이다.

타라는 양피지에 정신을 집중했다. 양피지는 두꺼운 유리관 안에 들어 있었고, 정전이 된 것처럼 전류를 차단해도 지하실에 별도로 설치된 경보기가 울릴 것이 틀림없었다. 타라는 입을 삐쭉거렸다. 칼처럼 면허 받은 도둑이었다면 이런 것쯤은 눈감고도 할 텐데!

그 순간 타라는 소스라쳤다. 뒤쪽에서 사람들 소리가 들렸던 것이다. 꾸물거리고 있을 때가 아니었다. 유리관을 건드리는 순간 작동되는 계전기(어떤 회로의 전류가 끊어지고 이어짐에 따라 딴 회로를 여닫는 장치 — 옮긴이)가 설치되어 있는 것이 틀림없었다. 따라서 절대로 유리관을 만지지 말아야 했다. 타라가 주문을 읊자 다시 손가락에서 마법의 빛이 번쩍였다.

"데플라수스의 이름으로 양피지는 이제 내 손으로 옮겨지거라!"

비물질화된 귀중한 원고가 순순히 타라의 손바닥에 놓였다. 계속해서 타라는 조심스럽게 주문을 읊었다.

"클로누스의 이름으로 원고는 복사되어 복사본은 유리관 안의 제자리로 돌아가라!"

복사된 양피지가 유리관 안에서 다시 물질화되었다. 타라는 조심스럽게 원본을 둘둘 말았다. 지하실에서 새나오는 빛을 수상히 여긴 경비원들이 들이닥치기 전에 타라는 순간적으로 이동하는 트란스미투스를 작동했다. 마법의 빛은 꺼졌다. 휴, 이제 쥐도 새도 모르게 빠져나가면 돼!

아더월드 사람들에게 들키지 않고 공간이동의 문을 넘을 수 없기 때문에 타라는 타공으로 가기까지 트란스미투스 마법을 여러 번 이용해야 했다. 너무 자주 사용하면 에너지 소비가 많아서 위험하지만 선택의 여지가 없었다.

녹초가 된 타라는 할머니의 집, 초록빛과 장밋빛 색조의 안락한 응접실에 무사히 이르렀다. 주위가 뚜렷해지는 순간 타라는 질겁했다. 응접실 한가운데서 위협적으로 번쩍이는 기계가 광선을 쏘아대는 것이 아닌가! 깊이 생각할 겨를이 없는 타라는 무작정 레풀수스 주문을 읊었다. 마법의 광선에 얻어맞은 기계가 성난 소리를 내는가 싶더니 그 뒤로 의자 두 개와 안락의자, 옷장 하나가 둥둥 떠올라 벽을 뚫고 날아갔다.

어리둥절한 타라가 마지막으로 본 것은 안락의자 팔걸이를 물고 필사적으로 매달리는 검정 사냥개의 모습이었다.

"으아악, 사람 살려, 아니 개 살려! 타라, 살려줘!"

지구에서는
조심조심

*

    타공 하늘에 나타난 이상한 물체를 보고 헌병대 헬리콥터가 출동했다. 그러나 부서진 벽 조각, 의자 두 개, 검정 개가 아등바등 매달린 안락의자, 옷장(루이 16세 시대풍의 화려하게 조각된 가구였다)을 꽁무니에 달고 날아다니는 번쩍거리는 물체는 헬리콥터를 가볍게 따돌렸다. 조종석에 앉은 헌병 둘은 꿈이라도 꾸다 깨어난 듯 눈을 끔벅거렸다.
    게다가 뒤따라 날아오는 용의 모습은 충격이었다.
    은빛 비늘의 블루 드래곤은 요리조리 피하며 둥둥 떠다니는 것들을 한 발로 붙잡고 다른 한 발로 덜덜 떠는 개를 끌어안은 자세로 헬리콥터와 마주했다. 드래곤이 날개를 펄럭펄럭 휘저으며 회오리를 일으키자 헬리콥터가 사정없이 흔들렸다.

"어어어, 저게 뭐야?" 조종사가 중얼거렸다.

"아! 봤어요?" 조수는 안도한 어조로 대답했다. "나만 헛것을 봤는지 알고 내가 미쳤는지 알았어요. 저거 용…… 아니에요? 세상에 어떻게 이런 일이! 용……용이 우리에게 착륙하라는 신호를 보내고 있어요!"

'불을 뿜는다는…… 그 용?' 두 남자의 얼굴에서 그러한 의문을 읽었나, 드래곤은 한 줄기의 불을 내뿜는 것으로 화끈하게 답해주었다.

헬리콥터가 지상 쪽으로 하강하는 것은 번쩍거리는 물체를 박살을 낼 작정이라기보다는 조종사가 너무 놀라서 경련을 일으킨 결과였다. 사실, 조종사는 악몽과도 같은 환영을 떨치려고 애쓰면서 다시는 장교식당에서 술을 입에 대지 않겠다고 다짐하고 있었다.

드래곤이 뭐라고 고함치자, 헬리콥터가 송전탑에서 불과 몇 센티미터 떨어진 공중에 마치 끈끈이에 걸린 듯 그대로 멈췄다.

공포에 사로잡힌 조종사는 프로펠러 회전판이 멈췄을 때 심장이 멎을 뻔했다. 추락을 예상하고 눈을 감고 비명을 질러댔는데…… 어떻게 된 일이지? 헬리콥터가 멀쩡하게 정지되어 있는 것이 아닌가. 조종사는 한쪽 눈만 실눈으로 뜨다가 두 눈을 번쩍 떴다. 천사들이 받치고 있나? 헬리콥터가 공중에 떠 있다니! 조종사는 몹시 흥분해서 조종간을 작동했지만 엔진이 꿈쩍도 않더니 갑자기 앞장서는 용을 따라가면서 흔들렸다. 헬리콥터와 드래곤은 전속력으로 하강하여 저택의 손질이 잘된 잔디밭에 착륙했다.

희한한 파란색 원피스 차림의 아이들을 비롯한 여러 명이 착륙하는 광경을 지켜보고 있었다. 돌기로 우툴두툴한 초록색 괴물이 거의 창 수준의 누런 송곳니를 드러내며 비웃음을 흘렸다. 페가수스가 은빛 날개를 파닥이며 울음소리를 내는가 하면 파란 털의 매머드는 반갑다는 듯 긴 코를 흔들었다.

비칠거리며 헬리콥터에서 내린 두 헌병은 선사시대나 신화 속의 동물원에 착륙했다고 생각하는 듯한 얼이 빠진 얼굴로 동시에 권총을 빼들었다.

총을 겨누거나 말거나 아랑곳없이 드래곤은 열다섯 살쯤 되어 보이는 쪽빛 눈의 소녀에게 호통을 쳤다. 소녀는 금발에 섞인 흰 머리털을 질겅질겅 씹고 있었다. 소녀 뒤쪽으로 보이는 저택은 폭발 사고가 난 듯 한쪽 벽이 떨어져나가 있어서 초록빛과 장밋빛 응접실이 드러나 보였다. 하늘에서 헬리콥터를 따돌렸던 옷장과 같은 시대풍 가구들로 장식된 응접실이었다.

"맙소사! 타라, 마법을 통제해야지!"

"겁이 났단 말예요! 저 기계는 대체 뭐예요?" 타라는 당차게 응수했다.

"너를 찾기 위한 기계였어." 사냥개는 아직도 덜덜 떨면서 나무랐다. "다시 한번 상기시키는데 그놈의 영생 주문으로 나는 개로 변했을 뿐만 아니라 마법 능력도 잃었단 말이다. 그런 나를 그렇게 무작정 공중으로 날려버려서 안락의자에 바둥바둥 매달려 있게 하면 내 심장이 어떻게 되겠니?"

"기계가 나를 공격하는지 알았잖아요." 사실은 증조할아버지를 몹시 걱정했으면서도 타라는 내색하지 않고 대꾸했다. "아무 생각도 할 수가 없었다고요."

"어이고, 어련하겠어!" 헝클어진 머리에 천진난만해 보이는 커다란 잿빛 눈, 체구가 왜소한 칼이 낄낄거리면서 톡 나섰는데 패밀리어인 여우를 데리고 있었다. "다시 만난 게 아무리 반가워도 그렇지 의자랑 옷장 같은 걸 내던지면 되겠냐?"

샐쭉해 있던 표정이 확 바뀌면서 타라가 뜨겁게 포옹하자 칼은 얼굴이 빨개졌다.

"칼! 너무 반갑다! 오늘은 정말 네가 그리웠는데!"

징 박은 장화를 신은 빨간 머리 난쟁이 파프니르가 까치발을 하고 타라에게 인사하는데 그 목소리는 퉁명스러웠다.

"너의 망치가 맑은 소리로 울리기를!"

아, 얼마나 오랜만에 듣는 난쟁이들의 인사말인가! 그런데 왜 기뻐하는 얼굴이 아니지? 타라는 속으로 한숨을 쉬면서 화답했다.

"너의 모루가 맑은 소리로 되울리기를!"

지구의 절친한 친구, 까만 눈의 금발 소년 파브리스는 타라의 뺨에 쪽 소리가 나게 입을 맞췄다. 글로리아 공주, 일명 무아노도 똑같이 입맞춤을 했다.

마지막으로 남은 소년, 뾰족한 귀에 검은 머리털이 섞인 은빛 머리의 하프엘프 로빈은 타라를 차갑게 대했다.

헌병 둘은 그 틈을 이용해서 제압하고 나섰다.

"모두 손들어!" 하고 외치던 헌병은 드래곤의 눈길이 자신에게 쏠리자 아차, 하는 얼굴을 했다.

"어허, 그 웃기지도 않는 무기를 내려놓고 네놈들이나 손드는 것이 나을 것이다!" 거대한 파충류는 관리 상태가 아주 좋은 이빨을 드러내면서 미소를 지었다.

"무슨 소리! 손……, 발을 들어야 하는 건 너희다! 어서…… 손, 발 들어!"

헌병의 목소리가 흔들리면서 군대식 호령이 무색해졌다.

깜짝 놀라는 척하면서 드래곤이 두 발을 드는가 싶었는데 어느새 주문을 읊었는지 빛이 번쩍하면서 마법의 광선이 헌병 둘을 후려쳤다. 그들은 권총을 떨어뜨리고 짜당, 쓰러졌다.

타라의 전 보디가드 초록색 트롤 그르룰이 구시렁거렸다.

"저 인간들, 그르름므플를! 쯧쯧!"

트롤의 세계에서 그르름므믈를은 허약하다는 뜻이며, 허약하다는 것은 급사하다와 동의어로 쓰이는 말이었다.

나무에 기대고 있어서 초록색 트롤을 알아보지 못했던 타라는 깜짝 놀랐다.

"도대체 몇 명이나 온 거야?" 타라는 두 헌병이 쓰러지면서 다치지 않았는지 확인하고 나서 소리쳤다.

"다 왔어. 진짜 운 좋은 줄 알아. 어제 폐하가 군대를 파견하려는 걸 간신히 말렸으니까! 너를 찾아 나선 지 8시간이 넘었어!"

로빈이 타라 앞에 버티고 서서 볼멘소리를 했다.

"왜? 무슨 문제라도 생겼어?"

걱정스러운 표정으로 타라가 물었다.

잠깐 비운 사이에 또 무슨 엄청난 일이 제국에 닥쳤단 말인가?

로빈은 극도로 흥분한 상태였다. 하프엘프의 이글거리는 눈총에 타라는 뺨이 달아올랐다.

"왜냐고?" 피가 끓어오르는 로빈이 외쳤다. "넌 아무 말 없이 사라져버렸어! 나……, 우리가 얼마나 걱정했는지 알아?"

"아무 말 없이? 그렇지 않아!" 타라는 팔짱을 끼면서 반박했다. "난 쪽지를 남겼단 말야."

"무슨 쪽지?" 로빈이 분노를 접고 물었다. "그런 건 없었어!"

타라는 무슨 말을 하려다…… 그만두었다. 묘한 표정이 된 타라는 가문의 반지를 세 번 돌리면서 반지와 결합된 에프리트를 불러냈다.

 구름 같은 붉은 연기가 유형화되면서 인간의 울끈불끈한 근육질 상체, 노랑 뿔, 살구색 매니큐어를 칠한 손, 나팔 모양으로 묶은 머리에 잘 어울리는 초록색 턱수염이 차례로 또렷해지기 시작했다. 타라에게 몹쓸 짓을 하다 쫓겨난 멜루덴리파쉬랄리반디르의 후임으로 황실의 노예가 된, 제5서클 악마들의 공주 살렌비트레두릭셀바는 누군가와 통화 중인지 허공에 대고 말했다.

 "그래서 내가 놈의 튀어나온 눈알 열 개를 뽑아서 잘근잘근 씹어먹겠다고 말했지!"

 살렌비트레두릭셀바는 고개를 들다가 깜짝 놀랐다.

 "애고머니, 끊지 마. 급한 일이 생겼어. 마마, 부르셨어요?"

 타라는 참지 못하고 발을 쿵쿵 굴렀다.

 "내가 간밤에 너에게 맡겼던 메시지를 여제 폐하께 분명히 전했지?"

 호박색 두 눈에 당황하는 빛이 역력한 에프리트가 다급하게 말했다.

 "잠깐만. 있잖아, 브레미르? 해결할 일이 있어서 이만 끊어야겠어. 다시 통화하자. 그리고 와작와작 씹어먹든지 찢어발기든지 하고 싶은 대로 해."

그렇게 말하고 나서 에프리트는 타라를 향해 빨개진 얼굴을 숙였다.

"메시지? 즉시 전하지는 말라고 지시하셨죠."

쾅쾅……, 타라의 발 구르는 소리가 더 커졌다.

"그때는 한밤중이었으니까 그렇지! 9시가 되는 즉시 전하라고 했잖아."

"아, 하지만 아직 9시가 안 됐어요." 에프리트는 거만한 몸짓으로 자신의 손목에 나타나는 크로노미터로 시간을 확인하면서 만족스런 얼굴로 말했다. "이 행성의 시간이 훨씬 빠른 건 아니겠죠? 5시, 아니 6시쯤 된 거 맞잖아요?"

"당연히 아더월드 시간으로 아침 9시였지!" 화가 난 타라가 소리쳤다. "내가 또 납치된 걸로 생각하고 행성이 발칵 뒤집혔다고 하잖아. 정말 미치겠군!"

에프리트는 관심 없다는 듯 어깨를 으쓱했다.

"그럼 더 이상 내가 필요 없는 거죠? 다행이네요. 해결할 일이 많은 데다 사지를 부러뜨려야 할 적들이 있어서 바쁘던 참인데……. 시체들이 당신들의 발밑에서 썩기를……."

그렇게 마지막으로 악마 특유의 인사말을 하고 살렌비트레두릭셀바는 사라졌다. 타라는 머쓱한 얼굴로 친구들을 향해 돌아섰다.

"정말 미안해. 너희가 얼마나 불안해했을지 짐작이 가고도 남아!"

"그 정도의 말로는 너무 약하지!" 드래곤이 으르렁거렸다. "우리는 네가 또 납치되었다고 생각했으니까!"

'또' 라는 어조에 지겹다는 뜻이 담겨 있었다.

"이제 오해가 풀렸으니까 하는 말인데 나를 어떻게 찾았어요?" 타라는 호기심이 가득한 얼굴로 물었다. "나는 발각되지 않을 것이라고 생각했거든요."

"너는 그럴 수 있지." 로빈이 설명했다. "하지만 너의 마법은 쉽게 포착할 수 있거든. 그래서 우리는 네 마법을 이용했어. 네가 클릭을 아더월드에 두고 갔잖아."

타라는 한 손으로 귀를 만졌다. 정말로 타라의 위치를 로빈에게 알려주는 신기한 귀걸이가 없었다.

"후계자가 행방불명된 것을 알고 데미데루스께서는 잿빛 시간으로 돌아가는 걸 연기하셨어." 로빈이 말을 이었다. "네가 없어진 뒤로 계속해서 거의 신경발작을 일으키는 네 고모님 여제 폐하는 말할 것도 없고. 여제께서 얼마나 초조했으면 황제가 그렇게 말리는데도 더없이 귀중한 메우스의 도자기 소장품을 모조리 박살을 냈을까. 기발한 마법 기구를 발명하는 연구소의 도움을 받아 데미데루스께서 직접 네가 아까 망가뜨린 기계를 발명했어. 중요한 마법 덩어리들의 위치를 알아내기 위한 일종의 '탐지기'였는데……."

기분이 상한 타라는 눈을 부릅뜨면서 발끈했다.

"마법 덩어리? 어떻게 '덩어리'라는 표현을 쓸 수 있어?"

"에이, 까칠하기는! 그 말은 네가 뚱뚱하다는 뜻이 아니라 너의 마법 능력이 어찌나 강력한지 들키기 쉽다는 뜻이야."

칼이 우스워 죽겠다는 얼굴로 끼어들었다.

"그래, 그 말이었어." 칼의 개입으로 난처한 상황을 모면한 로빈이 얼른 누그러진 목소리로 말했다. "여러 가지 가능성을 생각하다가 최종적으로 우리는 네가 지구로 떠났다고 추정했어. 네가 응접실에 불쑥 나타나자 위치 탐지기가 너를 포착하고 신호를 보낸 것이었는데 네가 마니투와 이 집의 벽을 날려버린 거라고."

사냥개는 후회가 막심하다는 눈길로 흘겼다. 아더월드에 남아 있을 걸 괜히 쫓아왔다가 이게 무슨 봉변이냐는 얼굴이었다.

타라는 크레디트–무트 금화에 교차하는 검 문양이 각인된 메달을 톡톡 치면서 말했다. 빌랭의 남작들이 장사할 목적으로 만든 발명품, 드라크였다.

"난 드라크를 목에 걸었기 때문에 마법을 감춰줄 거라고 생각했는데……."

"너의 능력은 너무 강력해서 드라크로는 추적을 따돌릴 수 없었어. 다행히도!" 로빈이 말했다. "쪽지에 뭐라고 썼는데? 왜 오무아를 떠났어?"

"조용히 쉬고 싶었어." 타라는 로빈을 속이는 것이 정말 싫지만 거짓말을 했다. "악마 군단과의 전쟁, 있는지도 몰랐던 쌍둥이 동생들…… 감당하기 힘든 일이 많았잖아. 그래서 아무도 간섭하지 않는 지구로 돌아가고 싶었어. 아더월드에 있으면 나를 죽이려고 하는 괴물들 때문에 하루도 편히 쉴 수가 없으니까. 그래서 어떤 위협도 받지 않는 곳에서 며칠 쉬는 것이 좋겠다고 생각했어."

칼이 재미있다는 듯 미소를 지었다.

"잘했어, 타라. 아무리 위대한 영웅이라도 쉴 권리는 있으니까!"

타라는 얼굴이 빨개졌다.

"칼, 나는 위대한 영웅이 아냐!"

"아, 내가 잘못 말했구나!" 칼이 진지하게 수정했다. "너는 남자가 아니니까 정확하게 말하면 위대한 여자 영웅이지!"

구불구불한 긴 머리에 가무잡잡한 피부, 금빛 눈의 예쁜 무아노가 은빛 표범 쉬바를 데리고 서서 끼어들었다.

"내가 얼마나 겁이 났는지 모를 거야, 넌! 어쨌든 괜한 걱정이었다니까 정말 다행이다. 안 그래, 나의…… 파브리스?"

파란 털 매머드를 데리고 서서 파브리스가 보내는 미소에 답하는 무아노의 눈빛을 보면서 파프니르는 닭살이 돋았다. 사랑이라는 것이 뇌에 좋지 않은 결과를 낳은 것이 틀림없어. 자기들 외에 다른 사람은 없다고 생각하는 거야, 뭐야!

"흥!" 사랑에 빠져서 눈짓을 보내는 두 친구가 아니꼬운 난쟁이는 귀여운 초록빛 눈을 찡그렸다. '타라는 2년 넘게 뛰어난 마법 능력을 보여주고 있기 때문에 아더월드에서는 어른이나 다름없어. 그러니까 타라는 자기가 원하는 것을 해도 되지. 나는 타라를 이해해. 여기 생활이 다 마음에 드는 것은 아니지만 난 그런 대로 견딜 만해. 하지만 다른 종족들은 난쟁이 종족만큼 강하지 않단 말이지! 타라, 잘 쉬었으니까 이제는 아더월드로 떠날 수 있지?"

파브리스는 아무 말 하지 않았지만 의심쩍은 눈으로 타라를 관찰하고 있었다. 타라의 설명이 차림새와 맞지 않았다. 타라는 교복 같은 것을 입고 있었다. 그런데 타공에는 교복을 입는 학교가 없었다. 타라는 무슨 일을 꾸미고 있는 것이 틀림없었다. 파브리스는 피식, 미소를 흘리면서 나중에 타라를 유도 심문하기로 마음먹었다.

타라는 파브리스의 눈길을 느끼면서 또다시 한숨을 삼켰다. 이런, 복장을 바꾸지 못했네! 친구들이 알아채지 못하면 좋으련만!

셈 선생님은 타라에게 버럭버럭 소리를 질렀다. 이번 기회에 다시는 멋대로 행동하지 못하도록 따끔하게 야단을 쳐야 한다고 생각한 모양이었다.

"갈랑을 데리고 지구로 온다는 것은 경솔한 짓이다! 아무도 보지 않았어야 하는데! 타라, 넌 정말이지 조심성이 없어!"

타라는 용의 모습을 드러내고 있는 것도 신중하지 못하다는 말이 튀어나오려고 했지만 꾹 참았다. 이 정도의 꾸지람으로 난처한 상황을 벗어난다면 운이 좋다고 봐야지.

타라와 결합되어 있는 영혼의 동반자 패밀리어는 자기 이름이 들리자 히이잉거렸다. 은빛 페가수스는 불안하다는 표시로 푹신한 잔디밭에 날카로운 발톱을 쿡쿡 박으면서 다가왔다. 페가수스가 어깨에 코를 대자 타라는 이마를 다정하게 쓰다듬어주었다.

"갈랑은 개로 변신하는 것을 싫어해요. 히이잉 대신에 멍멍 짖는 걸 질색하거든요. 게다가 우리는 저택에서 날마다 마법을 사용했지만 마을 사람들은 아무도 알아채지 못했단 말예요."

타라가 걸핏하면 혼자 지구로 가는 버릇을 고쳐주리라 작정한 듯 셈 선생님은 냉랭하게 말했다.

"지구에 살면서 임무를 수행하겠다는 네 할머니의 요청을 받아들인 것은 패밀리어였던 호랑이가 죽었기 때문이야. 두 조수 타쉴과 망구스에게는 패밀리어가 없고, 너의 보디가드이자 마지스터에게 매수당한 배신자 데리아는 숨기기 쉬운 데다 눈에 띄어도 의혹을 사지 않을 까치를 데리고 있었어. 지구인에게 마법사들의 존재를 감추는 것이 우리의 의무라는 걸 잊지 말아야지!"

타라는 뾰로통한 얼굴로 돌아섰다. 인간이든 아니든 수많은 마법사가 지구 곳곳에 흩어져 있었다. 페가수스는 뱀파이어나 촉수가 달린 카흠보움보다 이상하지도 않은데 셈 선생님은 말도 안 되는 것을 들먹이며 화풀이를 하고 있었다.

썰렁해지는 분위기를 깰 겸 화제를 돌리기 위해 마니투는 주둥이로 기절한 헌병들을 가리켰다.

"저 멍청이들은 어쩌지?"

트롤은 그 질문에 대한 나름의 생각이 있었다.

"그르름므믈를들을 잡아먹을 것임?"

"아니다, 그르룰! 나는 인간을 먹지 않아!" 드래곤이 면박을 주었다. "난 암소를 훨씬 좋아하지. 심줄이 더 적고 살은 더 쫄깃쫄깃한 게 씹는 맛이 그만이거든."

타라는 침을 꼴깍 삼켰다. 아, 그런가? 근데 그걸 어떻게 알지? 뭐야, 그럼 둘 다 먹어봤다는 뜻인가?

"민투스 주문을 걸어서 기억을 지워야겠어. 그리고 저들을 기지로 돌려보내야지."

잠시 후, 헬리콥터에 앉은 두 헌병은 무언가를 잊어버린 것 같은 이상한 느낌을 갖고 군비행장으로 향했다.

그들은 헬리콥터를 착륙한 뒤에 기억하고 있는 것보다 훨씬 많은 거리를 비행했다는 것을 확인했다. 그들의 삶에서 15분이란 시간이 없어진 것이었다.

그중 한 명은 외계인에게 납치됐던 것이라고 확신하고 그들이 비행했던 지역을 조사하기로 마음먹었다. 그러나 수많은 마법사를 찾아다니며 탐문조사를 벌인다면 몰라도 이사벨라가 사는 작은 마을 타공에 있는 공간이동 문의 존재에 대해 알아낼 턱이 있을까.

다른 한 명은 술만 보면 이상하게도 불을 내뿜는 거대한 도마뱀이 떠올랐기 때문에 술을 입에 대지 않았다.

타라는 멀어져가는 헬리콥터를 바라봤다. 벽에 뻥 뚫린 구멍으로 지는 햇살이 비쳐들고 있었다. 타라는 한숨을 내쉬었다.

타라는 무한정으로 들어가는 체인지라인의 주머니에 재빨리 양피지를 집어넣었다. 목에 부착한 마법의 체인지라인은 보석, 구두, 가방, 화장에 맞춘 우아한 드레스에서부터 캠핑용 반바지에 이르기까지 어떤 복장으로든 변신시킬 수 있었다. 체인지라인은 거품이 나오는 욕조가 딸린 욕실, 찜질을 할 수 있는 터키식 하맘도 주머니에 흡수할 정도의 마력이 있었다.

갑자기 타라는 눈살을 찌푸렸다. 다른 사람들은 머리를 숙이고 있어서 하늘에서 저택을 향해 돌진하는 검은 점들을 보지 못하고 있었다.

확신이 없기 때문에 타라는 머뭇거렸다. 새 떼라고 하기에는 좀 이상한데……. 타라가 입을 열려고 할 때 걱정되는 얼굴로 관찰하고 있던 로빈이 예리한 눈을 쳐들었다. 그 정체를 대번에 알아본 로빈이 고함을 질렀다.

"맙소사, 이럴 수가! 하르퓌아다! 지구에 하르퓌아가 떼를 지어 나타나다니!"

살아 있는 무기 릴란드릴의 활이 로빈의 등을 떠나 팔에서 유형화되고, 화살집이 열리면서 화살을 내보낼 채비를 하고 있었다. 로빈이 화살을 시위에 메기는 순간 하르퓌아들이 달려들었다. 새의 몸뚱이에 여자 상반신, 끈적거리는 꾀죄죄한 잿빛 깃털, 하르퓌아의 갈퀴발톱에는 해독제가 존재하지 않는 치명적인 독침이 있었다.

"발톱을 조심해!" 드래곤이 소리쳤다. "새를 건드리면 절대 안 돼!"

초록 트롤 그르룰이 몽둥이를 휘두르는데 근육이 울끈불끈 튀어나왔다. 칼은 이미 나이프를 뽑아들고 던질 기세로 팔꿈치를 구부리고 있었다. 무아노는 키가 3미터나 되는 털북숭이 야수로 변해 있었고, 주문을 외우면서 두 손에 마법의 불을 번쩍이는 파브리스, 그 옆에서 파란 매머드 바룬도 다가오는 적을 짓뭉개버릴 듯 벼르고 있었다.

무아노의 표범 쉬바는 아주 침착하게 발톱을 세우고 있는데 주인이 나무라지만 않는다면 새 한 마리쯤은 갈가리 찢어발길 기세였다.

파프니르는 즐거운 숨소리를 내며 도끼를 움켜잡았다. 파프니르는 타라를 좋아했다. 같이 있을 때마다 신명나게 싸울 일이 생기기 때문이었다. 드래곤은 마른기침을 하면서 올 테면 와봐, 아주 새까맣게 태워줄 테니! 하는 기세로 콧구멍에서 불길을 내뿜고 있었다.

함께 싸우는 것이 어디 한두 번인가, 그들은 순식간에 철벽에 가까운 방어 태세를 갖추었다. 그러나 친구들이 자기 때문에 목숨을 거는 것을 더 이상 원치 않는 타라는 공중에서 하르퓌아들을 상대하기로 했다. 체인지라인은 눈 깜짝할 사이에 전투 갑옷을 만들고, 땋은 머리에 은빛 켈트릴 투구를 씌우는가 하면 무술에서나 쓰일 것 같은 으스스한 검까지 허리춤에 걸어주었다. 타라가 올라앉자 페가수스는 한 번의 날갯짓으로 힘차게 날아올랐다. 타라의 손에서 번쩍이는 마법의 광선이 어찌나 강렬한지 순간적으로 햇빛을 가렸다. 격분한 소녀의 흰 머리털이 찌지직거리면서 눈빛이 새파랗게 변했다.

이미 하르퓌아들은 돌진하고 있었다. 입에 거품을 물고 끔찍한 욕설을 내뱉으며 급강하하는 새들의 발톱에서 독극물이 스며나오고 있었다.

"갈랑, 가자." 타라가 외쳤다. "저것들을 꼬치구이로 만들어버리는 거야!"

타라는 2년 전 하르퓌아에게 공격을 받았을 때의 끔찍한 기억이 생생했다. 상그라브들의 보스 마지스터의 지시를 받은 하르퓌아에게 타라는 거의 죽을 뻔했다. 타라는 이를 악물고 아주 독하게 마음먹었다. 다시는 함부로 까불지 못하게 하려면 제일 먼저 달려드는 하르퓌아에게 확실하게, 마지스터만큼 잔혹하게 본때를 보여줄 필요가 있었다.

"그라비투스의 이름으로 하르퓌아는 으스러지고 결코 살아서 돌아가지 못한다!"

타라의 손에서 발사된 마법의 광선을 얻어맞은 하르퓌아가 날카로운 비명을 지르더니 회오리처럼 피 묻은 깃털을 휘날리며 초록 잔디밭으로 툭, 떨어졌다. 타라는 잠시 가책을 느꼈지만 이내 냉정함을 되찾았다. 이건 어쩔 수 없는 정당방위야. 아더월드의 괴물들은 호시탐탐 타라를 없애려고 했다. 살아남기 위해서는 싸워야 했다.

불시에 당한 하르퓌아들이 욕지거리하면서 흩어졌다. 그중 하나가 뒤로 물러서더니 죽을상을 하면서 크리스털 볼에 대고 빠르게 시부렁거렸다. 타라는 길게 말할 시간을 주지 않고 가차없이 쓰러뜨렸다.

마법의 광선을 다시 발사했지만 이번에는 하르퀴아들이 믿을 수 없을 정도로 민첩하게 피했다. 그 순간 타라는 깜짝 놀랐다. 여자-새들이 타라를 아랑곳하지 않고 로빈을 공격하는 것이 아닌가! 포위당한 하프엘프가 첫 번째 공격을 용케 막아내는 것을 보면서 그를 보호하러 모두 달려갔다.

"어쭈구리!" 칼이 얼굴을 찢을 기세로 달려드는 하르퀴아의 발톱을 잽싸게 피하면서 소리쳤다. "이것들이 너를 죽이려고 하는 것 같아. 로빈, 너 얘들한테 뭐 잘못한 거 있냐?"

초인적인 민첩함으로 공격을 피하면서 하프엘프는 우아하면서도 강력하게 싸우고 있었다. 춤을 추는 것처럼 우아하면서 날렵한 몸놀림을 보이면서 마침내 로빈이 대답했다.

"칼, 헛소리하지 마! 이 하르퀴아들은 누군가가 고용한 용병들이야! 그러니까 무슨 일이 있어도 한 놈은 산 채로 잡아야 해!"

"잘난 척하기는!" 칼이 얼른 몸을 숙이면서 투덜거렸다. "근데 말야, 얘들은 그럴 생각이 없는 것 같거든!"

공중에서 공격하는 타라를 보면서 하르퀴아들은 두 무리로 갈라졌다. 한 무리는 타라를 향해 집결했고, 또 한 무리는 마법사들

중에서도 로빈을 표적으로 삼았다.

하르퀴아보다 더 날렵하지 못하기 때문에 갈랑은 훨씬 강한 힘으로 그 약점을 보완하고 있었다. 분명히 갈랑이 더 빠르게 날고 있었다. 타라의 마법이 어쩌다 표적을 빗나가더라도 페가수스의 갈퀴발톱이 하르퀴아들을 살벌하게 해치웠다.

고래 싸움에 새우등 터지는 격으로 공중전이 벌어지는 바로 밑에 있던 수령이 백년 넘은 아름드리 나무들이 봉변을 당했다. 그 중 하나는 초록빛이 선명해지는가 싶더니 아주 조그맣게 줄어들다가, 어…… 저건 개구리? 질겁한 나무는 개굴개굴 울면서 달아났다.

이런 추세라면 하르퀴아들은 오래 버티지 못할 것이다.

이윽고 타라 위에서 달려들던 하르퀴아들이 없어졌다. 다른 하르퀴아들은 친구들과 싸우면서 사악한 까마귀 떼처럼 로빈을 덮치고 있었다. 타라가 꼼짝없이 당하고 있으려니 믿는 하르퀴아들은 오히려 자기들이 거센 공격을 받을 줄은 전혀 예상하지 못하고 있었다. 타라가 한 놈을 즉사시키는 사이에 드래곤은 강력한 꼬리 공격 한 방으로 두 번째 놈을 날려버렸고, 야수로 변한 무아노는 날카로운 갈퀴발톱으로 세 번째 놈의 다리를 찔렀고, 그르룰은 광기에 찬 괴성을 지르면서 닥치는 대로 대가리를 으스러뜨렸다. 로빈은 빗발치는 화살 세례로 하르퀴아들을 바늘꽂이로 만들었고, 쉬바도 질세라 그 긴 송곳니로 다 죽어가는 여자―새의 목덜미를 물고 마구 흔들어대고 있었다.

"한 놈은 내게 넘겨, 로빈!" 키가 너무 작아서 하르퀴아를 향해 펄쩍펄쩍 제자리 뛰기로 도끼를 휘두르는 파프니르가 소리쳤다.

"하나는 내게 넘기라고!"

그러나 지구에서는 마법의 힘이 약한데 로빈은 활을 과대평가하는 실수를 저질렀다. 하르퀴아 하나가 화살을 피했고, 로빈은 다른 화살을 시위에 메길 시간이 없었다. 바로 그 순간 슝, 귓가를 스치듯 날아온 파프니르의 도끼가 여자―새의 빈약한 가슴에 꽂히자 로빈은 안도의 숨을 내쉬었다.

로빈이 난쟁이에게 고맙다는 뜻으로 엄지를 치켜드는 순간이었다. 비칠비칠 일어난 하르퀴아가 자기 가슴에 꽂힌 도끼를 뽑아들고 달려들었다. 로빈은 믿을 수 없는 힘으로 덮치는 하르퀴아를 피할 겨를이 없었다. 로빈은 눈 깜짝할 사이에 치명적인 깃털 더미에 묻히고 말았다.

"로빈!"

타라가 공포에 사로잡힌 비명을 질렀다.

전속력으로 하강한 페가수스가 착륙하자, 친구에게 달려간 타라는 심장이 터질 것 같았다. 무아노의 도움을 받아 로빈을 덮친 채로 죽은 하르퀴아를 들어내고 보니 땅바닥에 쓰러진 로빈은 이미 의식을 잃은 상태였다.

  발톱에 갈기갈기 찢긴 로빈의 가슴에 치명적인 독이 잿빛 광채를 번뜩이고 있었다.

하르퓌아
날개가 있는데 왜 천사와는 딴판일까

*

흰 머리털이 찌지직거리면서 타라의 마법이 순식간에 로빈을 에워쌌다. 몸에서 떨어져나온 독이 작은 알갱이로 응축되어 유리병으로 들어가자 타라는 체인지라인에 집어넣은 다음 로빈을 향해 레파루스 주문을 읊었다.

쩍 벌어져 있던 상처가 아물었다. 그러나 로빈은 깨어나지 않았다. 의식을 잃은 채 잔디밭에 쓰러진 로빈의 창백한 얼굴이 땀으로 번들거리고 팔다리에서 경련이 일고 있었다. 치명적인 독이 이미 온몸에 퍼지고 있는 것이었다.

타라는 공포에 사로잡혔다. 하르퓌아의 독이 혈관 속으로 번지면 피가 끓으면서 절로 비명이 나올 정도로 고통이 심했다. 처음에는 몇 시간 동안 통증이 계속되다 갈증에 시달려야 하는데 해독제가 없을 경우 심한 경련을 일으키며 죽게 된다는 것을 타라는 경험상 누구보다 잘 알고 있었다.

기적의 해독제를 갖고 있는 사람은 단 한 사람밖에 없었다.

하얗게 질린 타라는 결연한 표정으로 셈 선생님을 향해 돌아섰다.

"로빈을 치료하려면 해독제가 필요해요. 마지스터를 만나러 가야겠어요."

마지스터란 이름을 말하면서 타라는 토할 것 같았다. 야욕에 미치고, 증오와 분노, 권력에 굶주린 상그라브들의 보스 마지스터는 철천지원수가 아닌가. 악마들로부터 세상을 구한 타라의 조상, 역사책에 위대한 최고 마구스로 칭송되는 데미데루스가 수 세기 전에 감춘 악마의 힘을 지닌 아티팩트 13개를 손에 넣기 위해서라면 마지스터는 무슨 짓이든 할 최악의 적이었다.

그 아티팩트들만 있으면 마지스터는 아더월드를 지배할 수 있었다. 그런데 그걸 손에 넣으려면 데미데루스의 직계 후손을 이용하여 지킴이들과 심판관들을 속여야 했다. 마지스터는 타라의 혈통을 알게 된 뒤로 호시탐탐 타라를 납치할 기회를 엿보고 있었다.

마지스터는 타라가 친구의 목숨이 걸려 있는데 장난치지 않으리라는 걸 알 것이었다. 이제 타라가 항복하지 않을 수 없게 되었으니 그는 절호의 기회를 잡은 셈인가.

파브리스는 벽 옆에 서서 주문을 읊었다. 땅바닥에 단단히 고정된 수갑에 채워진 하르퀴아가 서서히 깨어나고 있었다.

"꼴 좋군. 해독제는 어디 있고, 마지스터가 원하는 것이 무엇이냐?" 타라는 분노로 이글거리는 눈빛으로 여자-새를 내려다보면서 소리쳤다.

하르퀴아는 꺅꺅거리는 웃음소리를 터뜨리다가 금세 후회했다. 머리통이 북처럼 쿵쿵 울리면서 욱신거렸던 것이다.

"크르르르, 크라블 드리보우올루 키르르 드르쿠!"
하르퀴아가 시부렁거렸다.

지구에서는 아더월드처럼 통역 주문이 통하지 않으니 뭐라고 하는 소리인지 전혀 알아들을 수가 없었다.

"인터프레투스의 이름으로 서로의 말을 알아듣고 대화할 수 있게 하라!" 타라가 얼른 주문을 읊었다.

주문이 모두에게 닿는 순간 그들은 하르퀴아가 하는 말을 알아들을 수 있었다. 그러나 밑도 끝도 없는 헛소리를 지껄이고 있었다.

"B……1! 드래곤의 주문? 빌어먹을, 또 당했어!"

타라는 하르퀴아들이 욕설에만 대답한다는 것을 깜빡 잊고 있었다.

"병든 트라둑의 똥 같은 것! 간을 씹어먹기 전에 대답해!"

거친 말을 듣고서야 비로소 하르퓌아가 내뱉는 욕지거리에 무아노는 진저리를 쳤다. 이어서 질문에 대한 대답을 쏟아냈는데 타라와 친구들은 경악했다.

"우리를 고용한 아무개가 누구인지 내가 어떻게 알겠냐? 흑백 크리스털 전광판을 통해 모습을 보이지 않고 목소리로만 지시를 내렸는데! 그리고 이튿날 특수우편을 통해 두 가지 임무를 완수하는 대가로 약속한 돈의 절반을 보내왔단 말야. 우리는 '하얀 머리 크리스털 눈'이란 놈을 죽이라는 지시를 받았다, 어쩔래. 빌어먹을! 너희의 수가 이렇게 많고 강한지 알았다면 '크리스털 눈'이 혼자 있을 때를 기다리는 건데! 그리고 아무개는 너, 너같이 독한 계집애가 있다는 말은 입도 뻥끗하지 않았어. 알았다면 금액을 3배로 받았어야 하는 건데!"

드래곤들의 나라 부근에 위치한 행성 크르르르레부르르르가 원산지인 하르퓌아는 약탈을 일삼는 여자-새로 악명이 높았다. 하르퓌아들은 나라가 없기 때문에 난쟁이나 뱀파이어도 결코 발을 들여놓지 않는 히플리아와 크라살비의 황량한 산에 둥지를 틀고 살면서 돈을 받고 살해, 납치, 강탈, 약탈 같은 짓을 하는 전문 용병이었다.

"그 아무개가 누구냐고?"

"누구긴 누구냐? 너희를 죽여 없애라고 우리를 보낸 뭐시깽이지! 그런데 우리가 되레 당하게 될 거란 설명은 하지 않았다고!"

로빈을 지키지 못한 것에 성질이 나 있는 파프니르가 포로에게 다가갔다. 의례적인 욕설을 내뱉은 뒤에 파프니르는 여자-새의 가늘댕댕한 모가지에 도끼를 들이대면서 야무지게 물었다.

"하얀 머리 크리스털 눈, 그러니까 그게 로빈을 말하는 거지?"

"그래, 어린 엘프다 어쩔래? 즙이 질질 흐르는 노란 골, 음, 냠냠…… 정말 맛좋았을 텐데……." 하르퀴아가 비웃었다. "놈의 배때기를 찢어서 죽이려고 했는데."

그때였다. 하르퀴아를 관찰하고 있던 칼이 번개처럼 빠르게 털로 덮인 젖가슴 사이에 늘어진 가죽주머니를 낚아챘다. 하르퀴아는 꺅꺅 소리를 질러댔지만 수갑 때문에 옴짝달싹할 수가 없었다.

칼은 주머니에서 끈적끈적한 것들을 꺼내면서 오만상을 찌푸리더니 그중 양피지 하나를 집어들고 손가락 끝으로 조심스럽게 펼치면서 말했다.

"'두 가지 임무'라고 했단 말야. 그 말은 로빈만 위험한 것이 아니라는 뜻이잖아. 이것 좀 봐!" 칼이 더러운 양피지를 흔들면서 말했다. "이렇게 적혀 있어. **하프엘프 로빈 망질을 죽이고, 마법사 제레미렝비레……를 찾아서 납치할 것**. 피가 묻어서 나머지 이름은 보이지 않고, 사는 곳은 음…… 글씨를 알아보기 힘든데…… 스톤헨지? 아더월드의 도시 같기도 하고……. 파브리스, 다른 하르퓌아들도 같은 지시를 받았는지 확인해볼래?"

파브리스가 재빨리 확인해본 결과 놀랍게도 하르퓌아들이 하나같이 똑같은 양피지를 지니고 있었다.

"납치라는 공통점이 있지만 이건 마지스터의 수법이 아냐." 파브리스가 지적했다. "게다가 하르퓌아들이 로빈을 공격하면서 타라도 가차없이 죽이려고 했어. 하마터면 치명상을 입을 뻔했잖아. 그런데 마지스터는 타라를 해치지 않고 생포할 필요가 있거든."

파브리스의 날카로운 지적에 친구들이 왜 그걸 생각하지 못했을까, 하는 얼굴로 서로를 쳐다보고 있자 드래곤이 말했다.

"하르퓌아는 거짓말하지 않았다. 이들을 보낸 사람은 마지스터가 아냐!"

"그리고 스톤헨지는 아더월드의 도시가 아니야." 마니투가 말했다. "스톤헨지는 영국이라는 나라에 있는 지구의 유적이야!"

잘나가다가 김이 팍 샜다는 듯 칼이 입을 비죽거렸다.

"정리해보자. 정체불명의 X는 로빈을 죽이고, 지구에 있는 제레미라는 마법사를 납치하려고 해. 무슨 속셈일까? 우리도 작전을 짜야 하는 것 아닌가?"

파브리스는 무아노와 랑코비트 궁전의 여자들을 쓰러지게 한 그 매혹적인 까만 눈을 찡그렸다.

"우리는 포로로 붙잡은 한 놈만 빼놓고 하르퀴아를 모조리 죽였어. 따라서 또 하나의 표적인 제레미라는 마법사가 현재는 위험하지 않아. 우선 로빈을 치료한 뒤에 안전한 곳으로 옮기자."

털썩 주저앉은 타라의 눈에서 눈물이 하염없이 흘러내렸다.

"얼마나 걸릴까?" 타라가 울먹이는 소리로 물었다. "로빈이……."

마음속 생각을 다 털어놓을 수 없는 타라가 말을 흐리는 사이에 로빈은 여전히 깨어나지 못한 채 덜덜 떨면서 신음하고 있었다.

"엘프는 인간보다 생명력이 강해." 셈 선생님이 말했다. "6시간, 길어야 8시간이면 깨어날 거다."

그들은 놀란 토끼눈이 되었다. 그럼 굉장히 빠른 건데!

"로빈을 옮기자, 집 안으로." 공포에 사로잡혀 있으면서도 상황 판단이 빠른 무아노가 침착하게 말했다.

그들은 레비투스 주문을 사용하여 하프엘프를 조심스럽게 들어올렸다. 둥둥 떠오른 로빈의 몸이 저택으로 향했다.

"타라? 너 괜찮은 거니?" 창백한 얼굴로 눈물에다 땀까지 흘리는 타라를 보고 놀란 마니투가 물었다.

"왜 이런지 모르겠어요." 타라가 비칠거리면서 대답했다. "온 힘을 기울여 마법을 사용해서 그런지 힘이 점점 빠지는 것 같아요."

마니투는 눈살을 찌푸렸다. 필요 이상으로 마법 능력을 사용해서 힘이 소진된 마법사들의 사례를 잘 알고 있었다. 그런데 타라가 보이는 증상은 아무래도 심상치가 않았다. 마법을 너무 많이 쓴 나머지 관절이 굳고 연골조직이 부식되어 치료받지 않으면 몸이 완전히 마비되는 녹아웃 병의 수준이 아닌 것은 틀림없었다. 그보다 훨씬 심각한 증상이었다.

로빈의 상태가 너무 걱정돼서 불안한 마음을 억누를 수 없는 타라가 벌떡 일어났다. 용에서 늙은 마법사의 모습으로 변신한 셈 선생님이 그 뒤를 따랐고, 파브리스는 집 안으로 들어갈 수 있게 패밀리어들을 축소했다. 마니투도 그들을 뒤따르면서 증손녀를 주의 깊게 살피고 있었다.

키가 큰 백발의 카리스마 넘치는 타라의 할머니 이사벨라 덩컨이 검은색과 흰색 대리석으로 바둑판 무늬를 이룬 현관에서 그들을 맞았다.

"타라, 왜 내 집에 구멍이 뚫리고, 나무들이 숯 덩어리가 되었는지 설명해주겠니?" 이사벨라는 나무라는 어조로 언성을 높였다. "지난번에 집을 파괴했을 때는 네가 정신이 나갔을 때였어.

따라서 두 가지를 물어보마. 내 이름이 뭐지? 그리고 이 손가락이 몇 개로 보이니?"

이사벨라는 손가락 셋을 흔들어 보였는데 타라가 무슨 이상한 짓이라도 하면 마법을 쓸 태세가 분명했다.

"집을 이렇게 만들어놔서 죄송해요, 할머니." 타라는 배시시 웃으면서 대답했다. "그게…… 내가 오해를 하는 바람에 이렇게 됐어요. 근데 할머니 언제 돌아오셨어요?"

이사벨라는 긴장을 풀었다.

"지금 막 왔다. 마을에 있는데 강한 마법이 방출되는 것이 느껴지더구나. 2차 세계대전이 또 일어나는 줄 알고 부리나케 트란스미투스를 작동해서 돌아왔는데…… 대체 무슨 일이니?"

타라는 할머니에게 로빈을 죽이고 어떤 마법사를 납치하라는 임무를 받은 하르퓌아들이 공격해왔다고 간략하게 설명하면서 응접실로 향했다. 이사벨라가 주문을 읊자, 벽에 난 구멍이 메워졌고, 공중에 떠다니던 가구들도 제자리를 되찾았다.

희귀한 고가구를 수집하는 이사벨라는 곡선미가 뛰어나고 꽃무늬를 새긴 루이 15세 시대풍의 소파, 의자, 탁자, 외발 원탁, 안락의자로 초록빛과 장밋빛 응접실을 우아하게 꾸며놓았는데 몇 년 전 타라가 서재에서 타고 올라갔던 것과 똑같이 생긴 벽난로도 보였다.

그들은 쿠션을 치우고 소파에 로빈을 눕힌 뒤 그 머리맡에 자리를 잡았다. 그들은 걱정이 가득한 얼굴로 경련을 일으키며 꿈틀거리는 몸을 지켜보고 있었다. 온몸이 땀에 젖은 로빈을 보면서 타라가 주문을 외우자, 물이 담긴 대야가 유형화되었다. 타라가 펄펄 끓는 이마를 적셔주었지만 로빈은 미동도 하지 않았다. 두려움이 엄습한 타라는 금방이라도 눈물을 쏟을 듯한 얼굴이었다.

"파브리스, 그 하르퀴아들은 아더월드에서 어딘가를 거쳐서 지구로 왔을 것이 틀림없어." 마니투가 말했다. "빨리 네 아버지에게 가서 이동의 문에 이상이 없는지 확인해보거라."

그 순간 파브리스의 얼굴이 파랗게 질렸다. 파브리스의 아버지 브주아 지롱 백작은 800년 동안 집안 대대로 타공에 있는 이동의 문을 지키는 비마 문지기였다. 혹시 아버지도 위험에 처해 있는 거 아냐?

더 물어볼 것도 없이 파브리스가 쏜살같이 뛰쳐나가자 바룬도 부리나케 따라나갔다. 야수의 몸을 하고 있는 무아노도 바람같이 달려나갔다. 타라는 미소를 머금었다. 사랑에 빠진 뒤로 두 친구는 강력 접착제로 붙여놓은 것처럼 떼어놓기가 힘들었다. 무아노는 파브리스가 그들 중에서 마법 능력이 제일 약하기 때문에 불안해하고 있었다.

로빈이 펄펄 끓는 열 때문에 흐리멍덩한 눈을 번쩍 뜨자, 타라가 얼른 몸을 숙였다.

"어, 어떻게 된 거야?" 로빈이 중얼거렸다.

"네가 하르퀴아에게 착륙 활주로가 되어주었지, 뭐." 칼이 사뭇 진지한 얼굴로 대답했다. "충고하는데 다음에는 하늘에서 떨어지는 여자를 보게 되면 제발 피해라, 받지 말고!"

로빈은 참지 못하고 웃음을 터뜨리다가 너무 아파서 몸을 비비 틀었다. 통증이 가라앉자 로빈이 말했다.

"칼, 부탁인데 웃기지 마, 아파 죽겠어! 내 몸에 독이 퍼진 거지? 그럼 이제 죽는 건가?"

"절대 안 죽어! 우리가 방법을 찾을 거야!" 타라는 단호하게 말했다.

절망에 빠진 로빈의 곁에 주저앉아 있던 타라가 벌떡 일어났다. '독이 퍼져 있다'는 말에 타라는 퍼뜩 떠오르는 것이 있었다. 해독제? 아, 그게 있었지! 타라는 체인지라인의 주머니를 뒤져서 셈 선생님이 생일선물로 주었던 귀한 것을 꺼내면서 희망이 반짝이는 눈빛으로 외쳤다.

"용의 이빨! 용의 이빨은 어떤 독이든 해독할 수 있어! 이걸 사용했으면 스너피를 살릴 수 있었는데 그땐 시간이 없어서……. 로빈을 살릴 수 있어!"

셈 선생님이 침울한 얼굴로 타라를 쳐다봤다.

"이런, 타라, 내 이빨을 모조리 뽑아주고 틀니를 할 수도 있지만 그런다고 달라지는 것은 없을 거다. 용의 이빨이 모든 병을 치료할 수 있다는 것은 맞는데…… 정말 애석하게도 하르퀴아의 독은 예외란다. 특별한 사용법이 있는데 아무리 찾아도 알 수 없어서 그냥 이빨만 네게 준 것이란다. 미안하구나."

그 말에 무거운 침묵이 흘렀고, 실망한 타라는 귀하지만 쓸모가 없게 된 이빨을 주머니에 도로 집어넣었다.

"지난번에는 타라를 치료하기 위해 림보의 마왕에게 도움을 청하지 않았던가요?" 이사벨라가 가자미눈으로 참견했는데 창 밖으로 보이는 쑥대밭 정원 때문에 몹시 속이 상해 있었다.

"그런데요, 덩컨 부인, 마왕에게 간청하기가 이제는 힘들게 되었다는 것이 문제거든요." 칼이 건방진 어조로 대꾸했다. "처음 악마들의 행성에 갔을 때는 타라가 마왕을 모욕한 데 이어 그 마왕이 포로로 가두고 있던 색깔들까지 자유롭게 풀어줬어요. 그 다음에 갔을 때는 셈 선생님이 마왕을 끽소리 못하게 깔아뭉개버렸죠. 게다가 해독제를 갖고 있는 것은 악마가 아니라 마지스터예요. 그리고 우리는 마지스터에게 연락할 방법이 없어요. 우리가 만나게 된다고 해도 마지스터가 우리를 도와주려고 하겠어요? 우리를 철천지원수로 생각하는데. 골치 아픈 로빈이 제외되었다는 걸 알면 좋아 죽을 게 뻔하다고요."

"그런 임무를 내린 자가 누군지 하르퓌아에게 물어봤을 거 아니니? 해독제는 당연히 공격을 지시한 자가 가지고 있을 텐데!"

"물어봤죠. 하르퓌아는 의뢰인의 신원을 모른다고 딱 잡아뗐어요." 타라가 말했다.

"하르퓌아들은 용병이에요." 칼이 덧붙였다. "만약 하르퓌아들이 의뢰인의 신원을 폭로한다면 다시는 아무도 고용하지 않을 텐데 설사 알고 있다고 해도 당연히 모른다고 하겠죠. 절대 실토할 리가 없어요!"

"이런 위협에 맞서는 것이 처음이 아냐." 이사벨라는 한숨지었다. "물론 네 말이 맞다만 그래도 내가 직접 그 하르퓌아에게서 몇 가지를 캐내야겠다. 비명소리가 나도 불안해하지 말거라. 별일 아니니까."

이사벨라는 손가락 마디를 으드득 꺾으면서 결연한 표정으로 응접실을 나갔다.

타라와 마니투는 눈길을 주고받았다. 이사벨라는 필요할 경우에는 인정사정없이 냉혹할 수 있었다. 그들은 하르퓌아가 죽는 것을 원치 않았다. 잠시 후, 귀를 찢을 듯한 비명소리…… 으윽, 생각만 해도 끔찍했다.

마니투는 침을 꼴깍 삼켰다. 딸이지만 이사벨라에게는 그가 이해하기 힘들 정도로 독한 면이 있었다. 비명소리가 점점 커지자,

그들은 얼굴을 찌푸렸다.

타라는 로빈을 향해 돌아섰지만 하프엘프는 다시 의식을 잃은 상태였다. 타라는 로빈의 뜨거운 손을 잡으면서 자신에게 친구들이 얼마나 소중한지 다시 한번 느꼈다. 로빈을 살릴 수 있다면 목숨을 내놓을 수도 있었다.

어쨌든 내가 의식을 잃었다면 친구들도 나를 걱정했을 거잖아!

셈 선생님은 타라와 강력한 마법을 합하면서 로빈의 혈관을 정화하기 위해 여러 종류의 주문을 시도했지만 허사였다. 소파에 깔아놓은 태피스트리 색깔만 선명해질 뿐 로빈의 상태는 점점 악화되었다.

그들의 무력한 눈길을 받으면서 로빈은 죽어갔다.

파브리스가 정신 나간 사람처럼 뛰어들어왔다. 이어서 야수 모습의 무아노는 의식이 없는 사람을 안고 들어왔고, 매머드도 숨을 헐떡이면서 울음소리를 냈다.

"타라!"

파브리스가 외쳤다.

타라는 가슴이 철렁해서 일어났다.

"왜 그래? 무슨 일이야?"

무아노가 조심스럽게 안고 온 사람을 소파에 내려놓는 순간 타라는 아더월드와 지구를 잇는 이동의 문을 지키는 파브리스의 아버지 알퐁스 브주아 지롱 백작의 대머리와 코를 알아봤다.

"하르퓌아들이 그 문으로 침입한 거였어!" 파브리스가 오열했다. "아버지도 당했어!"

5
금빛 고리무늬
원하지 않고도 하프엘프와 결합되는 방법

*

백작의 몸이 꿈틀거렸다.

"살아 있잖아!" 의식이 없는 남자의 목에 촉촉한 코를 들이대던 마니투가 소스라쳤다.

"내가 언제 돌아가셨다고 했어요? 아버지는 로빈처럼 강하지도 않고, 나처럼 마법 능력도 없잖아요!" 파브리스는 울먹이는 소리로 말했다. "상처를 치료하려고 내가 레파루스 주문을 실행했지만 아버지의 상태가 급속히 나빠지고 있어요. 셈 선생님, 제발 아버지를 살려주세요. 방법이 있으면 알려주세요, 네? 제발, 제발!"

셈 선생님은 소년의 애절한 눈길을 피했다.

"나도 정말 그러고 싶다. 안됐지만, 악마의 마법을 사용하는 마지스터를 제외하고는 아무도 하르퓌아에 대한 해독제를 구하지 못했어. 그래서 하르퓌아들이 아더월드에서 그렇게 두려운 대상이 된 거야."

깊은 생각에 잠긴 칼이 혼잣말처럼 중얼거렸다.

"빌어먹을, 그 영화 제목이 뭐였더라…… 박테리아? 아니, 그게 아닌데…… 세균이었던가? 아니, 그것도 아닌데……."

칼이 느닷없이 손가락 마디를 우드득 꺾으면서 외쳤다.

"아, 맞다! 〈아웃브레이크〉였어! 더스틴 호프만과 르네 루소 주연의 그 무시무시한 영화!"

무아노가 눈을 흘겼다.

"로빈과 파브리스의 아버지는 지금 사경을 헤매고 있어, 칼. 이런 때에 여기서 꼭 영화 얘기를 해야 되겠니, 너?"

칼은 무아노의 말에 아랑곳없이 드래곤 앞에 버티고 섰다.

"선생님," 칼은 심호흡을 하면서 시작했다. "아더월드에 들여온 지구의 영화를 내가 무지무지 좋아하는 거 알고 계시죠?"

셈 선생님은 이게 무슨 자다가 봉창 두들기는 소리를 하느냐는 얼굴로 칼을 쳐다봤다.

"음, 그래, 그런데?"

"〈아웃브레이크〉에서 에볼라 바이러스에 감염된 원숭이 때문에 한 마을의 전 주민이 전염돼요. 그래서 감염된 원숭이를 잡아 그 피로 백신을 만드는 데 총력을 기울이게 되죠. 그 백신으로 치료하면 바이러스를 박멸할 수 있으니까요. 그것은 백신이 해독제가 될 수 있다는 뜻이죠."

"칼, 우리는 원하는 만큼 하르퀴아를 잡아서 죽일 수 있지만 그런다고 달라지는 것은 없어. 수천 년 동안 수백 명의 학자가 노력했지만 헛수고였다." 셈 선생님이 유감스러운 어조로 말했다.

"짜자자짠! 바로 여기서 〈오메가 맨〉 등장!"

칼이 영악한 얼굴로 말했다.

셈 선생님이 이건 또 무슨 말이냐는 얼굴로 눈을 홉떴다.

"찰턴 헤스턴이 주연한 영화인데 거기서는 바이러스에 감염되면 사람들이 백발의 하얀 눈 좀비로 변하죠. 그런데 마지막까지 감염되지 않은 단 한 사람이 자신의 피를 이용하여 바이러스에 끄떡하지 않는 해독제를 만드는 데 성공하죠. 그런데요, 우리에게도 '오메가 맨'이 있단 말이죠!"

지구의 문화에 익숙하지 않은 친구들은 물론이고 지구인인 파브리스까지 처음 들어본다는 듯이 멍한 눈으로 칼을 응시했다.

"그게 누구냐 하면 바로 타라예요! 타라는 마지스터의 해독제 덕분에 하르퀴아의 발톱에 찔렸는데도 유일하게 살았잖아요. 그러니까 타라의 피에는 하르퀴아의 독과 싸울 항체가 만들어져 있을 가능성이 있다는 거죠!"

타라는 확신을 갖지 못하는 얼굴로 일어났다.

"와 칼, 다시 봐야겠다, 너!" 무아노가 활짝 웃으면서 말했다. "타라의 혈액을 채취해서 거기서 추출한 해독제를 채혈하려면 로빈과 파브리스의 아버지의 혈관에 주사해야 되는데…… 셈 선생님? 어떻게 하는지 방법을 아시죠?"

"그런데 말이다, 타라의 피를 누군가의 혈관에 수혈하는 것이 그리 좋은 생각은 아닌 것 같구나." 셈 선생님이 말했다. "유전자 조작 사건에 대해 아직 알아낸 것이 없기 때문에."

그들은 흠칫 놀라서 서로의 얼굴을 쳐다봤다. 그 문제를 새까맣게 잊고 있었다니! 누군가가 타라를 더 강력하게 만들기 위해 유전자를 조작한 것으로 추정하고 있었다. 그런데 불행하게도 그들은 타라의 DNA를 조작한 사람이 누구인지, 또 그 목적이 무엇인지도 아직 모르고 있었다.

"하지만 두 사람의 목숨을 구할 수는 있잖아요."

무아노는 물러서지 않았다.

"죽을 수도 있어!" 셈 선생님이 냉정하게 대꾸했다. "타라가 면역되어 있는 것이 확실하다면 뭘 망설이겠니? 하지만 그 점도 우리는 전혀 모르고 있어!"

"그럼 확인해봐야지요." 타라가 딱 잘라 말했다. "로빈과 파브리스의 아버지가 위태로운데 가만히 있을 수는 없어요. 아까 로빈이 하르퀴아의 발톱에 찔렸을 때 내가 독을 약간 채취해뒀어요."

타라가 무언의 지시를 내리자, 체인지라인이 주머니에서 시커먼 액체가 담긴 유리병을 내보냈다. 타라는 유리병을 흔들면서 말을 이었다.

"이 안에 나를 감염시킬 독이 들어 있어."

할 말이 없어진 칼은 뒷걸음쳤고, 파브리스는 파랗게 질렸다.

"어림없는 소리!" 셈 선생님이 한 발 앞으로 나서면서 언성을 높였다. "네가 면역이 되어 있지 않으면 너도 죽을 수 있어. 나는 그런 위험을 무릅쓸 수 없다."

타라는 활짝 웃어 보이면서 친구들이 미처 말릴 사이도 없이 단검을 꺼내 팔뚝에 칼자국을 내더니 그 상처에 독을 흘렸다.

"타라!" 셈 선생님이 외쳤다. "안 돼!"

어깨를 으쓱하던 타라는 독이 들어가면서 혈관이 화끈거리는 순간 얼굴을 찌푸렸다.

"이미 늦었어요. 이제 곧 답을 알게 되겠죠."

"맙소사!" 칼은 어이가 없는 얼굴로 쏘아붙였다. "네가 실패하면 해독제를 어떻게 해결하라고?"

그들은 아연실색해서 지켜보고 있지만 타라의 얼굴은 생기가 넘쳤다. 땀 한 방울 흘리지 않고, 미열조차 없었다. 백작의 신음소리만 들릴 뿐 무거운 침묵의 순간이 5분쯤 지났을 때 드래곤이 휴, 하고 안도의 한숨을 내쉬었다.

"아직도 면역이 되어 있구나, 타라. 그러나 한번만 더 이런 짓을 저지르면 그때는 너를······."

"다시는 안 그럴게요." 타라는 말을 잘랐다. "이제 치료할 수 있는 거죠?"

충격을 받았나? 갑자기 셈 선생님이 허리를 구부렸다.

"아이고······ 손, 아니 발이 덜덜 떨리는 게 나는 영······ 안 되겠다." 셈 선생님이 중얼중얼했다. "무아노, 네가 해주겠니?"

무아노는 질겁하는 눈길을 던졌다.

"네? 내가요? 진담이세요?"

"물론. 필요할 경우에는 내가 도와주마."

수줍은 무아노는 감히 거절하지 못하고 마지못해 자리를 잡고 섰다.

그들은 안락의자에 앉은 타라와 마주보게 소파 두 개를 옮겼다. 타라가 손목을 내밀자, 무아노는 로빈과 알퐁스 브주아 지롱의 웃옷을 벗긴 뒤에 주문을 읊었다.

장난꾸러기 칼이 왜 타라의 옷은 벗기지 않느냐고 물었다가 하마터면 따귀를 맞을 뻔했다.

"트란스포르무스의 이름으로 하르퀴아에 대한 해독제를 채취하고 거기서 혈장과 피를 추출하여라!"

정식으로 주문 교육을 받은 무아노가 읊조렸다.

타라의 손목에서 가는 핏줄 두 개가 불끈 섰다. 혈액에서 반짝이는 마법의 입자가 빨간빛의 다발로 변하는 것을 맨눈으로도 볼 수 있었다.

"*레파루스의 이름으로* 타라의 피는 두 환자의 혈관으로 들어가서 치료하여라!"

응결된 액체가 둘로 나뉘어 의식이 없는 두 사람에게 달려들었다. 브주아 지롱 백작은 반응이 없는 반면에 피가 혈관으로 들어오자마자 의식을 찾은 로빈이 하얗게 질려서 벌떡 일어났다.

"안 되애애애! 안 돼, 타라! 안 돼!"

로빈은 피를 되돌려 보내려고 했지만 허사였다. 그 공격을 피해서 타라의 혈액이 로빈의 혈관으로 흘러들고 있었다. 로빈의 몸에서 경련이 일어났다.

바로 그 순간 로빈의 몸에서 핏줄이 불거지더니 고리 모양이 되어 타라의 팔에 닿는 것이 아닌가! 액체 색깔이 변하는가 싶더니 놀랍게도 금빛을 띠었다. 갑자기 하프엘프가 정신적으로 보내는 수많은 이미지와 감정에 휩싸이면서 타라는 현기증을 느꼈다. 타라는 로빈이 갖고 있는 혼혈인의 슬픔, 자신을 걱정해주는 변함없는 마음 그리고…… 사랑을 느꼈다!

이 뜻밖의 반응에 질겁한 무아노는 주문을 중단했다. 피의 흐름도 이미지의 흐름도 멈췄다.

"타라, 너 무슨 짓을 했는지 알아?" 로빈이 팔뚝을 내밀면서 말했다. "잘 봐."

팔뚝에 나타난 빨간색 무늬, 점과 선으로 이뤄진 두 개의 고리……. 타라의 손목에 박힌 인식패스 바로 위에도 똑같이 생긴 금빛 고리가 나타났다. 오무아와 랑코비트에서는 인식패스가 있어야 자유롭게 돌아다닐 수 있지만 지구에서는 일루시우스 주문 때문에 지구인들의 눈에는 인식패스가 보이지 않았다.

"어머…… 어머, 이게 뭐야?" 타라는 무의식적으로 팔뚝을 문질렀다.

"엘프 글자야." 무아노는 눈살을 찌푸리면서 글자를 해독했다. "에스틸 제오발 센실……. 이건 '영혼의 남매로 영원히 결합되었다'는 뜻이야."

기진맥진한 로빈이 소파에 털썩 주저앉았다.

"네 피가 내 몸에 들어왔어. 피의 일부가 네게 되돌아갔을 때 마법으로 결합되면서 우리는 나오울디아르가 된 거야!"

"맙소사! 이걸 어쩌면 좋아!" 무아노는 탄식했다.

임무

죽을지도 모를 위험천만한 모험에
나서지 않을 수 없게 하는 기술

*

타라는 친구들이 하는 말을 전혀 알아듣지 못했다.

"뭐, 뭐라고?"

무아노가 아차, 했다는 얼굴로 설명했다.

"나오울디아르는 엘프들의 말로 피를 나눈 형제라는 뜻이야."

"정확해." 로빈은 얼굴이 벌게져서 말했다. "타라와 피를 나눈 남매, 나오울디아르가 되느니 나는 차라리 죽는 쪽을 택하겠어!"

타라는 눈살을 찌푸렸다. 저 말은 무슨 뜻이지?

"나와 피를 나눈 형제가 되는 것이 싫어?" 로빈의 노골적인 거절에 상처를 받은 타라가 물었다.

"이유가 있거든. 그걸 뭐라고 하더라…… 아, 잘렌마릴 맞지?"

타라가 돌이킬 수 없는 말을 내뱉기 전에 무아노가 얼른 끼어들었다. "피를 나눈 남매는 서로 사랑할 수 없어."

타라는 그제야 이해하고 얼굴이 빨개졌다. 타라도 마음속 깊이 비밀로 간직하고 있었기 때문에 로빈의 심정을 이해할 수 있었다.

"잘렌마릴이 방해하기 때문에." 무아노가 기억을 더듬으면서 계속했다. "피를 결합하면 주요 유전자 변이 현상이 일어나기 때문에 피를 나눈 남매 사이의 사랑은 금지되어 있어."

"그럼 타라가 엘프로 변한다는 뜻인가?" 칼이 물었다. "와우, 지금도 대단한데 타라가 그럼 더 막강해지는 거잖아!"

타라는 얼굴을 찡그렸다. 진담인지, 농담인지 칼의 말은 이따금 종잡을 수가 없었다.

"글쎄, 뭐…… 그럴 수도 있고. 어떻게 될지는 나도 모르지만 꼭 그렇게 될 거라고 생각하지는 않아. 로빈은 절반이 인간이고, 또 타라의 마법은 잘렌마릴보다 더 강력하기 때문에."

"타라, 뾰족 귀가 돋아도 놀라지 마." 칼이 진지한 어조로 말했다. "네가 엘프가 되었다고 박쥐로 변하기야 하겠냐."

기력을 잃은 로빈이 다시 기절했기 때문에 타라는 더 이상 이야기를 나눌 수 없었다.

"다행히 해독제의 효과가 나타나는구나." 셈 선생님이 진찰을 하고 나서 말했다. "방으로 옮겨서 푹 자게 둬. 지금은 그게 제일 나아."

"그런데 아버지는 왜 이래요?" 파브리스는 아무런 반응이 없는 백작을 보면서 불안해서 죽을 것 같은 얼굴이었다.

셈 선생님이 백작을 들여다보면서 능숙한 손놀림으로 눈꺼풀을 들춰보고 나서 이마를 토닥였다.

"괜찮을 거다. 열이 떨어지고 있어. 타라처럼 강력한 마법사의 피가 네 아버지에게 어떤 결과를 줄지 모르겠다만. 어쨌든 깨어나는 대로 무슨 일이 일어났는지 설명해주고 뭔가 비정상적인 것이 느껴지면 즉시 알려야 한다."

"비정상적인 것이라면?" 파브리스가 되물었다.

"그게 말야." 장난꾸러기 칼이 천연덕스럽게 말했다. "타라처럼 벽에 구멍을 낸다든가, 사람들을 개구리로 둔갑시킨다든가 하면 비정상으로 간주할 수 있지."

파브리스는 칼에게 불안한 눈길을 던졌다. 아버지는 성격이 불같고 고약한 면이 있었다. 그런 아버지가 하룻밤 새에 마법 능력을 갖게 되어 정든 성을 떠나 아더월드로 가지 않을 수 없게 된다고 생각하자 파브리스는 멀리, 아주 멀리 떠나고 싶은 충동이 일었다. 셈 선생님의 지시에 따라 로빈과 아버지를 공중 부양해서 이층 방으로 인도하던 파브리스는 지구라서 그런가 마법이 잘 듣지 않자 더 이상 능력이 강해지지 않는 것이 새삼 씁쓸했다.

파브리스는 로빈을 침대에 눕히고 나서 아버지가 있는 옆방으로 갔다. 무아노가 따라다니고 있었다.

흐리멍덩한 눈을 뜨던 백작이 꽃무늬 태피스트리를 보고 깜짝 놀랐다.

"여기가 어디지?"

"가만히 누워 계세요, 아빠. 하르퓌아의 공격을 받고 정신을 잃으셨는데 우리가 가까스로 목숨을 구했어요. 그리고 제 애인을 소개할게요."

백작과 무아노는 파브리스에게 어안이 벙벙한 눈길을 보냈다. 아직 정신이 몽롱한 상태라서 백작은 제대로 이해하지 못한 것 같았고, 무아노는 전혀 예상하지 못한 눈치였다.

"너의 뭐라고?"

"애인이요." 애인이 애인이지 무슨 다른 설명 필요 없잖아요, 하는 식으로 파브리스는 얼른 말을 이었다. "어떻게 된 거냐 하면요. 우리를 공격해온 하르퓌아들을 때려눕히긴 했는데 신원불명의 마법사가 위험에 빠져 있는 것이 틀림없어요. 그래서 우리는 놈들을 찾으러 떠나야 해요. 아빠, 괜찮은 거죠?"

"너의 뭐라고?"

휴, 생각했던 것보다 충격이 심한 것이 분명해. 아버지의 뇌는 아들의 말을 이해하지 못하고 있었다.

"그런 말을 할 때가 아닌 것 같아, 파브리스." 하는 수 없이 무아노가 애써 미소를 머금은 얼굴로 말했다. "그런 얘기가 귀에 들어오겠어, 이런 상태의 아버지에게?"

파브리스는 얼굴을 찌푸렸다. 모르면 가만히 있어! 바로 그래서 이 순간을 택한 거니까! 무서운 아버지가 아직 상태가 불안정하고 기운이 없기 때문에 이때야말로 무아노를 소개할 절호의 기회였다.

백작은 고개를 갸웃하면서 무아노를 뚫어져라 쳐다봤다.

"애, 애인이라?"

"네, 지구에서는 그렇게 표현하는 것 같아요. 아더월드 말로는 벨로리라고 해요(약혼자를 의미하는 벨로리의 정확한 뜻을 안다면 파브리스는 아마 신경이 좀 쓰일걸). 저는 글로리아 다아빌이라고 합니다."

"랑코비트 왕과 왕비의 조카인 글로리아 다아빌 공주예요. 강력한 마법사고 야수로 변신할 수 있어요." 파브리스가 얼른 덧붙였다.

눈살을 찌푸리는 백작의 눈이 갑자기 반짝했다.

"아, 기억납니다. 작년에 내 소유지에서 반디우 대군이 사망했을 때 만난 적이 있지요. 안녕하세요, 공주님?"

무아노는 미소를 지었다. 파브리스의 아버지는 아주 정중했다.

"기억해주셔서 감사합니다. 괜찮으세요?"

"보다시피 그리 괜찮지 못합니다. 삭신이 쑤시고, 개미들이 돌아다니면서 온몸을 뜯어먹는지 스멀스멀, 따끔따끔 영 기분이 나쁘군요. 파브리스, 너 몇 살이지?"

"열네 살인데요?"

"열네 살인데 애인이 있다고?"

파브리스는 얼굴이 빨개졌다. 아이, 미치겠네, 아버지가 또 무슨 말을 하려고 이러시나?

"네, 진심으로 사랑하고 있어요, 아버지."

무아노는 눈시울이 젖어오고 코끝이 찡했다.

"나도 진심으로 사랑해, 너를." 무아노는 어찌할 바를 모르는 얼굴로 말했다.

그러고 나서 감정에 치우치고 싶지 않기 때문에 무아노는 새치름하게 말했다.

"네가 늑대인간으로 변신해서 타라에게 프러포즈했을 때는 빼고!"

백작은 인상적인 눈살을 찌푸리고 나서 공주가 방금 한 말이 무슨 뜻인지 이해하기를 포기하고 도로 누워서 다리를 쭉 뻗었다. 지금은 정말 너무 피곤해서 나중에 자세히 물어보기로 결정한 모양이었다.

"그럼 각별히 신경을 써주거라. 예쁜 데다 용감하기까지 한 소녀로구나. 아주 적절하게 잘 섞였어. 이제 나는 좀 자야겠다. 나중에 다시 얘기하자."

백작이 눈을 감았다 싶었는데 어느새 코 고는 소리가 들렸다.

다리에 힘이 빠진 파브리스는 주저앉아서 이마에 송송 맺힌 땀을 닦았다. 파브리스는 아버지와 마주하고 있으면 아직도 심장이 벌렁거리고 무릎이 후들거렸다.

"곁에서 지켜드려." 아버지 앞에서 사랑을 고백한 파브리스의 마음을 가슴속에 소중히 간직하면서 무아노가 충고했다. "나는 타라에게 가볼게."

무아노는 파브리스의 볼에 입을 맞추고 방을 나갔다.

친구들이 백작과 로빈을 이층으로 옮기는 동안, 로빈이 자신도 모르게 정신적으로 보냈던 사랑의 고백에 몹시 놀란 타라는 생각에 잠겨 있었다. 온갖 괴물이 동맹이라도 맺은 듯 물어뜯으려고 달려드는 세상에서 살아남기 위해 정신없는 나날을 보내는 것만으로도 버거워서 타라는 사실 친구의 감정에 신경 쓸 시간이 없었다.

이제는 의심의 여지가 없었다. 로빈이 사랑에 빠져 있어! 타라는 가슴이 두근거렸다. 어떻게 행동해야 하지? 로빈이 절반은 인간이라고 해도 서로 인종이 다른데! 로빈도 내가 자기에 대해 느끼는 감정을 알 텐데……. 그래서 타라는 마음이 아팠다.
 주머니에서 양피지가 구겨지는 소리에 정신이 번쩍 든 타라는 심호흡을 했다. 하프엘프의 사랑 때문에 마음속으로 세우고 있는 계획에 차질이 생긴다면? 로빈에게만 비밀을 얘기해주고 다른 친구들에게는 말하지 않는다면? 절대 알려지면 안 되는 비밀인데!
 머리가 복잡해진 타라는 깊은 침묵을 지키고 있었다. 무아노는 방으로 들어오자마자 응접실을 정리했다. 무슨 일인지 궁금해서 미칠 지경이지만 무아노는 차마 타라에게 말을 건네지 못했다. 군침을 흘리면서 무화과나무에 눈독 들이고 있는 트롤 그르룰은 무화과를 몰래 따먹다가 이사벨라에게 들키면 얼마나 화를 낼지 생각하느라고 타라는 안중에도 없었다. 파프니르는 피 묻은 도끼를 꼼꼼히 닦으면서 타라의 얼굴을 피하고 있었고, 오지랖 넓은 칼조차 입을 꾹 다물고 있었다. 칼이 제일 재미있어하는 것 중 하나가 로빈을 놀려먹는 건데 절망에 빠진 친구를 보니 말문이 막혔던 것이다.
 웬만한 일에는 자신의 심장이 끄떡없다는 자신감 때문인가, 마니투는 하늘에서 운석이 떨어진다고 해봐라, 내가 놀랄까? 하는 얼굴로 태연하게 검정 털 속에 수를 놓은 듯 점점이 박힌 은빛 털을 내려다보고 있었다.

한편 속에서 불이 나는 셈 선생님은 지겨웠다. 타라는 오랜 세월 기다려왔던 인간이었다. 그의 계획을 실행하는 데 결정적인 역할을 할 수 있는 존재였다. 그러나 어린 마법사를 원하는 대로 다루지 못하면 그가 수천 년 동안 꾸며왔던 모든 일이 수포로 돌아갈 위험이 있었다. 실패란 도저히 있을 수 없는 일이었다. 타라는 원하든 원치 않든 제 운명대로 생을 마치게 되어 있어! 하프엘프는 오랫동안 문제가 되지 않을 거야. 목적을 달성하면 드래곤들의 힘은 막강해지는 거야! 드래곤의 동공이 변하면서 인간의 눈길이 아니라 뱀의 노란 눈으로 노려보고 있지만, 생각에 잠긴 타라는 알아채지 못하고 있었다.

이사벨라가 돌아왔는데 얼굴이 어두웠다.

"나쁜 소식을 알리기에 앞서 하프엘프와 문지기가 어떻게 됐는지 그 얘기부터 들어야겠다."

타라는 눈살을 찌푸렸다. 이름을 사용하지 않는 것은 할머니의 단점이었다. 대인관계가 원만하지 않은 것도 타인에 대한 절대적인 무관심 때문이었다.

"아직까지 내 혈관 속을 흐르는 마지스터의 해독제 덕분에 로빈과 알퐁스 드 브주아 지롱 백작을 치료했어요."

타라는 일부러 그들의 이름을 힘주어 발음하면서 말했다.

할머니는 아마 백년이 지나도 두고두고 이 일을 들먹일 텐데,

할 수 없지 뭐! 타라는 할머니가 폭발하기 전에 얼른 자신이 면역되어 있다는 것을 확인했다고 안심시키면서 덧붙였다.

"이번만은 그 혐오스러운 상그라브도 쓸모가 있더라고요. 우리가 자기 덕분에 목숨을 구했다는 걸 알면 아마 화가 나서 펄펄 뛰겠죠. 부상자들은 이층 방에서 쉬고 있어요. 할머니는 어떻게 됐어요? 정보를 얻으셨어요?"

"내가 너희보다 더 설득력이 있었던 모양이다." 할머니는 수수께끼 같은 얼굴로 말했다. "그 대단한 여자-새가 나한테 다 불었거든. 너희를 공격한 놈들이 전부가 아니었어. 지구에 스무 마리의 하르퓌아가 들어왔고, 몇 마리가 왔는지 그 수를 숨기기 위해 문지기를 공격했던 거야!"

칼의 눈이 똥그래졌다.

"스무 마리요? 우리는 열 마리만 제거했는데! 그럼 나머지 열 마리가 우리를 다시 공격할 거라고요?"

"그건 아니지. 너희가 하르퓌아들에게서 알아낸 것, 놈들이 두 가지 임무를 받았다는 것은 사실이었어. 나는 어쩐지 셈샤나쉬 마법사(모든 마법사와 최고 마구스는 심의회에 복종하며 그 법칙은 나라의 법 위에 있다. 셈샤나쉬 마법사는 심의회의 강압적인 법칙을 거부한다. 아더월드와 지구의 주민들에게 해를 끼치지 않고 조심하는 한 하고 싶은 대로 생활할 수 있다. 그렇지 않을 경우 엘프 사냥꾼과 아더월드의 경찰이 끝까지 추격하여 무력화한다. 엘프 사냥꾼들은 셈샤나쉬들에게 관대하지 않다)의 짓이라는 의심이 들어. 지구에 전설 속의 동물이 나돌아다니는 것을 금하고 있는데 감히 그런 짓을 저지른 걸 보면! 아마 아더월드의 방어 시스템에 대해 엄청난 비난이 쏟아질 거다!"

마니투는 그래도 마법사들이 직접 존재를 드러내는 것보다는 동물 쪽이 문제를 해결하기가 훨씬 쉽다고 생각했다. 그래서 주둥이를 흔드는 것으로 이사벨라의 추론을 반박했다.

"그건 중요한 문제가 아니다. 민투스 주문을 사용하면 기억이 지워져서 하르퀴아들은 생각도 안 날 테니까. 제레미 뭐라고 하는 마법사에 관한 두 번째 임무는 뭐였는데?"

"그래서 그 제레미라는 마법사가 누군지 확인해봤죠." 이사벨라가 어두운 얼굴로 대답했다.

"그랬더니?"

"제레미는 타라나 파브리스처럼 신고되지 않은 마법사였어요. 아무도 그런 이름을 들어본 적이 없다는 거예요. 게다가 더 놀라운 것은 최근에 스톤헨지에서 아주 사소한 사건도 보고 받은 일이 없었다는 점이에요. 그것은 그 마법사가 마법을 사용하지 않거나 비밀리에 행동하고 있다는 건데……. 그 마법사는 왜 우리를 피하고 있을까요? 이유가 뭘까요?"

그들은 멀거니 서로를 쳐다봤다.

"그럼 하르퓌아가 두 가지 지시에 대한 이유도 털어놨어요?"

"아니. 그들의 임무는 로빈을 죽이고 그 제레미를 납치하는 것까지야. 하르퓌아들은 두 무리로 갈라져서 한 무리는 너희를 공격했고, 또 한 무리는 스톤헨지로 떠났어."

"그럼 영국 공간이동의 문을 이용한 건가요?"

이사벨라는 냉기가 도는 미소를 지었다.

"아니, 그럴 수는 없지. 마지스터의 공격이 있고 난 후로 밀입국자들을 함정에 빠뜨리기 위해 드래곤들이 공간이동의 문에 마비 주문을 걸어놨거든. 아주 복잡한 주문인데 오늘도 몇 개의 문에 그 주문이 작동하고 있었지."

칼은 이마에 주름을 잡았다. 그건 면허 받은 전문 도둑도 전혀 모르고 있는 정보였다.

"그럼 영국에 이르는 이동의 문들에 그 주문이 작동하고 있었다는 거예요?"

"그래, 맞아. 타라가 지구로 오는 데 이용했던 우리 마을의 문과 미국의 문과는 달리 주문에 걸려 있었지. 하르퓌아들은 그걸 알고 있었던 것이 틀림없어. 런던의 문을 이용하지 않았던 걸 보면. 이동의 문을 이용하면 단 몇 초면 런던에 갈 수 있는데 놈들은 하늘을 날아가는 최악의 방법을 택했단 말야. 특히 지구에서는 트란스미투스를 작동해도 마법이 약해서 빨리 날 수도 없고 힘을 쓸 수가 없는데도……."

"근데 그게 왜 최악의 방법이에요?"

"하르퀴아들이 이동의 문을 택했다면 오히려 우리는 절대 붙잡지 못할 테니까. 눈 깜짝할 사이에 이동하기 때문에. 그러나 하늘을 날아서 스톤헨지에 이르려면 적어도 이삼일은 걸리기 때문에 그것은 우리에게 뒤쫓을 시간을 주는 셈이지. 하여튼 뭔가 아주 이상한 냄새가 나."

그때 갑자기 밖이 소란스럽더니 타라의 어머니 셀레나가 구불구불 흘러내리는 아름다운 머리를 휘날리며 불쑥 나타났다. 패밀리어인 퓨마 셈보르에 이어 타라가 못마땅해하는, 어머니의 약혼자 최고 마구스 메델루스까지 나타났다. 타라는 아버지가 이제는 유령으로서만 존재할 뿐인데도 아버지 자리를 노리는 그 남자를 여전히 용납하지 않고 있었다.

많은 사람이 모여 있는 것을 보고 깜짝 놀랐는지 셀레나가 멈춰 섰다.

"타라, 괜찮은 거니, 내 딸? 잔디밭에서 하르퀴아 한 마리가 욕설을 퍼붓고 있던데……? 그리고 쓰러져 죽은 하르퀴아들, 잔디는 엉망이 되어 있고…… 이게 다 무슨 일이니?"

어머니와 다정하게 포옹하고 메델루스를 향해서는 쌀쌀맞게 인사를 한 뒤에 타라는 자신의 여행과 일어난 사건에 대해 짤막하게 설명했다. 타라는 나중에 어머니를 기쁘게 해줄 마음에 아버지를 유령의 세상에서 돌아오게 해줄 수 있는 양피지를 찾으러 지구로 떠난다는 것을 어머니에게도 털어놓지 않았다. 셀레나는 딸을 꼭 끌어안으면서 탄식했다.

"도저히 막을 수 없단 말인가! 너뿐만 아니라 이제는 네 친구들까지 공격하다니! 도대체 내가 무슨 죄를 지었다고 하늘이 이런 벌을 준단 말인가!"

"잘은 모르지만 끔찍한 죄라는 것은 틀림없어요." 장난꾸러기 칼이 입이 근질근질해서 못 참겠다는 듯 톡 나섰다. "전생에 아주 사악한 마법사였던 모양이죠, 뭐. 그래서 딸인 타라까지 벌을 받는 게 아닐까요? 푸하하하······."

"칼, 너 계속 그렇게 까불면 두꺼비로 둔갑시킨다!" 타라가 쏘아붙였다.

타라는 키도 조그만 것이, 하는 얼굴로 칼을 째려봤다. 키가 작아야 어디든 슬쩍 들어갈 수 있기 때문에 자신의 왜소한 신체조건에 불만이 없는 칼은 한술 더 떴다.

"이왕이면 아주 작은 두꺼비로 부탁해!"

타라는 어머니를 향해 돌아섰다.

"엄마, 걱정하지 마요. 다 잘될 거예요."

셀레나는 고개를 끄덕였지만 안심이 되지 않는 얼굴이었다. 사냥꾼의 공격으로 부상당했던 메델루스는 셀레나를 위로하듯 다정하게 안아주었다. 그 순간 타라는 메델루스의 눈에 스치는 공포의 빛을 봤다. 왜 갑자기 공포에 질리는 거지?

"너는 여기 무슨 일로 온 거니?" 이사벨라는 메델루스를 본 척도 않고 셀레나에게 물었다. 오무아 제국 전 황제의 미망인인 딸에 비해 메델루스의 조건이 너무 기운다고 생각하는 이사벨라는 대체 뭐 때문에 이런 형편없는 생명공학자를 달고 다니느냐는 얼굴이었다.

"타라가 좀 쉬겠다고 나한테 말하고 지구로 떠났다고 하는데도 후계자가 있는 곳을 대라고 여제가 어찌나 들볶는지 정말 견딜 수가 없을 지경이었어요. 그래서 브래드와 나는 크리스털 볼을 아예 꺼버리고, 엘프들의 나라 셀렌다에서 하루를 보낸 다음 이리로 온 거예요. 그러니까 우리가 여기 온 것을 아무도 모를 거예요."

그럴 줄 알았어, 내가! 이래서 다른 사람들에게 알리지 않은 거라니까! 어머니나 에프리트나 도움이 안 되기는 마찬가지라는 사실에 타라는 얼굴이 일그러졌다.

"그럼 이제 우리가 뭘 해야 하지?"

타라는 결정을 못하고 주저했다. 볼이 쏙 들어갈 정도로 비정상적인 피로를 느끼고 있었다. 타라가 무엇을 하든 늘 난처한 일이 벌어졌다.

"이번에는 우리만 문제되는 것이 아니에요. 하르퓌아들은 또 다른 마법사를 찾고 있어요. 일단 영국인 마법사부터 구조해야 해요. 나머지는 그때 가서 생각해요."

"그래, 맞는 말이야. 하르퓌아들이 지구를 멋대로 돌아다니게 둘 수는 없다." 드래곤이 찬성했다. "마법과 지구인들의 접촉을 최대한 줄이는 것은 이사벨라, 당신의 의무요. 하르퓌아들의 위치를 추적해서 무력화하시오. 놈들을 죽이지 말고 아더월드로 보내야 됩니다. 달리 방법이 없으면 제거하고 시체를 흔적도 없이 처리해야 합니다. 구덩이를 너무 깊이 파서 아마추어 고고학자가 빠지는 일이 없도록 주의하는 것도 잊지 말고!"

타라가 깜짝 놀랄 정도로 하얗게 질린 할머니가 하나 마나 한 질문을 했다.

"나…… 나더러 스톤헨지에 가라는 겁니까?"

"예. 통북투(아프리카 사하라사막 남쪽 니제르 강 연안 도시—옮긴이)가 아니라 스톤헨지에 가라는 겁니다!"

드래곤이 고개를 끄덕이면서 대답했다.

할머니의 성질을 잘 알기 때문에 타라는 눈살을 찌푸렸다. 저러다 셈 선생님을 숯 덩어리로 만들어버릴 텐데, 물론 용은 불에 견디는 것쯤이야 식은 죽 먹기겠지만.

그러나 예상과 달리 할머니는 "오!" 하고 외마디 소리를 내고는 의자에 털썩 주저앉았다. 그 이상한 반응에 모두 놀라서 쳐다보고 있을 때 이사벨라가 말했다.

"당장 하르퀴아들을 추격하면 프랑스를 빠져나가기 전에 잡을 수 있지 않겠소?"

"지금 어디에 숨어 있는지도 모르는데…… 적을 과소평가하지 마시오. 하르퀴아들은 어리석지 않아요. 눈에 띄지 않게 위장하는 카무플루스 주문을 작동한 것이 틀림없소. 그 주문은 마법의 에너지를 거의 소모하지 않기 때문에 육안으로도, 마법으로도 감지할 수 없단 말이오. 한 가지 다행인 것은 하르퀴아들이 어디로 갈지 우리가 알고 있다는 것이오. 지금 이렇게 시간을 낭비하지 않는다면 당신이 먼저 그곳에 도착할 것이오."

이사벨라는 부아가 치밀었지만 드래곤의 주장을 반박할 만한 말을 찾지 못했다. 이사벨라는 손녀를 향해 돌아섰다.

"타라?"

"네, 할머니."

"너도 같이 가자."

"네? 제가요? 왜요?"

어쩔 수 없이 아더월드로 돌아갈 생각을 하고 있던 타라는 뜻밖의 말에 당황했다.

"여긴 안전하지 않아. 새롭게 나타난 적이 누군지 그리고 그자가 왜 로빈의 목숨을 노리는지 이유를 모르기 때문에 아더월드도 안전하지 않아. 차라리 너를 눈앞에 두는 편이 낫겠다. 그러니까 아무래도 스톤헨지까지 같이 가는 것이 더 마음이 놓이겠구나."

 마법사가 된 이후로 타라는 일종의 제6감각……, 마법을 여섯 번째 감각으로 간주한다면 제7감각을 발전시켜왔다. 제7감각으로 타라는 할머니가 몹시 불안하고 초조해하고 있음을 느꼈다. 평소에 보이던 할머니의 기질과 맞지 않는 태도였다. 게다가 이제껏 타라를 데리고 나간 적이 없었다. 타라는 속으로 한숨을 내쉬었다. 할머니는 정말이지 비밀이 많았다. 할머니의 태도나 뭔가를 간파한 것 같은 셈 선생님의 태도에도 무슨 꿍꿍이가 있는 모양인데…… 호기심이 동한 타라는 군소리 없이 따라가기로 했다.

 게다가 여러 가지 정황상 좋은 점도 있을 것 같았다. 당분간은 내 목을 노리려고 달려드는 자가 없을지도 몰라!

 "갈게, 나도!" 무아노가 불쑥 말했다. "지금은 특히 혼자 가게 둘 수 없어. 타라, 너를!"

 "나도." 방으로 들어오던 파브리스가 그 말을 들었는지 대뜸 말했다. 뒤따라오는 매머드는 긴 코가 계단에 걸릴까 조심조심 내려오고 있었다.

아무리 위험한 곳이라도 마다 않고 타라와 동행해왔던 칼은 친구를 배신하는 것 같아서 마음이 불편했다. 속이 상한 칼은 눈물이 그렁그렁했다. 칼이 친구들에게 말하려고 하는 핑계가 부분적으로 거짓이기 때문에 더욱 그랬다. 그러나 지구로 떠나기 직전 예전에 목숨을 구해주었던 자이언트 거미 드르르르가 우연히 엘레아노라의 흔적을 발견했다고 크리스털 볼을 통해 알려주었다. 면허 받은 도둑 엘레아노라는 스몰컨트리에 있었다. 아더월드의 사냥꾼들이 엘레아노라를 추적하고 있었다. 타라에 대한 우정에도 불구하고 칼은 자신을 죽이려고 했지만…… 자신의 마음을 빼앗았던 엘레아노라를 구하러 갈 생각이었다.

"아, 이걸 어쩌지! 난 너희와 함께 갈 수 없어." 칼은 몹시 난처한 얼굴로 말했다. "도둑대학의 그린슈르 지도교수님이 사르도인 선생님에게 내가 결석이 너무 많아서 학년말 시험에 응시하지 못할 우려가 있으니 빠진 수업을 채워야 한다고 알렸대. 아더월드로 돌아가지 않으면 나는 학위를 딸 자격이 없어져. 그러면 나는 부모님에게 맞아죽을 거야, 틀림없어!"

재빠른 임기응변, 추론과 날랜 몸놀림, 칼의 뛰어난 재능이 아쉽지만 타라는 곤란한 상황에 처한 친구를 이해했다.

"그르룰 가겠음!" 트롤도 덩달아 나섰다.

"안 돼, 그르룰." 이사벨라가 선언했다. "너는 이제 자르와 마라의 보디가드가 되었잖아. 셈 선생이 너를 지구로 데려오지 말았어야 했는데…….”

은연중에 내비치는 비난에 기분이 상한 드래곤은 숨을 몰아쉬었다. 이사벨라는 농담 삼아 한 말이었건만, 행방불명된 옛 주인이 걱정돼서 지구까지 따라왔던 트롤은 자신의 사촌에게 쌍둥이들의 경호를 맡기겠다며 막무가내로 따라가겠다고 고집을 피웠다. 트롤을 떼어낼 궁리를 하던 셈 선생님은 머리통만한 몽둥이를 들고 이거, 말로 해서는 안 되겠군, 하는 얼굴로 눈을 부릅떴다.

이사벨라도 만만치가 않았다. 트롤은 온갖 죽는소리를 다하면서 졸라봤지만 이사벨라의 단호한 의지를 꺾을 수 없었다. 그르룰은 하는 수 없이 굴복하고 오무아로 돌아가기로 했다.

“나도 동행할 수가 없소.” 드래곤이 유감스럽다는 투로 말했다. “마지스터와 악마 군단이 습격한 뒤로 아더월드에서는 안보회의가 계속 열리고 있어서 참석해야 합니다. 타라를 안전하게 지켜주리라 믿소, 이사벨라 부인.”

셀레나가 따라가겠다고 말하려는 순간, 메델루스가 갑자기 얼굴이 새파래져서 안락의자에 픽 쓰러졌다.

“브래드, 괜찮아요?” 걱정스런 얼굴로 셀레나가 소리쳤다.

메델루스는 한참 기침을 하다가 초췌한 얼굴을 들었다.

“샤먼이 처방해준 물약만 먹으면 소화가 안 돼서 말이오. 게다가 가끔씩 참을 수 없는 위경련이 일어나는 바람에……."

지난번 타라와 마지스터가 맞서 싸울 때 여자뱀파이어 사냥꾼에게 중상을 입었던 메델루스는 계속 치료를 받고 있었다.

"셀레나, 너는 메델루스와 남아 있어야겠다." 짐스럽게 병든 마법사를 데려갈 생각이 전혀 없는 이사벨라가 지시를 내렸다.

셀레나가 꼭 가야 한다고 우겼지만 타라는 한술 더 떴다.

"그 하르퓌아들은 할머니와 내가 맡을 테니까 엄마는 걱정 마세요. 나보다는 메델루스에게 엄마가 더 필요한 것 같네요. 자주 소식 전할게요."

마지스터에게 납치되어 10년 동안 타라와 같이 살지 못했던 셀레나는 딸의 독립심에 아직 적응이 되지 않았다. 그녀는 서운하기도 하고 미안하기도 한 얼굴로 고개를 끄덕였다.

"그래, 알았어. 우리는 여기 머물고 있을게. 우리가 지구에 있으면 문제가 생겼을 경우 연락하기도 쉽고 또 달려가기도 쉬우니까. 그럼 우리가 원정대의 후방 기지가 되는 셈이구나."

메델루스는 셀레나 몰래 이맛살을 찌푸렸다. 그는 기술공학이 발달했는데도 불구하고 원시적이라고 생각하기 때문에 지구를 싫어했고, 타라 때문에 하마터면 죽을 뻔했다는 이유로 셀레나의 딸을 별로 좋아하지 않았다. 그렇다고 타라를 드러내놓고 싫어할 수 없기 때문에 그는 선택의 여지가 없었다. 어쨌든 셀레나가

딸을 따라 위험천만한 모험을 하러 가지 못하게 막는 데는 성공한 셈이었다.

"나도 같이 갈래." 힘없는 목소리가 말했다.

"로빈!" 방으로 비칠비칠 들어오는 하프엘프를 부축하려고 얼른 뛰어가면서 타라가 외쳤다. "왜 내려왔어? 넌 푹 쉬어야 하는데!"

"엘프는 청각이 발달해 있어. 하프엘프지만 내 귀도 순종 엘프 못지않게 예민해." 로빈은 신음소리를 내지 않으려고 이를 악물면서 의자에 무겁게 앉았다. "모두가 하는 말이 들렸어. 나만 두고 떠나지 마!"

이사벨라는 단칼에 자르려고 했다. 그러나 죽은 사람같이 창백하게 누워 있던 로빈이 걸어다닐 정도로 많이 좋아진 것을 보고 기뻐하는 타라를 보면서 입을 다물었다.

"물론 우리랑 같이 그놈의 하르퀴아들을 잡으러 가야지. 이제는 너도 나처럼 면역이 되었으니까 위험하진 않을 거야! 하지만 너는 우선 기력을 찾아야 해. 우리는 내일 아침에나 떠날 거야, 그렇죠, 할머니?"

"그래. 준비할 것이 많아. 타쉴과 망구스에게 몇 가지 지시를 내려야 하고, 또 런던 이동의 문에 우리가 간다는 것도 알려야 하고."

"그럼 됐으니 서두릅시다." 셈 선생님이 결론을 내렸다. "브주아 지롱 백작은 타쉴과 망구스가 그의 집으로 옮기면 되고, 백작에게 아무 문제가 없다는 확신이 들 때까지 내가 지켜볼 것이오. 그 다음에 아더월드로 갔다가 회의가 끝나는 대로 가능한 한 빨리 돌아올 것이니 무슨 문제가 생기면 즉시 크리스털 볼로 연락해요."

파브리스는 곧 회복될 것이라고 확신하면서 아버지를 성으로 옮기게 했다. 자신에게 마법 능력이 있다는 것을 알게 된 이후로 파브리스는 그 능력이 가져올 결과를 두려워해야 하는 건지, 기뻐해야 하는 건지 알 수가 없었다. 더 강력한 마법사가 되기 위한 마지막 시도에서 털이 짧은 늑대인간으로 변했던 파브리스는 아버지까지 타라의 마법에 전염되었을까 걱정이 태산이었다. 그러나 친구를 혼자 가게 둘 수는 없었다. 무시무시한 함정에 빠졌다가 이번에도 간신히 위기를 모면했는데……. 지금은 그런 친구를 저버릴 때가 아니었다.

백작이 마법에 전염된 징후를 전혀 보이지 않는 것을 확인한 뒤에 셈 선생님이 성에서 돌아오자 그들은 안도했다. 타라는 자신의 팔뚝에 생긴 금빛 고리무늬와 로빈의 팔뚝에 생긴 진홍빛 고리무늬를 번갈아 쳐다봤다. 그리고 그 무늬들이 같은 리듬으로 펄떡펄떡 뛰는 것을 확인했다.

마니투는 개의 얼굴로 나타낼 수 있는 범위 내에서 초조한 표정을 지으며 슬그머니 다가왔다.

"타라, 너한테 할 말이 있어."

타라는 검은 털이 보송보송한 머리를 내려다봤다.

"말씀하세요, 증조할아버지."

"오! 타라, 증조할아버지라고 부르지 말라고 내가 그렇게 부탁했건만! 백 살쯤 먹은 파파노인이 된 느낌이란 말이다!"

"하지만 백 살이 훨씬 넘은 건 사실이잖아요."

"그냥 할아버지라고 불러다오, 제발 부탁이다."

타라는 생글거리면서 순순히 따랐다.

"네, 할아버지, 무슨 말을 하시고 싶은데요?"

"여기서는 곤란해. 아무도 모르게 나를 따라와."

타라는 '나 화장실 가는 거니까 관심들 끄세용' 하는 얼굴로 일어나서 태연하게 응접실을 빠져나왔다. 페가수스가 따라나서려고 했지만 타라는 가만히 있으라는 손짓을 했다. 페가수스는 말할 수 없지만 정신적으로 보내는 감정과 이미지로 알겠다는 신호를 보냈다.

"무슨 일이에요?"

호기심이 가득한 얼굴로 타라가 마니투에게 물었다.

"나는 네 할머니가 너를 보살피기 위해 데려가는 거라고 생각하지 않아."

"네? 그럼 뭐 때문에 할머니가 나를 데려가려고 하는데요? 또 오무아 제국에서 교육받는 걸 막으려는 것이라는 말씀이라면 하지 말아요."

"그게 아냐! 네 할머니도 그 문제는 이미 단념했어. 내 생각에는……." 마니투는 차마 입이 떨어지지 않는다는 듯 심호흡을 했다. "너를 보디가드로 삼으려는 것이 분명하다!"

타라의 얼굴을 보니 정말로 깜짝 놀란 모양이었다.

"농담이시죠? 할머니는……."

"너보다는 강력하지 못해. 한 살 한 살 나이를 먹을수록 너의 능력은 점점 커지고 있어. 네 할머니는 그걸 잘 알고 있다."

"하지만 할머니가 왜 보호를 받아야 하는데요? 할머니의 능력이면 하르퀴아쯤은 쉽게 제압할 수 있어요. 내가 필요할 정도는 아니에요."

"그러나 네가 필요하지. 두렵기 때문에. 네 할머니의 태도로 봐서 완전히 겁에 질려 있는 것이 틀림없다."

타라는 눈을 동그랗게 떴다. 겁에 질린 할머니? 그 말은 아무리 생각해도 할머니에게 어울리지 않는 표현이었다. 타라는 다시 물었다.

"겁에 질려요? 왜요?"

"스톤헨지 때문에."

이건 또 무슨 소리지?

"거긴 우리가 가려는 곳이잖아요. 스톤헨지가 왜요?"

"왜냐하면 네 할머니의 남편이 거기서 행방불명되었거든!"

과거의 그림자
어떻게 없어졌기에 몇십 년이 지나도록 못 찾고 있을까

*

 자신의 귀가 믿어지지 않았다. 타라는 흑백 타일이 바둑판 모양으로 깔린, 넓은 거실 입구에 놓인 베이지 소파에 주저앉았다. 마니투는 앞발을 들어 거실 문의 손잡이 버튼을 눌렀다. 방 안에 햇살이 쏟아져 들어오고 있었다.
 "그럼 할아버지가…… 실종되신 거였어요? 그 말은 납치되었을 수도 있고 살해당했을 수도 있다는 뜻인가요?"
 "그래, 맞아. 이사벨라는 입 밖에도 내지 않고 있지만 나는 그렇게 추측하고 있어. 네 할아버지 이름은 메넬라스 트리 브란릴이란다."
 아직도 비밀이 있단 말야? 할머니의 지긋지긋한 비밀……. 할머니는 돌아가셨다는 할아버지를 '존'이라는 이름으로 지칭했는데 메넬라스라는 이름과 비슷하기는커녕 아주 딴판이잖아.

"메넬라스라면? 트로이 전쟁, 헬레네, 파리스, 아킬레우스, 아가멤논이랑 무슨 관계라도 있나요?"

불신하는 얼굴로 타라가 물었다.

허허, 애 좀 보게, 아는 것은 많아 가지고……. 마니투는 혀를 내두르는 시늉을 했다.

"그렇게 옛날 이야기가 아니야! 메넬라스를 만난 것은 아더월드에서 불법 결투가 벌어졌을 때였지. 이사벨라는 메넬라스를 상대로 싸우는 자기 친구를 보조하고 있었어."

타라는 아더월드의 옛날 이야기는 대부분 잔혹한 전쟁 이야기라는 인상을 갖고 있었다. 아더월드에서 결투는 불법이지만, 오무아만 예외적으로 결투가 계승되는 것으로 알고 있었다.

결투 원칙은 간단했다. 결투를 벌이기로 한 두 사람은 각각 보조 두 명과 증인 두 명을 동반하며, 결투하다 쓰러진 자가 요청하면 보조가 대신 싸울 수 있었다. 마법의 광선으로 맞서는데 더 빠르거나 더 강력한 광선을 발사한 쪽이 승리하는 것이었다.

타라는 결투를 야만적이고 위험하다고 생각하지만, 오무아 제국의 여제는 결투를 금지하지 않고 있었다.

"'불법'이라고 하신 걸 보니 오무아에서 일어난 일은 아니네요."

"수세기 동안 결투를 금지해온 랑코비트에서 벌어졌어. 메넬라스는 빌랭의 용병 출신이었고, 그의 아버지 트리 브란릴은 남작 영지를 다스리면서 심의회를 주관하는 권력자였다. 그런데 이사벨라의 친구인 그라비르가 메넬라스의 여동생 보이로디아에게 반해버렸지."

"그게 어때서요? 그러면 안 되는 건가요?"

"안 되지, 보이로디아는 현재 왕의 아버지 디어 왕의 아들 메오브릴 왕자와 결혼하기 위해 랑코비트에 막 도착한 것이었으니까. 그런데 왕자는 보이로디아가 자기와 결혼하고 싶어하지 않는다는 걸 전혀 모르고 있었지. 그녀는 페가수스와 말을 돌보며 사는 생활이 더 좋은 데다 왕자비가 될 생각이 추호도 없었거든. 그래서 그녀는 공식적인 상견례가 있기 직전에 도망치고 말았어."

"시시하네요." 이런 주제의 영화를 많이 봤기 때문에 타라는 한숨을 내쉬었다. "성벽을 넘다가 미끄러지면서 콰당! 보초를 서던 그라비르는 도둑이라 생각하고 달려들었다가 같이 나뒹굴게 되었는데 이게 웬일, 찌리릿, 전기가 왔으니! 둘은 그만 사랑에 빠지고, 여자는 자기 의사와 관계없이 어른들이 억지로 결혼시키려 하는 것이라고 고백한다는, 뭐 그렇고 그런 사랑 얘기잖아요."

타라 덩컨 103

"설마! 이사벨라가 그 얘기를 다해줬단 말이니?"

마니투가 어리둥절해서 외쳤다.

"아뇨. 그게 아니라 '결혼할 남자를 피해 도망치던 여자가 우연히 만난 남자와 사랑에 빠지는' 스토리는 시나리오 작가들이 자주 써먹는 것이거든요. 트리스탄과 이졸데의 신화도 그런 내용이잖아요. 아더월드로 떠나기 전에 학교에서 배웠는데 신화와 전설이 대부분 실화라는 걸 알았어요. 나는 개인적으로 뱀파이어와 하르퀴아처럼 사실성이 좀 떨어지는 이야기가 더 재미있지만…… 아까 얘기로 돌아갈게요. 그리하여 그라비르는 여자를 구해 자기 방에 숨겨놓고 창 밑을 지키고 서서 이룰 수 없는 사랑에도 불구하고 가슴이 선택한 사람을 위해 의무를 이행하기로 결심하죠."

"너는 연애소설을 너무 많이 읽었구나." 마니투는 미소를 지었다. "어쨌거나 네 말이 틀리진 않아. 다음 날 보이로디아는 자신도 모르게 왕자비의 운명을 면하게 되었으니까."

"그녀가 비밀통로라도 찾아서 도망쳤나요?"

"아니! 궁정식구들과 빌랭에서 사절단으로 온 남작들이 지켜보는 가운데 그녀는 그라비르를 사랑하기 때문에 왕자와 결혼하지 않겠다고 선언했지."

"우와! 너무 경솔하지만 그래도 꽤 용감했네요. 그래서 메넬라스가 그라비르에게 결투를 신청했나요?"

"메넬라스는 메오브릴 왕자가 결투 신청을 할 것이라 예상했지. 하지만 정략결혼이라서 왕자는 보이로디아에 대해 잘 모르는 데다 결혼에 대해서도 별로 관심이 없었어. 빌랭의 사절단은 개망신을 당한 셈이었지. 그날 저녁, 메넬라스는 그라비르에게 비밀리에 결투를 신청했지. 비밀이라는 것이 다 그렇듯 그 소문은 삽시간에 퍼졌어."

"아, 눈에 선해요. 메넬라스가 장갑 한 짝을 그라비르의 얼굴에 던지면서 꼭두새벽에 성 뒤편의 풀밭에서 검으로 결투를 하자고 했죠?"

"조금 비슷하긴 해. 정오에 숲 속 빈터에서 마법으로 결투를 벌이기로 했지. 그라비르는 자신의 마법이 메넬라스보다 강력하지 않다는 걸 알고 있었어. 빌랭에서는 어려서부터 싸움을 예찬하면서 성장하기 때문에 그곳의 마법사들과 최고 마구스들은 마법이 강력하고 잔혹하기로 유명하지."

"그래서 그라비르는 결투에서 패할 경우 메넬라스와 맞서 싸울 마법사로 할머니를 선택했나요?"

"음…… 조금 달라. 그 시절에 네 할머니는 아주 고집불통이었다. 자기 마법이 세상에서 가장 강력하다고 생각하는 이사벨라는 그라비르에게 자기가 대신 메넬라스와 싸우겠다고 했지."

"어휴, 할머니가 잘난 척이 좀 심했네요. 그래서요?"

"물론 그라비르는 거절했지. 하지만 이사벨라를 보조로 받아들였어. 다음 날 정오, 메넬라스, 그라비르, 보조들, 증인들, 치료사 샤먼이 약속한 장소에 모였지. 그라비르와 메넬라스가 맞섰는데, 메넬라스는 과연 대단한 실력을 보였어. 그라비르의 마법 방패를 뚫는 것만으로도 일루전이 사라졌거든."

타라는 혼란스러웠다.

"일루전이요?"

마니투는 우거지상을 했다.

"너의 고집불통 할머니가 그라비르에게 마법을 걸어놨던 거야. 그라비르가 개입하지 못하게 최면을 걸어놓고서 자기가 그라비르의 모습으로 대신 나섰던 거지. 메넬라스는 기겁했어. 쓰러뜨렸다고 생각하던 그라비르 대신 나타난 사람은 미모의 여인이었으니! 아주 오래전이었다는 걸 잊지 말거라. 네 할머니가 한창 눈부시게 아름다웠을 때였지."

"메넬라스가 할머니의 아름다운 초록빛 눈에 홀려서 그만 사랑에 빠지고 말았군요."

"이사벨라를 뚫어져라 쳐다보던 메넬라스가 갑자기 푹 쓰러지는 거야. 잠시 후 깨어난 메넬라스는 사랑에 빠졌다는 걸 알았지. 이사벨라도 메넬라스가 자기를 이길 수 있는 유일한 마법사였기 때문에 홀딱 반하고 말았지. 두 사람은 누가 더 강력한지 가리기 위해 계속 싸웠어. 보다보다 진저리가 난 디어 왕은 거의 무력으로 두 사람을 결혼시키기로 했지. 두 사람의 싸움과 화해, 그리고 사랑에 대한 이야기는 왕국에서 모르는 사람이 없을 정도로 유명했단다. 셰익스피어의 『헛소동』과 『말괄량이 길들이기』는 어쩌면 그들의 싸움에서 영감을 얻은 것일지도 몰라."

"와, 할머니가 그렇게 로맨틱한 분인지 정말 몰랐어요." 정열적인 사랑에 빠진 할머니를 상상하면서 타라는 열광했다. "그래서 어떻게 됐어요?"

"두 사람은 빌랭에 가서 살았지. 메넬라스는 아버지를 계승하여 남작 영지를 다스렸고, 30년 후 이사벨라는 네 어머니 셀레나를 임신하게 되었단다."

타라는 마법사들의 믿을 수 없이 긴 수명에 도무지 적응이 되지 않았다.

"하지만 어머니는 랑코비트 사람이잖아요? 빌랭에서 태어나지 않았나 보죠?"

"여러 가지 사정이 겹친 탓에 네 할머니는 달이 차기 전에 아기를 낳았지. 분만전문 샤먼이 조산할 가능성이 있으니 몸조심하라고 그렇게 주의를 줬건만 그 고집불통이 말을 들어야지. 랑코비트에 있는 내 집에 왔다가 궁전에 들어가서 왕에게 빌랭 용병들의 활동에 관해 보고할 때 진통이 시작되었거든. 그리고 몇 시간 후에 네 어머니가 태어났다. 이사벨라가 미처 빌랭으로 돌아갈 겨를도 없이."

타라는 날카롭게 지적했다.

"보고요? 그럼 할머니가 랑코비트를 위한 스파이 역할을 했다는 거예요?"

마니투는 난처하다는 듯 몸을 비비 꼬았다.

"그 시절에 빌랭의 용병들이 문제를 많이 일으켰거든. 그들은 닥치는 대로 공격하고 파괴하고 약탈을 일삼았어. 그래서 네 할머니는 랑코비트를 위해 그들의 동태를 살피고 있었지. 이사벨라의 결혼으로 트리 브란일 남작 영지는 랑코비트의 동맹국이 되었지만, 다른 영지들은 그렇지가 않았거든. 메넬라스는 전혀 모르는 일이었지만 네 할머니는 위험천만한 일들을 마다하지 않고 임무를 수행했어. 오죽하면 조산을 했겠니."

"휴, 우리 가족에 대해 14년 동안 알았던 것보다 이 짧은 5분 동안에 더 많은 걸 알았어요. 그럼 할아버지는?"

"네 어머니가 열여섯 살 되던 해에 스톤헨지를 중심으로 비정상적인 움직임이 있다는 소문이 들려왔다. 메넬라스와 이사벨라는 빌랭의 용병들이 사용할 다이너마이트를 구입하기 위해 마침 지구에 와 있었어. 스톤헨지의 움직임이 마법과 관련된 음모일 경우, 지구에 출장 중인 마법사들과 드래곤들, 최고 마구스들이 지체 없이 스톤헨지로 떠나야 했지. 그런데 영국의 최고 마구스 두 명은 뉴욕 회의에 참석 중이었어. 그래서 랑코비트는 다이너마이트 구입을 마친 이사벨라와 메넬라스에게 스톤헨지로 가서 진상을 조사해달라고 부탁했어. 그들은 가장 가까운 이동의 문을 통해 출발했는데 나중에 이사벨라만 돌아온 거야."

"무슨 일이 일어났는데요?"

"그건 우리도 몰라. 스톤헨지 거석들의 원 부근에 의식을 잃고 쓰러져 있는 이사벨라를 발견했는데 기억상실증에 걸려 있었거든. 네 할아버지는 사라지고 없었어. 남편의 죽음을 믿지 않는 네 할머니는 몇 년 동안 미친 듯이 찾아다녔지. 그때 이사벨라의 나이가 서른여덟이었으니까 소식을 듣지 못한 지 어느덧 21년이 되었구나. 지금 메넬라스는 공식적으로 사망신고가 되어 있는 상태야. 그 지역을 엄중히 감시하고 있지만 아무런 흔적도 발견하지 못했다. 그리고 너의 외종조부는……."

"종조부요?" 타라는 깜짝 놀랐다. "할머니에게 남자형제가 있었어요? 근데 왜 저한테는 아무도 말해주지 않았어요?"

"내가 지금 하고 있잖니! 너의 종조부, 다시 말해 내 아들 레벤탈 덩컨은 죽었다만 그 아이에게도 아들 하나가 있었어. 내 손자지, 너는 나의 증손녀고. 보이로디아와 그라비르가 남작 영지를 거부하고 멘탈리르 평원에 정착하여 말과 페가수스를 사육하며 살았기 때문에 내 손자 바리우스가 새로운 트리 브란릴 남작으로 선출되었지. 언제고 아더월드에서 은신할 곳을 찾는 날이 오면 네 어머니의 외사촌 바리우스가 너를 반갑게 맞아줄 거다."

타라는 입이 다물어지지 않았다. 존재도 몰랐던 종조부, 어머니의 외사촌…….

"그때부터 네 할머니는 스톤헨지란 말만 들어도 부들부들 떨어. 그런데 너의 마법이 자기보다 강력하게 되었기 때문에 너를 데려가려는 거야."

"그러면 할머니가 다른 마법사를 보내면 되잖아요? 할머니만 그 하르퀴아들을 제거할 수 있는 건 아니잖아요!"

"셈 선생과 벌이는 자존심 싸움이야. 네 할머니는 목숨이 날아갈지라도 절대 지고는 못 사는 사람이니까!"

"필요하면 마법을 사용해서라도 내가 해야 할 일은 하겠지만 좋은 생각이 아닌 것 같아요……."

그 순간 창백한 로빈이 비실비실 거실 문으로 들어섰기 때문에 타라는 말을 맺지 못했다.

"혼자서는 이층으로 올라갈 자신이 없어서 그러는데……." 로빈이 눈짓으로 계단을 가리키면서 말했다.

"알았어! 내가 도와줄게." 타라가 얼른 뛰어갔다.

마니투는 송곳니가 드러나는 개다운 미소를 지으며 외쳤다.

"이따 보자, 타라."

"네? 네에." 타라는 건성으로 대답했다.

타라는 로빈의 어깨에 팔을 두르고 한 계단 한 계단 발을 맞춰 올라갔다. 할머니의 사연 때문에 머릿속이 부글거려서 타라는 로빈이 힐끔힐끔 곁눈질로 살피는 것을 알아채지 못했다.

꼭 집어서 말하기는 어렵지만 무슨 할 얘기가 있는 눈빛이었다. 로빈이 마침내 사랑을 고백하기로 결심한 것일까? 하르퓌아의 공격을 받는 바람에 오랜 시간 침대에 누워 있게 된 로빈은 그 기회에 곰곰이 생각할 시간을 가질 수 있었다. 잘렌마릴은 엘프에게만 관련되는 것이었다. 자기는 절반만 엘프의 피를 타고 난 인간이고, 타라는 엘프와 아무런 상관이 없어. 무슨 일이 있어도 타라에게 고백해야 돼. 이번에는 그 무엇도, 그 누구도 막을 수 없어! 피를 나눈 것이 좋은 점도 있었다. 그 덕분에 타라의 감정을 감지할 수 있었으니! 타라의 감정이 어느 정도로 강렬한지 그건 알 수 없지만 그 마음을 감지한 것만으로도 용기가 생기면서 소심함을 떨칠 수 있었다.

로빈은 흰색 수를 놓은 밤색 커버를 씌운 침대에 누웠을 때 숨을 헐떡거리지 않을 수 없었다. 어쨌든 명색이 전사라면서 약한 모습을 보이는 것이 창피해서 로빈은 오만상을 찌푸렸다.

"넌 환자야. 이렇게 아프면서 그냥 누워 있지 뭐 하러 내려왔어!"

대꾸할 말을 궁리하던 로빈이 입을 열려고 했지만, 상상도 하지 못했던 가족사 때문에 머릿속이 복잡한 타라가 더 빨랐다. 어쨌든 증조할아버지가 비밀에 부쳐야 한다는 말은 하지 않았잖아!

"할머니가 왜 나랑 스톤헨지에 가려고 하는지 이유를 알았어! 할머니의 남편, 그러니까 나의 할아버지 때문이었더라고!"

엘프의 청각은 아주 예민하기 때문에 거실에서 마니투와 타라가 나누는 얘기를 전부 다 들었지만, 로빈은 타라의 기분을 생각해서 잠자코 있었다. 타라는 로빈이 절반만 인간이라는 것을 항상 잊었다. 타라가 이야기를 끝냈을 때 로빈은 생각에 잠긴 얼굴로 고개를 끄덕였다.

"그것은 스톤헨지에 정체를 알 수 없는 위험이 도사리고 있다는 뜻이야. 하르퀴아들이 납치하려는 그 신고되지 않은 마법사와 관련이 있을까?"

"모르겠어. 스톤헨지에서 나의 할아버지가 실종되었다는 것이 내가 아는 전부야. 그래서 그 사건과 연루된 자를 만나면 그 일에 대해 추궁할 생각이야!"

아주 흥미로운 사건이지만 로빈은 이러다 고백은커녕 입도 벙긋 못하게 될까 봐 초조했다.

"타라, 할 말이 있는데……."

"타라!" 낭랑한 목소리가 외쳤다. "너의 할머니가 빨리 내려오래! 하르퓌아가 레파루스 주문으로 상처를 치료해주면 그 대가로 새로운 정보를 주기로 했대. 하르퓌아가 자기 알이 삶은 달걀이 되기 일보 직전이라면서 살려달라고 생난리를 치고 있어."

기척도 없이 들어온 칼이 짓궂은 미소를 흘리면서 로빈을 훑어 보고 있었다.

"괜찮아, 친구? 좀 자야지! 너, 꼭 좀비 같단 말야. 비실비실해 가지고!"

맥이 쭉 빠진 로빈은 방을 나가면서 부드러운 미소를 지어 보이는 타라를 그저 바라만 보고 있어야 했다. 이것도 재주라면 재주랄까, 칼은 로빈이 타라에게 진지하게 고백하려는 순간마다 어김없이 나타나서 방해했다. 어쩌면 그렇게 귀신같이 냄새를 잘 맡는지. 로빈이 던진 베개에 배를 정통으로 맞은 칼은 잽싸게 줄행랑쳤다. 쾅, 하고 닫히는 방문소리에 이어 깔깔대는 칼의 웃음소리가 들렸다.

끊임없이 놀려먹고 괴롭히긴 했지만 둘도 없이 절친한 친구 로빈…… 내가 없는 사이에 로빈의 생명이 위태로워지면 어쩌지? 칼은 로빈도 걱정되고, 친구들과 함께 스톤헨지로 떠나지 못하는 것도 정말 유감스러웠다. 칼은 고개를 절레절레 저으면서 타라를 따라 내려갔다. 엘레아노라와 타라를 어떻게 화해시키지? 도둑대학에 지체 없이 돌아가서 시험을 쳐야 한다고 말한 것이 새빨간 거짓말은 아니었다. 엘레아노라를 찾는 문제와 시험 문제를 해결하고 나면? 내가 그렇게 멍청하진 않지! 두뇌회전이 빠른 영리한 머릿속으로 칼은 이미 어떤 계획을 세우고 있었다.

가을 단풍잎 색깔의 방에서 로빈은 엘프에게는 전혀 필요 없는 크림색 깃털이불을 걷어내고 침울한 얼굴로 베개에 기대고 앉았다. 로빈은 소녀의 그 눈부신 쪽빛 눈을 똑바로 쳐다보려면 엄청난 용기가 필요할 정도로 타라에게 쩔쩔맸다. 열린 창문을 통해 아더월드의 나무들과는 확연하게 다른 초록빛 나무들을 응시하면서 로빈은 지구에서 받은 타라의 교육 때문에 둘 사이에 가로 놓인 장벽이 얼마나 높을지 생각하고 있었다.

로빈은 결심했다. 다음번에 타라에게 사랑을 고백할 때에는 껄렁대며 끼어드는 불청객을 차단하는 주문을 작동하여 방해꾼의 남은 인생을, 보기만 해도 밥맛이 뚝 떨어지는 구더기로 살게 하겠어!

로빈은 이사벨라가 무슨 말을 하는지 들으려고 귀를 곤두세웠지만 타라 일행이 잔디밭으로 이동하는 소리밖에 들리지 않았다. 침대에서 일어난 로빈은 절뚝거리면서 창가로 갔다. 거기서는 훤히 내다보였다.

칼이 경계하면서 하르퀴아에게 다가서고 있었다.

"야, 비계 덩어리, 무슨 정보를 주겠다는 거냐?"

하르퀴아는 피 거품을 물고 악을 쓰듯 소리쳤다.

"이런, 빌어먹을! 나를 치료해주면 다 말해준다니까!"

이사벨라가 노려보면서 외쳤다.

"정보부터 말해! 어서!"

절망적인 눈길로 이사벨라를 올려다보던 하르퀴아는 인정사정 없는 얼굴과 마주치면서 선택의 여지가 없다는 것을 깨달았다.

"약속하세요." 입만 열었다 하면 욕설을 퍼붓는 평소의 대화법을 버리고 하르퀴아가 덧붙였다. "약속하지 않으면 나는 아무 말도 하지 않아요."

"마법사의 이름을 걸고 약속하는데 그럴 만한 가치가 있는 정보가 아닐 경우 치료는 꿈도 꾸지 말거라."

이사벨라가 엄숙하게 대꾸했다.

"물론, 가치가 있고말고요! 놀라 자빠질 일인데! 우리가 이 역겨운 세상에 오면서 설마 아무 짓도 하지 않았을까요? 당신들이 더 이상 이용하지 못하게 공간이동의 문을 폐쇄해놓았죠."

파브리스는 가자미눈으로 다가섰다.

"문을 어떻게 폐쇄해놓았는데? 내가 의식을 잃은 아버지를 발견했을 때 이동의 문은 멀쩡했어!"

"문도, 너의 늙다리 아버지도 지금은 당연히 그렇지! 폭탄을 설치해놨으니까 한 시간 내에 폭발할 거야!"

"폭탄? 도대체 왜?" 타라가 외쳤다.

"안전조치 때문이라고 뭐시깽이가 우리에게 말해줬어. 뒤탈이 없으려면 비밀을 지켜야 하지만…… 너무 강력한 마법사 계집애의 파란 눈을 보는 순간, 우리가 속았다는 걸 깨달았어. 그래서 말해주는 건데 성에서 우리의 보고를 기다리는 다른 하르퀴아 무리에게 아까 너희와 싸울 때 크리스털 볼로 연락했어. 걔들이 폭탄을 설치해놓고 기다리고 있었거든. 째깍째깍, 째깍째깍!"

타라는 소스라쳤다. 하르퀴아가 크리스털 볼을 사용한다고? 패거리와 연락하고 있었다니!

파브리스는 아연실색했다.

"하지만 우리 집을 왜 폭파하려고 하지?"

하르퀴아는 거만한 눈길을 던졌다.

"머리에 피도 안 마른 애송이야, 우리는 너의 둥지에 관심이 없어. 우리의 표적은 그 성이 아니니까. 내 동생들이 태피스트리들을 불태우려고 했지만 불연물질이라서 타지 않더군. 그래서 특수장치를 이용해 폭탄이 터지는 순간 그 파동이 이동의 문에 전해지면 이 시시껄렁한 행성에 있는 모든 이동의 문이 폐쇄되는 거란 말이다. 어떤 놈도 우리를 쫓아올 수가 없다 그 말이지!"
　하르퀴아는 소름 끼치는 웃음을 터뜨렸다.
　"폭탄이 설치된 위치를 알기 위해 나를 고문해봐야 소용없어. 내가 너희와 싸우고 있을 때 내 동생들이 설치했으니까!"

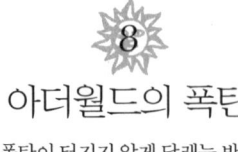

아더월드의 폭탄
폭탄이 터지지 않게 달래는 방법

*

그들은 얼이 빠진 얼굴로 서로를 쳐다보았다. 로빈은 전력질주를 시도했지만 웬걸, 관절염 걸린 달팽이가 무색할 정도로 저택의 층계를 느릿느릿 내려갔다.

로빈이 잔디밭에 이르렀을 때, 이사벨라는 약속대로 하르퀴아를 치료하고 있었다. 축소한 매머드를 품에 안은 파브리스와 야수의 모습이지만 뚱보 개처럼 보이는 무아노는 브주아 지롱 성으로 향하고 있었다. 야수의 몸이라 걸음이 빠른 무아노를 쫓아가느라 마니투는 혀를 늘어뜨리고 헉헉 숨을 몰아쉬었다. 여우 블롱딘은 시무룩한 칼을 달래주려는 듯 앞질러가면서 재주를 피웠다. 파프니르와 타라가 그 뒤를 따르고 있었다. 셈 선생님은 마법복 자락을 걷어올린 채 노인의 모습과는 어울리지 않게 질주하는데 피스톤처럼 빠르게 움직이는 깡마른 다리가 볼 만했다.

로빈은 툴툴거렸다. 도저히 따라잡을 수 없겠어! 그 순간 로빈은 등을 떠미는 느낌에 깜짝 놀랐다. 본래의 크기로 돌아온 갈랑이 올라타라는 신호를 했다. 타라의 생각이 틀림없어! 타라가 보내준 것이었다. 조심해야 하지만 로빈은 페가수스를 숨길 겨를이 없었다.

동네 사람들은 입을 악 벌린 채 질풍처럼 달려가는 이상한 무리를 바라봤다. 그 뒤를 이어 은빛 날개를 퍼덕이며 날아가는 페가수스에 올라탄 크리스털 눈의 엘프, 그나마 하늘을 쳐다보는 사람이 없어서 천만다행이었다.

갈랑 덕분에 로빈은 무아노와 동시에 성에 이르렀다. 고용된 사람들이 일손을 멈추고 눈이 동그래져서 쳐다보거나 말거나 그들은 휙, 지나쳐서 일행을 기다리지 않고 곧장 이동의 문이 있는 탑으로 돌진했다. 아더월드의 신화적인 종족들과 멋진 풍경을 묘사한 태피스트리로 장식한 방은 텅 비어 있고, 탄내가 진동했다. 그들은 군데군데 하르퀴아들이 문을 파괴하기 위해 불을 지르려고 했던 흔적을 발견했다.

야수의 후각을 믿는 무아노는 재채기가 날 정도로 메케한 연기에도 불구하고 침입자들이 태피스트리에 감춰놨을 폭탄을 찾아다녔다. 발이 네 개인 덕분에 3등으로 도착한 마니투는 하르퀴 아들이 뭔가 단서가 될 만한 것을 흘렸을 가능성이 있다면서 사냥개의 예리한 코를 킁킁거리고 다녔다. 로빈과 표범 쉬바도 예리한 눈으로 샅샅이 살폈지만 폭탄을 찾아내지 못했다.

그때 칼과 여우, 파브리스와 매머드(여간해선 나서지 않는 바룬까지 사뭇 진지한 표정으로 그 투실투실한 몸뚱이를 흔들며 여기저기 어슬렁거렸다), 타라, 파프니르, 셈 선생님이 숨을 헐떡이면서 들이닥쳤다. 용 마법사의 손에서 물결을 이루며 퍼져나가는 붉은 보랏빛 마법 광선이 지하실에서 다락방까지 구석구석 훑었지만 마법 방지 주문이 걸려 있는지 폭탄은 감지되지 않았다. 그들은 하는 수 없이 눈, 코, 뇌를 이용하는 원시적 방법을 총동원해야 했다.

"파브리스!" 셈 선생님이 지시했다. "성에서 사람들을 대피시켜라. 폭탄이 터져도 우리는 마법 능력이 있어서 괜찮지만 비마들은 위험해. 어서 서둘러! 시간이 없어!"

파브리스는 고개를 끄덕이면서 후닥닥 뛰어나갔다. 다행히 성에 기거하는 고용된 사람은 많지 않았다. 아버지를 비롯하여 요리사와 그의 조수, 무슨 일이든 못하는 것이 없는 집사 거스는 다른 곳으로 피신해야 했다. 수시로 마법사들이 들락거리기 때문에 비밀로 하기 어려운 이동의 문과 아더월드에 대해서는 그들도 알고 있었다. 절대 발설하지 않겠다고 맹세한 사람들이었다. 그러나 하르퓌아들이 공격했을 때 알 수 없는 이유로 부엌에 갇히는 바람에 화를 면했지만 그들은 불안에 떨고 있는 상태였다. 각자 집으로 돌아가게 되자 그들의 얼굴에 안도하는 기색이 역력했다.

"이해할 쭈 없는 게 있쩌." 삐죽 나온 송곳니 때문에 혀 짧은 소리가 나오자 무아노는 주문을 읊었다. "*레둑투쯔의 이름으로 내가 제대로 말할 쭈 있게 쫑곳니들은 줄어들어라!*"

송곳니들이 줄어들자, 무아노는 발음연습을 해봤다.

"살쾡이가 살랑살랑 살쾡이 꼬리를 살래살래…… 아, 됐다. 왜 타임스위치를 설치했을까? 자기들이 출발하자마자 폭탄이 터지는 게 더 간단하잖아?"

셈 선생님이 치를 떨면서 말했다.

"영악한 것들! 로빈을 죽인 다음 하르퓌아들이 아더월드로 돌아갈 때까지는 문이 작동해야 하니까 그 소요 시간을 한 시간 정도로 잡았겠지. 근데 한 가지는 의문이란 말야. 지구에 있는 이동의 문들을 폐쇄하면 다른 놈들은 전리품을 데리고 어떻게 아더월드로 갈 생각이었을까?"

"전리품이요?"

"하르퓌아들이 납치 의뢰를 받은 마법사 말이다."

"아, 네."

타라는 어이가 없었다. 인간의 목숨이 걸린 문제인데 말하는 것 좀 봐! 마법사를 전리품이라고 하다니, 아무리 용이지만 저렇게 말할 때는 정이 뚝 떨어진다니까.

"일시적인 폐쇄가 틀림없어요." 로빈이 말했다. "공간이동의 문들이 다시 작동할 때까지 숨어 있다가 몰래 떠날 생각이었겠죠."

"그 문제는 나중에 생각하고 지금은 그 빌어먹을 폭탄을 찾아야 할 것 아냐!" 조바심이 난 파프니르가 쏘아붙였다.

"음…… 나라면 이동의 문을 파괴하려고 할 때 폭발물을 어디에 설치했을까. 어디다 설치하면 완전 쑥대밭을 만들어놓았다고 소문이 날까……." 이런 종류의 일에서는 가장 전문가라고 할 수 있는 칼이 생각에 잠긴 얼굴로 중얼거렸다.

칼은 주위를 둘러보다가 미소를 흘렸다.

"당연히 지하실이지! 건물의 기반을 폭파하면 성이 와르르 무너진단 말이지. 바로 그거야!"

그 사이에 파브리스가 숨 넘어가는 얼굴로 돌아왔다.

"됐어. 모두 자기 집으로 돌아갔어. 간신히 걷는 아빠를 부축해서 동네에 있는 거스의 집에 모셔다놨어. 내막을 모르는 이웃 사람들에게는 가스 누출 사고가 있어서 회사에 연락했으니까 나는 성에 가봐야 한다고 말하고 돌아온 거야. 어떻게 됐는데? 폭탄은 제거했어?"

"아니, 지하실에 있다는 것이 칼의 생각이야."

파브리스의 표정이 시큰둥했다.

"지하실? 나는 거기는 아니길 바란다. 고양이와 개가 있는데도 지하실에 쥐랑 벌레가 우글거리거든."

"블롱딘과 쉬바를 데리고 가면 쥐들은 줄행랑칠 테니까 걱정 마라." 칼이 깔깔대고 웃었다. "지하실로 출발! 거기서부터 시작하자!"

야호! 칼은 속으로 쾌재를 불렀다. 거미랑 뾰족뒤쥐는 기본일 텐데. 우헤헤헤. 여자아이들이 얼굴은 웃고 있지만 께름칙한 기색이 역력했다. 야수 모습의 무아노는 오만상을 찌푸렸다. 파프니르는 눈도 깜짝하지 않았다. 아더월드의 광산에는 그보다 무시무시한 벌레가 얼마나 많은데 그까짓 것쯤이야, 하는 얼굴이었다.

파브리스는 지하실 입구에 놓인 랜턴을 친구들에게 나눠주었다. 계단 부근의 복도는 훤하고, 비교적 깨끗했다. 그러나 구불구불한 지하실로 들어서자 조명이 흐려지는 것이 곤충들의 세상이었다. 표범 쉬바가 먼지 때문에 재채기를 하면서 울음소리를 내자 여우 블롱딘도 캥캥거렸다. 무아노도 예민한 후각 때문에 참기 힘든지 인간으로 변신했다. 대부분 포도주 저장고로 사용하는 지하실은 어두컴컴해서 랜턴을 켜야 했다. 두 소녀가 은근슬쩍 소년들에게 다가섰다. 타라가 축소한 갈랑은 세월의 때가 덕지덕지 앉은 문에 은빛 날개가 닿으면서 더러워지자 항의하는 울음소리를 냈다.

"에이 씨, 무슨 집이 이렇게 크냐!" 칼이 투덜거렸다. "이런 집은 거저 줘도 난 안 살아! 마법도 안 되고! 40분도 안 남았다는데 미치겠네!"

"우리 조상들이 지은 성이야. 세대가 바뀔 때마다 확장하고 단장해서 그래." 파브리스가 설명했다. "여기는 뭔가를 감추는 데는 정말 이상적인 곳이지!"

갑자기 통로가 여러 개로 갈라졌다. 그들은 거기서 흩어지기로 결정했다. 도둑이라 경험이 많은 칼은 혼자 움직이기로 했고, 로빈과 타라, 무아노와 파브리스, 파프니르와 마니투가 각각 조를 이루었다. 위에 남은 드래곤은 마법을 사용하여 하르퀴아들의 흔적을 찾고 있었다.

이때부터 칼은 정신없이 불려다녔다. 아더월드의 폭탄은 전지와 전선을 이용하여 전자공학기술로 만든 상식적 수준의 폭탄이 아니었고, 그 생김새를 아는 사람은 칼밖에 없었다. 그래서 그들은 수상쩍은 물건을 발견하면 일일이 칼에게 확인해야 했다. 파브리스의 조상들은 이상한 물건을 왜 그렇게 많이 모아놨는지!

"칼! 이리 와서 이것 좀 봐!" 타라가 발로 바닥을 탁탁 치는 것으로 쥐 두 마리와 왕거미 세 마리를 쫓으면서 말했다.

칼이 뛰어가서 타라가 찾아낸 상자를 보고는 고개를 흔들며 돌아갔다.

"엄마야, 칼! 이거 아냐?" 무아노가 소리쳤다.

무아노는 황급히 기어가는 지네를 떼어내고 검은색 망치 같은 것을 흔들었다.

칼은 고개를 내저었다.

"칼! 이상한 게 있어!" 파브리스가 외치면서 흉측하게 조각된 상자를 가리켰다.

칼이 또다시 고개를 설레설레 저었다.

그렇게 이리 뛰고 저리 뛰어다닌 지 10분쯤 지나자 칼은 숨을 헐떡였다. 이제는 지하실에서 가장 안쪽에 있는 방만 살피면 되었다. 그들은 다시 모였다.

"들어가자." 파브리스는 마지막으로 남은 문을 밀면서 말했다.

문은 열리지 않았다.

"어쭈! 얘는 또 왜 이래!" 파브리스가 투덜거렸다.

"밀지 않고 잡아당긴 거 아니냐?" 칼이 물었다.

"내가 바보냐? 문이 꿈쩍도 안 해. 문짝이 밀리지가 않아."

"열쇠로 잠근 거 아냐?"

"이상하네." 파브리스는 눈살을 찌푸리면서 대답했다. "여긴 귀중품이 없는데 뭐 때문에 잠갔겠어? 습기 때문이라면 자물쇠에도 녹이 슬었을 텐데……."

"그럼 이제 슬슬 전문가가 나서 볼까." 칼이 씨익 웃었다.

칼이 카나리아에게 눈독을 들인 고양이 같은 얼굴로 마법복에서 연장을 꺼내더니 만지작거리고 당기고 밀고 발로 차고 주먹으로 치고 별짓을 다해봤지만 문은 꿈쩍도 하지 않았다.

"어때?" 로빈이 조바심쳤다.

"열쇠로 잠겼어. 이상해, 왜 안 열리는지 귀신이 곡할 노릇이네."

"너 도둑 전문가가 되고 싶은 거 확실하냐?" 파브리스가 비아냥거렸다.

"이거 왜 이러시나. 내 손이 닿으면 어떤 자물쇠든 못 여는 게 없다고. 보여줘?"

그렇게 말하면서 칼이 열려 있는 맞은편 방문을 향해 돌아섰다. 칼은 그 문을 소리 나게 닫고 자물쇠 쪽으로 몸을 숙였다. 찰칵, 하는 소리가 나자 칼이 허리를 세웠다.

"자, 네가 한번 열어봐." 칼이 파브리스에게 제안했다.

파브리스가 손잡이를 돌렸지만 문은 완전히 잠겨 있었다. 칼은 빙긋이 웃으면서 눈 깜짝할 사이에 문을 다시 열었다.

"봤냐? 이건 기술이 문제가 아니라 뭔가 다른 이유가 있는 거야. 타라!"

"응?"

"만능열쇠 갖고 있지?"

"물론이지. 그걸 깜빡했네."

타라는 체인지라인의 주머니를 뒤져서 칼이 선물로 주었던 만능열쇠를 꺼냈다. 타라는 몸을 숙이고 금빛 막대기를 자물쇠 구멍에 집어넣었다. 타라의 손에서 만능열쇠가 돌아가는 듯하다가 꿈쩍하지 않았다. 열쇠를 돌려봤지만 마찬가지였다.

"에이, 할 수 없네." 얼굴이 일그러진 칼이 구시렁거렸다. "마법으로 해보자, 이 정도는 간단하게 열려야 정상인데."

칼은 물러서서 주문을 읊었다.

"데베루일루스의 이름으로 열쇠 없이도 문은 열리거라!"

비협조적인 문은 삐걱거리는 소리조차 나지 않았다.

"비정상이야." 시간은 자꾸 흘러가는데 성과가 없기 때문에 점점 초조해진 로빈이 말했다. "내가 해볼게. *데베루일루스의 이름으로 마법은 문을 여는 능력을 보이거라!*"

문은 그들을 비웃듯 두 개의 주문에 아랑곳하지 않았다.

"잠깐!" 무아노가 불쑥 외쳤다.

칼에게 다가선 무아노는 손가락으로 문짝을 만지면서 주문을 외웠다.

"미니아투루스의 이름으로 칼은 내가 마음대로 데리고 다닐 수 있게 줄어들어랏!"

"야, 너 뭐야?" 칼이 따지듯 항의했다.

그러나 놀랍게도 칼은 눈곱만큼도 작아지지 않았다. 안심한 칼은 여기저기 몸을 만져보면서 무아노를 쩨려봤다.

"너, 돌았냐? 왜 이러는데?"

"까칠하기는, 주문이 작동되지 않는다는 걸 확인해보려고 그랬어." 무아노는 배시시 웃으면서 대답했다. "이 문 부근에서는 마법이 통하지 않는다는 뜻이야. 여기 폭탄이 있는 것 같아, 칼. 엄청나게 강력한 방어 주문이 걸려 있어서 문을 절대 열지 못할 거야, 이런 식으로는."

"그래?" 타라는 물러서면서 성난 어조로 말했다. "좋아, 그럼 어디 한번 해보자. 살아있는 돌?"

"잠깐, 타라!" 파브리스는 질겁한 어조로 말했다. "낡은 성이라서……."

"시간이 없어!" 타라는 친구의 말을 잘랐다. "네 힘을 빌려줘, 살아있는 돌! 박살 내야 할 문이 있어."

살아있는 돌은 타라와 함께 뭔가를 산산조각 내는 것이 정말 즐거웠다. 오랫동안 힘을 쓰지 못했던 살아있는 돌은 몹시 반가

위했다.

"내 힘을 원해? 줄게, 줄게!"

타라의 손에서 파란 광선이 번쩍이면서 눈도 새파래지고 흰 머리털이 찌지직거리자, 친구들과 증조할아버지는 슬금슬금 옆방으로 피신했다.

타라는 광선을 축소하기 위해 마법에 집중했다. 튀어나가고 싶어 안달이 난 광선이 윙윙거리더니 차츰 손을 에워싸는 후광까지 파랗게 변했다. 멀거니 쳐다보는 친구들은 여차하면 바닥에 엎드릴 자세였다.

그러나 그럴 필요는 없었다. 타라가 마법의 광선을 놓아주자 박차고 나오는가 싶더니…… 이게 어찌 된 일인가, 문 바로 앞에서 광선이 눈 녹듯 사라지는 것이 아닌가.

뜻밖의 현상에 깜짝 놀란 타라는 멀쩡한 문짝을 뚫어져라 쳐다봤다.

친구들도 믿기지 않는 얼굴로 나왔다.

"타라! 믿을 수 없어!" 무아노가 외치면서 문짝을 만져봤다. "스친 흔적도 없어!"

"어렵쇼!" 칼이 고개를 갸웃했다. "이건 믿을 수 없는 정도가 아니라 중대 사건이다! 네가 이 성을 색종이 조각처럼 날려버릴 거라고 생각했는데!"

"이 정도의 능력은 없어, 하르퓌아들은." 무아노는 손가락으로 구불구불한 머리털을 돌돌 말면서 지적했다. "우리의 적이 누구인지는 몰라도 이건 아더월드의 마법 기술이야. 하르퓌아들이 그 기술을 사용하고 있잖아. 포로의 말이 거짓이 아니었어."

자신의 강력한 마법에 익숙해 있는 타라는 실패했다는 것에 어안이 벙벙했다. 갑자기 현기증을 느낀 타라는 로빈이 아프다는 걸 까맣게 잊었는지 너무나 자연스럽게 몸을 기댔다. 아직 성치 않은 몸으로 엉겁결에 타라를 안게 된 로빈은 행여 쿵쾅쿵쾅 두 방망이질 치는 가슴을 들킬까 조마조마했다.

"마법이 모든 문제를 해결해줄 거라고 기대하지 말라는 교훈인가 봐." 타라는 마지못해 로빈에게서 몸을 떼며 중얼거렸다.

하프엘프에게서 초목과 들꽃 냄새가 섞인 싱그러운 향기가 났다.

"이제 어떡하지?" 타라는 냉정함을 되찾았다. "폭발하기 전에 걸음아 날 살려라 도망쳐야 되나?"

"아니지, 내가 아직 안 해봤는데." 파프니르는 도저히 자존심이 허락지 않는다는 얼굴로 내뱉었다. "그놈의 마법이 듣지 않으니 이번에는 내가 솜씨를 보여주지."

파프니르가 벽에 다가서서 손을 대면서 난쟁이 종족의 특별한 능력으로 돌을 뚫고 들어갈 준비를 했다. 칼은 난쟁이가 그럴 때마다 온몸에 소름이 쫙 돋았다.

그러나 난쟁이의 능력도 통하지 않았다. 파프니르가 있는 힘을 다해 밀었지만 손은 벽을 뚫지 못했다. 얼굴이 벌게질 정도로 화가 난 파프니르는 도끼를 쳐들고 문을 내리찍었다.

콰과가아아앙! 헛쳤을 때 나는 소리가 맥빠지게 울리자, 약 먹은 벌처럼 부르르릉 떠는 도끼에 난쟁이가 매달렸다. 보기만 해도 소름이 끼치게 날카로운 날이건만 문짝은 찍히기는커녕 긁힌 흔적도 없었다.

도끼에 매달려 같이 덜덜거리던 파프니르가 발딱 내리더니 인상을 팍 쓰면서 문 앞에 버티고 섰다. 그러고는 목에 핏대를 세우면서 말했다.

"타라?"

"왜, 파프니르?"

"내 장갑 아니, 네 장갑 갖고 있지? 내가 선물했던 초강력 장갑 말야."

"물론이지!"

"이리 줘봐."

타라는 얼른 장갑을 꺼냈다. 파프니르는 장갑을 끼고 펄쩍 뛰어오르면서 문에 강펀치를 날렸다. 상상을 초월하는 충격에 성 전체가 흔들리고 먼지가 눈 오듯 휘날렸다.

그들은 문을 쳐다봤다. 문이 비웃는 시선을 보내는 것 같았다.

"다른 방법 없을까? 빨리 해야 돼. 20분도 안 남았어."

"와, 얘가 내 성질을 건드리네." 장차 면허 받은 도둑이 될 사람의 명예에 대한 도전으로 받아들이는 듯 칼이 문을 노려보면서 말했다. "어머니는 어떤 문제든 한 가지 해결책은 있는 법이라고 늘 말씀하셨어. 이 방에 폭탄이 있다고 가정하고 생각해보자. 이 방은 앞면과 바닥, 두 면은 확실히 방어가 되어 있어. 그런데 방은 육면체잖아. 하르퀴아들이 한 면쯤 빠뜨리지 않았을까?"

"잠깐!" 파브리스가 외쳤다. "맞는 말이야! 내가 올라가서 천장을 확인해볼게."

"좋아." 로빈이 말했다. "내가 오른쪽 면을 확인할 테니까 타라와 무아노는 왼쪽 면을 살펴봐."

그러나 잠시 후 그들은 어깨가 축 늘어져서 돌아왔다. 영악한 것들…… 천장과 좌우측면은 방어가 되어 있었다.

"그럼 뒷면은?" 타라는 희망을 잃지 않고 물었다.

파브리스는 생각에 잠겼다.

"설계도에 따르면 지하실에 있는 방들의 뒷면은 성벽과 맞닿아 있어. 하지만 아버지가 오래전에 벽을 깨끗이 청소하고 습기를 방지하기 위해 틈새를 막아버렸단 말야."

후닥닥 뛰어나간 그들은 셈 선생님에게 실패할 경우에는 성을 나가야 한다고 알렸다. 건물의 뒤쪽으로 멋지게 펼쳐진 잔디밭은 지하실에서 4미터 위에 있었다.

"그래서 어떡하자고?" 입을 실룩거리며 땅을 살피던 로빈이 물었다.

"선택의 여지가 없어." 타라가 대꾸했다. "폭탄을 제거하는 수밖에."

"하지만 저 땅을 파는 데만 며칠은 걸릴 텐데." 무아노는 실망한 기색이 역력했다. "그리고 마법을 써서 벽을 뚫으면 엄청난 결과를 초래할 수도 있어. 내가 야수로 변신하면 땅을 더 빨리 파낼 수는 있겠지만……."

타라는 흰 머리털을 움켜잡고 질경질경 씹으면서 말했.

"잠깐, 좋은 생각이 있어! 원소들은 아더월드에만 있는 것이 아니라 지구에도 있어. 불의 원소가 우리 집을 파괴하려고 했고, 파란 땅신령들을 구하기 위해 우리가 물의 원소와 싸웠던 적도 있잖아. 흙의 원소도 있겠지?"

"그래, 맞다!" 칼은 자기가 먼저 그 생각을 하지 못한 것에 화가 난 얼굴이었다. "흙의 원소를 부르자. 이 정도의 흙은 눈 깜짝할 사이에 먹어치울 거야."

"흙의 원소를 어떻게 부르는지 알아?" 타라가 물었다.

칼은 천연덕스럽게 대답했다.

"나? 나야 모르지."

"음, 저기, 내가 알아." 모든 형태의 원소를 연구해온 무아노가 말했다. "기억나는 대로 한번 해볼게."

무아노는 주문을 읊었다.

"엘레멘투스 아플리카투스 테라 테라 테라!"

콰르릉, 이상한 소리가 나더니 반짝이는 운모, 모래, 흙, 뿌리로 이뤄진 거대한 진흙 덩어리가 불쑥 유형화되었는데 그 표면에 지렁이와 풍뎅이같이 생긴 온갖 벌레가 바글거렸다. 머리에는 초록색 풀 왕관을 쓰고, 갈고리 같은 손가락들은 말라죽은 삭정이였다. 몸뚱이에서 작은 진흙 덩어리들이 뚝뚝 떨어지고 있었다. 무아노는 새파랗게 질렸지만 뒷걸음치지 않았다.

"이야아아압!" 흙의 원소가 기지개를 켜면서 화강암 송곳니들이 번쩍이는 입을 쫙 벌렸다. "아, 잘 잤다. 무슨 일이냐, 꼬마야?"

끽소리도 내지 못하게 깔아뭉개고도 남을, 키가 10미터가 넘는 존재와 마주선 무아노는 정중하게 예를 표하기로 했다.

"위대한 흙의 원소여, 하르퀴아들이 이곳을 파괴하려고 폭탄을 설치했습니다. 당신의 도움을 받아 성을 파괴하지 않고 폭탄이 숨겨져 있는 장소까지 터널을 파려고 합니다. 부탁을 들어주시겠습니까?"

"기꺼이 해주마, 꼬마야. 그리고 그 대가는?"

전혀 예상하지 못한 요구에 무아노가 당황하자, 파프니르가 재빨리 나섰다. 물의 원소와 싸울 때 익사할 뻔했던 경험 때문에 이 이상한 종족의 취향을 파악하고 있었던 것이다.

"흙의 원소여, 터널을 파면서 그 흙과 성 주변에 있는 장미나무를 실컷 먹을 수 있는데…… 마음에 들어요?"

파브리스가 끄응, 신음소리를 내면서 째려봤지만 난쟁이는 못 본 체했다.

흙의 원소는 몸을 숙이고 흙의 맛을 보더니 흡족한 어조로 말했다.

"음, 아주 맛있어. 꼬마야 만족스런 대가로구나. 모두 비켜 있거라, 너희의 연약한 몸이 다치는 건 원치 않으니까."

그들은 두말없이 수락하고 황급히 물러섰다.

순식간에 회오리로 변한 흙의 원소가 성벽을 따라 흙을 빨아들이기 시작했다.

그런데 그들은 요란한 소리가 난다는 걸 미처 생각하지 못하고 있었다.

우르르릉 콰쾅광, 회오리바람 소리가 요란하게 울리자, 마을로 피신해 있던 성의 고용된 사람들과 마을 사람들이 현관 밖으로 머리를 내밀고 저 멀리서 벌어지고 있는 광경에 어리둥절했다.

그 사이에 셀레나와 메델루스와 함께 도착한 이사벨라는 급한 대로 무작정 마을 사람들에게 망각의 민투스 주문을 날렸다. 마을 사람들은 어머, 내가 왜 이러고 있지? 하는 머쓱한 표정을 지으면서 집 안으로 들어갔다. 셈 선생님도 다가왔다.

"또 무슨 일이니?" 셀레나가 외쳤다. "타라?"

"폭탄이 어디 있는지 알았는데 접근할 수가 없어요." 칼이 말했다. "그래서 방법을 궁리하던 끝에……."

아무 말도 듣지 못한 메델루스는 불안한 얼굴로 다가와서 쉰 목소리로 물었다.

"흙의 원소가 왜 땅을 파고 있는 거니?"

칼은 인내심을 가지고 반복했다.

"저 아래 지하실에 폭탄이 숨겨져 있어서 흙의 원소가 터널을 파는 거예요."

메델루스는 잠시 생각에 잠기더니 칼을 뚫어져라 쳐다보면서 말했다.

"글쎄, 잘 모르겠지만 지하실에서부터 시작하는 것이 더 간단할 텐데?"

칼은 눈이 똥그래져서 천연덕스럽게 말했다.

"아, 옳은 말씀이네요! 그럼 선생님이 내려가서 그 방문을 여는 즉시 우리를 부르세요!"

메델루스는 미심쩍은 시선으로 쳐다봤지만 칼은 시치미를 뚝 떼고 아주 천진난만한 표정을 지었다. 메델루스가 성을 향해 돌아서자 칼이 킥킥거리면서 외쳤다.

"농담이었어요! 사실은 주문이 통하지 않는 문이라서 아주 위험해요. 폭발하기까지 시간이 얼마 남지 않았으니까 내려가지 않는 게 좋을 건데요."

메델루스는 눈을 부릅뜨면서 물었다.

"얼마나 남았는데?"

"길어야 12, 13분이요."

셀레나의 약혼자는 폼 나게 망토를 걸치면서 말했다.

"시도해보는 것이 내 의무야!"

셀레나에게 멋진 모습을 보여주고 싶은 허세였을까, 메델루스는 성의 현관을 향해 멀어져갔다.

"그가 죽어도 내 잘못이라는 말은 아무도 하지 마라, 뭐." 칼이 투덜거렸다.

"얼마나 걸리면 끝날까?" 파프니르는 칼의 말을 잘랐다. "원소들의 습성과 능력을 생각해봤는데 난쟁이들은 왜 저들을 이용하지 않을까? 광산에 흙의 원소들이 있으면 정말 편리할 텐데. 왜 난쟁이들이 그 생각을 안 했는지 모르겠어."

"지구에 있는 원소들과는 달리 아더월드의 원소들은 노동의 대가를 금으로 받기 때문이겠지. 난쟁이들은 금을 내주기 싫어하는 걸로 아는데 아닌가?"

"진짜 웃기고 있어." 칼의 짓궂은 답변이 정확했기 때문에 기분이 더 상한 파프니르는 숨을 몰아쉬었다. "그러니까 오래 걸리느냐고?"

"아니, 흙이 부드러우니까 금방 끝날 거야. 째깍째깍 시간은 흘러가고, 폭발하기 직전에 폭탄의 뇌관을 제거하는 것은 내 취향이 아닌데 잘됐지, 뭐."

흙의 원소는 부지런히 움직였고, 이내 그들이 기다리던 내벽이 드러났다. 파브리스의 신호를 보면서 무아노가 이제 됐다고 소리쳤다.

먹어도, 먹어도 맛있는 흙을 아귀아귀 삼키던 흙의 원소는 못내 아쉬운 듯 입을 쩝쩝거리다가 일을 멈췄다.

"장미나무 맛이나 좀 보고 나서 떠나겠다. 다음에 또 도움이 필요하면 주저치 말고 나를 부르거라. 내 이름은 부르비에야."

무아노와 파브리스는 허리를 숙여 인사했다.

"고마워요, 부르비에 원소."

그때였다. 갑자기, 흙의 원소가 머리 역할을 하는 것을 감싸면서 고통스런 비명을 질렀다.

"아이고, 아파라! 아이고 아파라!"

흙의 원소가 몸을 홱 돌리더니 칼과 타라를 향해 어마어마한 주먹을 날렸다.

그러나 타라는 경계하고 있었다. 키가 10미터가 넘고 무시무시한 송곳니까지 있는 존재와 마주하면 조심해야 한다는 것을 타라는 경험상 알고 있었다. 그래서 타라는 만반의 준비를 한 채 체인지라인의 주머니 안에 손을 집어넣는 것으로 마법의 광선을 감추고 있었다.

바로 그 순간 느닷없이 그들의 머리 위로 나타난 번쩍거리는 마법의 방패에 주먹은 여지없이 빗나갔다. 그러나 흙의 원소가 언제 날렸는지 모를 또 다른 주먹 한 방에 타라와 칼은 그대로 나가동그라지고 말았다. 갈랑이 투레질을 하면서 쉬바와 함께 부르비에게 달려들었다. 흙의 원소는 페가수스와 표범을 잡으려고 갈퀴 손을 마구 휘두르기 시작했다.

고개를 쳐들던 타라는 성난 얼굴로 지하실에서 돌아오는 메델루스를 보았다. 메델루스가 한 손을 뒤로 감추고 나직한 소리로 중얼거리고 있었다.

"무아노, 빨리 메델루스를 때려눕혀!"

타라는 부르비에의 위협적인 공격을 피하면서 외쳤다.

윙크 한 번으로 야수로 변신한 무아노가 메델루스를 향해 돌진했다. 무아노가 거칠게 날린 발차기에 메델루스는 땅바닥에 고꾸라졌다.

안 돼! 셀레나는 무아노가 이성을 잃었다고 생각하면서 약혼자에게 달려갔다. 그러나 무아노는 이미 비켜서서 네 발을 꼬아 털북숭이 몸에 딱 붙인 다소곳한 자세로 기다리고 있었다.

결과는 즉각적이었다. 부르비에는 타라와 칼에 대한 공격을 뚝 멈추고 몸을 털면서 진흙과 뿌리를 사방으로 뿌렸다.

"아니, 이게 어떻게 된 거지? 아이고, 머리통이야! 머리통이 욱신거려!"

"우리를 박살 내려고 했잖아요!" 칼이 쏘아붙였다. "타라에게 그러는 것은 이해한다고요! 하지만 나한테는 왜 그랬느냔 말예요? 내가 뭘 어쨌다고!"

진흙을 뒤집어쓴 타라는 힘겹게 일어났다. 체인지라인이 소리가 들릴 정도로 구시렁거리면서 더러운 것을 사라지게 했다.

타라는 칼과 함께 메델루스가 쓰러져 있는 데까지 절뚝거리며 걸어갔다. 셀레나는 레파루스 주문을 읊었고, 메델루스의 턱에 생긴 파란 멍이 사라졌다. 메델루스는 눈을 끔벅거리더니 몸을 일으켰다.

"흙의 원소가 우리를 공격한 거요?"

"아뇨." 셀레나가 어두운 표정으로 대답했다. "당신을 공격한 것은 무아노였어요. 그렇지 않아도 납득할 만한 설명을 지금 들을 참이에요."

거대한 야수는 난처한 듯 몸을 흔들었다.

"타라가 시키는 대로 한 건데 적중했어요. 즉시 흙의 원소가 공격을 멈췄으니까요!"

셀레나는 어이가 없다는 얼굴로 무아노를 쳐다보다가 일어났고, 타라를 멀찍이 데려가면서 나직한 소리로 물었다.

"왜 그랬어? 메델루스를 의심하는 거니?"

"네, 나를 죽이려고 했어요." 타라는 냉큼 대답했다.

가슴이 철렁한 셀레나는 한 걸음 뒤로 물러섰다.

"타라! 너 어떻게 메델루스가 너를 해치려 한다고 생각할 수 있니? 나와 오래전부터 아는 사이야! 온화하고 다정하고 점잖은 신사란 말야!"

"예전에 부디우 부인도 그랬죠! 다정하고 친절하고!" 흙의 원소가 자기도 죽이려고 했기 때문에 격분한 칼이 나섰다. "사람은 변해요. 10년 동안 저분을 만나지 않았잖아요. 그동안 무슨 일이 있었는지 누가 알겠어요? 상그라브가 되었을 수도 있고, 또 우리가 모르는 이유 때문에 타라의 적이 되었을지도 모르죠. 그리고 왜 나까지 공격했는지 그 이유를 알아야겠어요!"

타라는 어머니의 눈에서 순간적으로 스치는 의혹의 빛을 읽었다.

"정말 무슨 소린지 모르겠구나." 메델루스는 어처구니가 없다는 표정으로 천천히 일어나면서 물었다. "랑코비트의 글로리아 공주가 나를 공격한 이유에 대해 뭐라고 설명했지?"

파프니르는 단도직입적으로 대답했다.

"선생님이 타라를 죽이려 한다고 생각했대요."

"나도 죽이려고 했어요." 칼도 한마디했다. "타라와 칼을!"

"세상에, 타라와 칼을!" 파프니르는 웃음기라고는 없는 삐딱한 얼굴로 가시 돋친 말을 내뱉었다. "무아노가 착한 애니까 그 정도로 끝냈지 나였다면 도끼를 썼을 거예요."

메델루스는 눈살을 찌푸렸다.

"난 그런 짓을 하지 않았어!"

"하지만 주문을 읊었잖아요!" 타라가 받아쳤다.

"천만에!" 메델루스는 반박했다. "흙의 원소를 제압하려고 주문을 읊으려는 순간 글로리아 공주가 나를 공격했어. 대체 내가 왜 너와 칼을 죽이려고 하겠니?"

"나는 사람들이 왜 나를 죽이려 할까, 하는 의문을 집어치운 지 이미 오래되었어요. 미치광이들의 세상에서 살아남으려고 나는 안간힘을 쓰고 있다고요!" 타라는 신랄하게 응수했다.

"너무 어이가 없군!" 메델루스는 신경질적으로 외쳤다. "너는 내가 사랑하는 여자의 딸이야!"

물론 표면적으로만 보면 메델루스에게 타라를 공격할 이유는 없었다.

메델루스를 관찰하고 있던 셈 선생님이 사태에 대한 결론을 내렸다.

"그 폭탄에 함정이 있을 가능성이 있어. 문을 건드리는 순간 메델루스를 점령한 주문이 흙의 원소를 조종한 것이라고 봐야지. 그래서 메델루스가 영문을 모른 채 주문을 읊자 흙의 원소가 공격한 거야. 문을 건드리는 사람이 위험 인물인지 신원을 확인해 두는 장치가 있었겠지. 흙의 원소가 칼과 타라를 공격한 것은 그 때문이야."

"그럴 쭈 있쩌요." 아직 흥분한 상태인 무아노는 다시 혀 짧은 소리로 말했다. "그게 흉악한 폭탄의 방어장치인 것이 틀림없어요. 그러니까 이 쩡이 박짤 나기 전에 당장 폭탄의 뇌관을 제거해야 돼요!"

흙의 원소는 으르렁거렸다. 허락도 받지 않고 자기를 갖고 놀다니, 씩씩거리던 흙의 원소는 메델루스의 사지를 부러뜨릴 수 없다는 걸 알고 몹시 실망하는 것이 역력했다.

타라는 자신이 지나쳤다는 것을 인정하고 메델루스에게 정중하게 사과했다.

그러나 파프니르는 아니었다. 파프니르는 메델루스를 감시하기로 마음을 굳혔다. 메델루스는 난쟁이의 따가운 시선을 느꼈다.

"범인을 잡으면 놈을 내게 넘겨주겠는가?" 흙의 원소 부르비에가 기대에 차서 물었다.

"음, 그건 안 된다." 셀레나가 대답했다. "살인미수죄와 의식을 가진 존재를 멋대로 조종한 죄를 처벌하는 법이 따로 있으니 범인은 법의 심판을 받게 된다. 그러니 걱정하지 말거라, 부르비에."

흙의 원소는 반박했지만, 셀레나는 확고했다.

영리한 칼이 나서서 장미나무를 가리키며 대가로 약속한 두 번째 몫을 상기해주었다.

흙의 원소는 커다란 진흙 혀를 날름 내밀고 입맛을 다시더니 걸음을 뗄 때마다 쿵쿵, 땅을 뒤흔들면서 멀어져갔다.

"맛있게도 냠냠!"

칼은 울상이 되는 파브리스를 보면서 소리쳤다.

그들은 파브리스가 뭐라고 중얼거리는지 정확하게 이해하지는 못했지만 "아버지", "이제 난 죽었다", "장미나무"라고 하는 말은 또렷이 들렸다.

그들은 구덩이를 향해 돌아섰다. 흙의 원소가 공격하는 바람에 그들은 귀한 시간을 허비하고 있었다.

돌이킬 수 없는 실수였다. 이제 남은 시간은 6분.

이대로 물러날 그들인가, 칼과 로빈은 서둘러서 구덩이로 내려가는 계단을 만들었다.

엄숙한 침묵이 흐르는 가운데 칼이 다가서서 조심스럽게 내벽에 손을 대고 중얼거렸다.

"우베르투스의 이름으로 벽은 벌어지되 성에는 피해를 입히지 말거라!"

칼 바로 앞에서 여러 개의 돌이 빙그르르 돌면서 작은 통로가 생겼다. 칼이 지르는 환호성에 모두 소스라치게 놀랐다.

"그러면 그렇지! 하르퀴아 주제에! 우리가 뒤로 들어올 줄은 생각도 못했을 거다! 멍청한 것들! 기막혔어! 내가 생각해도 나는 놀라운 아이야!"

"알았어, 알았다고!" 보다 못한 로빈이 재촉했다. "그 자화자찬을 언제까지 들어야 하는데? 이러다가 언제 들어가서 폭탄을 제거하겠어?"

"내가 들어갈 거니까 걱정 마셔." 칼이 딱 잘라 말했다. "도둑인 내가 들어가야지 어떻게 하는지도 모르는 너희가 들어가서 뭐해? 너희는 벽이 무너지지 않게 보강이나 하고 있어. 3분이면 되니까. 내가 나오지 않으면 누구든 들여보내. 기왕이면 우리 중에서 가장 강력한 사람이 좋겠지. 알았지?"

"가장 강력한 사람은 왜?" 무아노는 질겁했다.

"이 폭탄은 일종의 보물인데 허술할 리가 없어. 폭탄에 다른 주문을 걸어놓았을 가능성이 백 퍼센트야. 내가 나오지 않는다는 것은 무슨 일이 일어났다는 뜻이니까."

"여럿이 들어가는 건 어때?"

로빈이 안심이 안 되는 표정으로 물었다.

"그건 안 돼. 함정이 있을지도 모르니까 내가 일단 알아내야지. 너희는 내벽을 튼튼하게 하면서 기다려."

무아노와 파브리스는 순순히 말을 들었다. 파브리스는 성이 손상되지 않도록 마법의 강도를 높였다. 칼은 구멍을 넓힌 다음 블롱딘을 데리고 내려갔다.

타라는 몹시 불안했다. 영화 속에서는 뇌관을 제거해야 하는 폭탄 주위에 항상 함정이 있었다. 모든 예상을 깨고 느닷없이 펑!!! 폭탄이 터져버리면? 혹시라도 그들이 뒤쪽으로 들어오리란 것을 하르퀴아가 예측했다면 얘기가 달라지는 것이 아닌가!

하얀 머리털이 찌지직거리기 시작했기 때문에 타라가 마법의 광선을 발사할 만반의 준비를 하고 손톱을 쳐다보고 있을 때였다. 의기양양하게 나타난 칼이 사람 머리만한 크기에 빨간 가시 같은 것들이 박힌 검은 덩어리와 번쩍번쩍 빛나는 돌을 휘둘렀다.

"해냈어! 아주 간단하더라고!" 칼이 소리쳤다. "그리고 살아있는 돌도 발견했어! 살아있는 돌이 폭탄을 터뜨리게 되어 있었는데 내가 설득했지. 우리가 같이 뇌관을 제거했으니까 이젠 위험하지 않아."

그 순간 타라의 주머니에서 살아있는 돌이 꿈틀거리더니 칼이 들고 있는 울퉁불퉁한 돌을 향해 빛의 촉수를 뻗었다.

잠시 후 타라의 살아있는 돌이 말했다.

"굉장히 지쳐 있어. 하지만 구해준 것에 대해 몹시 고마워하고 있어! 칼이 친절하고 사랑스럽고 매력적인 소년이래!"

칼의 얼굴이 홍당무가 되었다.

"고맙다고 전해줘. 별것도 아닌데!"

"아니, 아니, 네가 나이프, 데스트룩투스 주문, 독침, 목 조르는 그물들을 아주 잘 피했대!"

파브리스는 어이없어하면서 칼을 쳐다봤다.

"간단했다면서?"

"아, 그러니까 그게 아주 위험하진 않았다는 거지. 굳이 말할 필요가 없는 일이었어. 저기 말야, 살아있는 돌, 네 친구에게 이제 다 끝난 일이니까 그렇게 시시콜콜 말할 필요는 없다고 전해줘, 제발!"

하지만 너무 늦었다. 제2의 돌은 칼이 비밀리에 넘어가려고 하는 것을 폭로했다.

"장애물을 통과하기 위해 발가벗은 것은 아주 기발한 생각이었대. 옷을 입었다면 거치적거려서 폭탄의 안전 장치가 벗겨졌을 거라면서!"

푸하하하, 파프니르가 웃음을 터뜨렸다.

"홀딱 벗고 폭탄을 집어드는 모습…… 와 아깝다, 그건 꼭 봤어야 하는 건데!"

"됐어, 됐으니까 그만해. 아이 참, 더 말할 필요 없다니까. 와, 진짜 도와주질 않네."

동시다발로 터지는 친구들의 웃음소리 때문에 칼은 툴툴거리면서 구덩이에서 올라왔다.

"거참, 알 수 없는 일이네!" 영혼 약탈자의 속박에서 살아있는 돌을 구해냈던 마니투가 지적했다. "마법의 돌은 아주 희귀하단 말야. 내가 알기로 타라의 돌은 의사소통이 되는 유일한 돌이야. 우리가 흑장미 섬을 나온 뒤로 언어의 질이 많이 떨어진 이유는 이해되지 않지만. 이 제2의 살아있는 돌은 어떻게 여기 있는 걸까? 그리고 강력한 힘이 있어서 쓰임새가 많은 귀중한 돌을 이 정도의 일에 이용한 이유가 뭘까? 이 돌을 폭탄의 타임스위치로 만든다는 것은 돌의 가치를 떨어뜨리는 건데."

옳소, 지당한 말씀! 타라의 살아있는 돌이 동의한다는 표시를 했다.

셈 선생님과 무아노가 벽을 튼튼하게 보강하면서 구덩이를 메우자, 그들 모두 그 위에 올라서서 흙을 다졌다.

파브리스는 씁쓸한 얼굴로 구덩이가 잘 메워졌는지 확인했다.

매머드는 불만이 가득한 얼굴로 투덜거렸다. 나한테는 장미나무는커녕 작은 꽃잎 하나도 먹지 못하게 하더니 이건 너무 불공평하잖아!

"아버지한테 맞아죽을 거야!" 파브리스는 매머드의 불평이 귀에 들어오지 않았다.

"그 대신 수영장을 지어드리겠다고 해." 칼이 대꾸했다.

"모르는 소리 하지 마!" 파브리스는 절망적인 얼굴로 말했다. "아름다운 장미정원을 저 꼴로 만들어놓은 걸 보면 나를 그 수영장에다 빠뜨려 죽일 거다."

"성을 새로 짓는 것보다는 장미나무를 다시 심는 것이 더 쉽다고 말씀드리면 되지!"

누가 그걸 몰라서 이러냐? 파브리스는 칼에게 내가 너하고 무슨 말을 더 하냐는 얼굴로 고개를 설레설레 저었다.

"자, 해결됐으니 이제 떠날 채비를 하자." 이사벨라가 말했다. "예정대로 내일 떠날 거니까. 안전 조치로 이동의 문을 일시적으로 닫고, 오늘 밤은 타쉴과 망구스가 성을 지킬 거다."

"이 폭탄에 대해 수사를 좀 해야겠어." 셈 선생님이 혼잣말하듯 중얼거렸다. "아, 맞아, 이 방식으로 봐서 어쩌면……."

그들은 잠자코 기다렸지만 드래곤은 자신의 추론을 그들에게 말해줄 생각이 없는 눈치였다. 그는 입을 다물고 더는 아무 말도 하지 않았다.

  타라는 순간적으로 어머니와 메델루스가 아니라 할머니 이사벨라와 드래곤을 결혼시키는 것이 나을 것 같다는 생각이 들었다. 의뭉스럽고 비밀이 많은 것에 대해서는 두 사람의 취향이 딱 맞지 않은가!

  갑자기 찰카닥 소리가 나더니 제2의 살아있는 돌이 강렬한 빛을 번쩍였다. 그들은 어리둥절해서 칼의 손을 떠나 둥둥 떠오르는 검은색과 빨간색 폭탄을 쳐다봤다.

  칼의 얼굴에서 5센티미터 떨어진 지점에서 터지도록 조작되어 있었단 말인가!

  펑!!! 폭탄이 터졌다.

살아있는 돌의 죽음
어쩌다 드래곤이 다갈색으로 눌었을까

*

　불덩어리 폭탄이 터지면서 칼날처럼 예리한 불꽃 파편이 사방으로 튀어나가고 있었다. 이글거리며 솟구치는 불꽃 파편 중 하나가 칼의 바로 코앞에서 멈췄다.
　하마터면 지글지글 태워버렸을 불꽃 파편에 시선이 꽂혀서 사팔눈이 된 칼의 심장이 쿵쾅쿵쾅 엄청난 속도로 뛰고 있었다. 강력한 마력을 지닌 힘의 장막 때문에 불꽃 파편이 그대로 얼어붙은 것이 분명했다.
　힘의 장막이 잘 버텨주기를 기도하면서 칼은 뒷걸음질쳤다. 친구들은 본능적으로 잔디밭에 납작 엎드렸고, 불덩이는 그들의 바로 머리 위에 있었다.

셈 선생님이 엄청난 힘을 쏟고 있는지 얼굴과 입매가 묘하게 일그러졌다. 지옥의 불을 얼음처럼 멈춰놓은 것이 바로 셈 선생님이었던 것이다.

폭탄이 떠오르는 것을 보는 순간 셈 선생님은 이미 주문을 읊고 있었던 모양이다. 파괴력이 엄청난 폭발을 제때에 막아준 덕분에 칼이나 다른 친구들은 무사할 수 있었다.

이제 남은 문제는 불덩어리를 제거하는 것이었다.

충격을 받아서일까, 셈 선생님은 드래곤으로 변해 있었다. 이어서 은빛 무늬가 아롱진 파란 날개를 활짝 펼친 용이 불덩어리를 뒤따라 마을 상공을 날고 있었다.

타공 마을 위로 불쑥 나타난 미니 태양이 진짜 태양과 잠시 경합을 벌이면서 부딪치는 소리에 땅이 흔들렸다. 그들은 한순간 드래곤이 죽었다고 생각했다. 그러나 갈색으로 그을리기는 했지만 두꺼운 가죽과 비늘 덕분에 드래곤은 잘 버텨냈다. 가볍게 착륙한 드래곤이 입버릇처럼 욕설을 내뱉었다.

"제기랄, 제기랄!"

칼은 어디 다친 데가 없는지 확인하기 위해 자기 몸을 구석구석 더듬었다. 충격을 받은 친구들이 칼을 에워싸고 있었다. 무사한 것을 보고 칼을 얼싸안고 기뻐할 만도 한데 친구들은 슬그머니 돌아섰다. 칼이 특히 여자친구들이 껴안아주는 것을 너무 표나게 좋아하기 때문이었다.

 그 순간 애 끓는 소리가 들렸다. 살아있는 돌이 슬피 울고 있었다. 처음에는 이유를 모르다가 그들의 눈길이 제2의 살아있는 돌에 머물렀다. 제2의 살아있는 돌에서는 더 이상 빛이 나지 않았다. 이제는 의식도 생명도 없는 잿빛의 투박한 돌에 지나지 않았다.

 "돌이 죽었어." 타라의 살아있는 돌이 분통을 터뜨렸다. "하르퓌아를 잡아서 회를 만들어버리겠어!"

 "내 힘도 합치겠네." 드래곤은 살아있는 돌의 마력이 자신을 능가한다는 걸 알아차린 뒤로 조심스럽게 대하고 있었다. "그 소름 끼치는 폭탄을 설치하게 지시한 자는 년이든 놈이든 응분의 대가를 받을 것이니 그때까지 참게."

 약간 얼이 빠진 칼이 드래곤을 빤히 쳐다보면서 말했다.

 "도무지 이해할 수가 없어요." 칼은 목청을 돋우면서 말했다. "분명히 폭탄의 뇌관을 제거했는데!"

 "이중 장치가 된 폭탄이었어." 마침내 폭탄의 종류를 파악한 로빈이 설명했다. "너는 뇌관을 제거했다고 생각했지만 사실은 아니었어. 두 번째 장치는 첫 번째 장치가 무력화된 뒤 10초에서 26시간 사이에 폭발하게 조작되었던 거야."

 "그럼 미리 알려줬어야지!"

 "그 장치를 만든 사람이 지구인들이라서 잘 몰랐어." 로빈이 미안해했다. "가공할 시스템이지. 첫 번째 폭탄이 터지고 구조반이 개입하면 그때 두 번째 폭탄이 터지는 거야. 그러니까 네가 폭탄의 뇌관을 제거했다고 생각하게 두었다가 주위에 사람들이 모여 있을 때 터지게 만든 장치지."

모두의 얼굴에서 미심쩍어하는 빛이 역력했다.

"정말 우리 지구에서 만든 폭탄이라는 거야?" 아연실색한 파브리스가 물었다.

"응, 마법의 영역이 아니라 기술 부분에서는 그래. 비마들은 파괴에 대한 욕망이 굉장해. 아더월드에도 지구의 것에서 아이디어를 얻은 무기들이 있어. 랑코비트에는 없지만 오무아에서는 시제품을 여러 개 만든 것으로 알고 있어. 오무아의 군사전략연구실에서 훔쳤…… 아, 미안! 말이 잘못 나왔어! 확인은 못했지만 그 원리는 알고 있었는데 폭탄이 공중 부양할 때에야 비로소 알아차렸어. 그래서 셈 선생님이 폭발을 막고 있다는 걸 너한테 알려줄 겨를이 없었어."

"저를 살려주셨으니 이제부터는 선생님께 제 목숨을 바치겠습니다." 칼이 엄숙하게 선언했다.

"에헴, 그렇게 말해주니까 내가 어찌할 바를 모르겠구나, 칼. 다음에는 더 신중해야 한다. 나는 안보회의에 참석해야 되고, 오무아에서 만든 폭탄이라는 것을 이제 알았으니 고도의 기술로 만든 무기가 어떻게 하르퀴아들의 수중에 들어갔는지 빨리 가서 조사를 해야겠다. 파브리스, 너는 이사벨라와 타라를 따라 스톤헨지로 떠나야 하니까, 대신 타쉴과 망구스가 네 아버지를 지킬 것이야. 문제가 생기면 타쉴과 망구스가 내게 연락할 것이다. 그러면 내가 즉시 치료사 샤먼을 보낼 테니 너무 걱정하지 말거라. 그러나 현재 상태로 보아 네 아버지는 괜찮을 거다."

그렇게 말하고 나서 셈 선생님은 질풍처럼 빠르게 달려갔다. 그제야 그들은 죽음의 문턱에서 살아남았다는 것을, 그리고 그들의 적은 어떤 위험도 무릅쓴다는 것을 깨달았다.

살인과 음모

어쩌다 목숨을 내놓아야 하는
수사에 뛰어들게 되었을까

*

 오무아 제국의 7호 실험실, 난감한 표정의 친위대장 크산디아르는 장갑 낀 손으로 머리를 긁적이고 있었다. 실험실을 얼마나 이 잡듯이 뒤지고 살피고 다녔는지 크산디아르의 주홍빛과 금빛 군복이 꾀죄죄하고 구깃구깃했다.
 친위대장이 여제에게 제국의 후계자가 행방불명되었다는 보고를 하고 있을 때였다. 드래곤 솀샤오비로다인트라쉬부가 타라를 찾았다는 메시지를 황궁에 보내왔다.
 여제의 얼굴이 대번에 밝아졌다. 그러나 후계자가 즉시 돌아오지 않는다는 걸 알았을 때 몹시 진노했다. 여제의 사촌동생 옥시아 부인은 재빨리 깨지기 쉬운 도자기들에 보호 주문을 날렸다.

그러나 예상과 달리 여제는 용케 분노를 억제했다.

하필 그 순간에 유전학자가 사망했다는 보고가 들어오면서 친위대장은 얼떨결에 7호 실험실 사고에 관한 수사를 맡게 되었다. 처음에는 때마침 그 자리에 있다는 이유로 수사를 맡는 것은 부당한 처사라는 생각에 탐탁지 않았다. 그러나 예사롭지 않은 사건이라는 냄새를 맡은 지금은 달랐다. 정황상 납득이 가지 않는 미심쩍은 점들이 있었다.

첫째, 시신의 상태. 브르리르가 유전학자를 갈가리 찢어놓고 반으로 토막을 냈다는 점이 석연치 않았다. 브르리르의 습성을 조사한 결과 고양이과 동물이 다 그렇듯 학자의 목뼈를 부러뜨리거나 목을 물어뜯은 뒤에 내장과 나머지 살점을 뜯어먹는 것이 정상이었다. 그런데 학자의 몸은 완전히 두 동강이 나 있었다.

둘째, 피. 브르리르의 입에는 피가 묻어 있지만 털에는 묻어 있지 않았다. 학자의 몸이 두 동강이 났을 때 브르리르의 털에 피가 튀어 있어야 정상이었다. 그런데 전혀 그렇지가 않았다.

셋째, 브르리르의 철창우리. 어디 한 군데도 부서지지 않은 멀쩡한 상태로 활짝 열려 있었다는 것이 납득이 가지 않았다. 브르리르가 유유히 우리를 나온 것이 분명했다. 크산디아르는 사망한 유전학자 블루르 마브리를 잘 알고 있었다. 신중하고 꼼꼼한 사람이라 우리를 열어두었을 리 없었다. 부주의하거나 실수를 저지를 사람이 아니었다.

　마지막은 결정적인 실마리를 제공했다. 실험실에 안티-템푸스와 안티-레벨루스 주문이 걸려 있어서 무슨 일이 일어났는지 시각화할 수 없었다. 무슨 이유로 실험실에 그런 주문들을 걸어놨을까? 크산디아르는 탐문수사를 벌였다. 7호실은 비밀 실험을 하는 곳이 아니었다. 그래서 안티-템푸스/레벨루스 주문을 걸어야 할 이유가 전혀 없었다. 그런데 이 사건이 일어나기 불과 일주일 전, 한 학자(블루르 마브리)가 비밀 실험실에서 실수로 폭발 사고를 내는 바람에 후미진 이 실험실로 옮겨서 위험한 연구를 진행했다는 정보를 입수했다. 만약 수사관들이 전혀 의심하지 않을 거란 생각에서 범인이 안티-템푸스/레벨루스 주문을 걸어놓았다면 큰 실수를 저지른 것이었다.

　크산디아르는 미소를 지었다. 직관을 믿고 있는 그의 머릿속에서 '사고'가 '피살'이라는 단어로 방금 변했던 것이다.

　그는 실마리를 쥐고 있었다. 이제부터는 그 이유뿐만 아니라 살해한 방법을 찾아야 했다. 몇 주 전 마지스터가 오무아 군대의 장군 좀비를 제거한 뒤로 크산디아르는 모든 사람을 의심의 눈초리로 살피는 편집증에 걸려 있었다. 악마 군단 사건을 획책한 주범이 아직 궁전에 있다는 것을 알고…… 아니, 느끼고 있었다.

　크산디아르의 예리한 눈길이 실험실을 샅샅이 훑고 있었다. 시신이 쓰러진 현장 뒤쪽에 놓인 가구들에 핏방울 하나 묻지 않았다는 것은 학자가 살해될 때 그보다 키가 큰 무엇인가가 가로막고 서 있었다는 것인데……. 점점 호기심을 자극하고 있었다.

크산디아르는 시신 옆에 쭈그리고 앉아 유심히 살폈다. 장갑 낀 손으로 척추 뼈를 만져본 뒤에 메스로 표본을 추출하여 시험관에 집어넣자, 아까부터 그를 따라 얌전하게 둥둥 떠다니는 다른 시험관들과 합류했다. 그가 예상한 대로였다. 뼈는 엄청난 힘에 잘려나간 것이 분명했다. 브르리르가 힘이 세도 인간의 뼈를 이런 식으로 절단할 정도는 아니었다. 아더월드에서 그럴 수 있는 동물은 드물었다. 드래코-티라노사우루스라면 모를까. 그러나 드래코-티라노사우루스들은 엄중한 감시를 받고 있어서 우리를 도망쳐나올 수 없었다. 소름 끼치는 송곳니에 갈퀴발톱, 거기에다 키가 8미터나 되는 험악한 동물이 궁전을 돌아다녔다면 대번에 눈에 띄었을 것이다. 그럼 악마? 하지만 악마가 왜 학자를 죽이며, 또 죽였더라도 왜 그 범행을 숨기겠는가? 악마는 악행을 자랑삼아 떠벌리면 떠벌렸지 비밀에 부칠 존재가 아니었다. 용도 충분히 그럴 가능성이 있었다. 게다가 변신 능력이 있어서 여차하면 어떤 모습으로든 변신하여 감쪽같이 빠져나갈 수 있었다. 용의자의 범위는 좁혀졌다. 악마와 용, 둘 중 하나였다. 이제부터 흥미진진해질 것 같았다.

눈알을 열심히 돌리던 크산디아르는 하얀 점에 눈길이 꽂혔다. 허리를 숙이고 살펴보니 하얀 털이었다. 실험실에 새들이 있었으니 그중 하나에서 떨어진 털일 가능성이 있었다. 그러나 사고 현장에 있는 털이기 때문에 그는 일단 시험관에 집어넣었다. 시험관은 또다시 크산디아르의 등 뒤로 둥둥 떠올랐다.

크산디아르 수하의 수사관들은 유전학자의 문서를 살피고 있었다. 학자는 여러 가지 연구를 하고 있었기 때문에 책상에는 파일이며 서류가 잔뜩 쌓여 있었다. 크산디아르는 책상 앞에 앉아서 컴퓨터를 켰다.

컴퓨터에 눈 하나가 나타나더니 그를 뚫어져라 쳐다봤다. 이어서 입과 귀가 나타났다.

"친위대장!" 컴퓨터가 외쳤다. "알고 싶은 것은?"

"블루르 마브리가 진행하던 마지막 연구가 무엇인가?"

"스파슌과 녹음기의 결합. 학자는 아무도 꾸룩꾸룩 울어대는 스파슌을 경계하지 않는다는 점에서 착안하여 몇 마리를 살아 있는 스파이로 만들 계획이었음."

크산디아르는 회의적인 얼굴로 눈살을 찌푸렸다. 동물 보호단체가 스파슌을 악용하는 자들을 몰살하기로 결정한 것이라면 몰라도 그런 정도의 대수롭지 않은 연구 때문에 학자를 공격한다는 것은 아무리 생각해도 이해가 되지 않았다. 그건 아니었다.

"다른 연구는 없었는가?"

"나에게 마지막으로 입력된 자료는 5014년 파이초 27일로 기록되어 있음."

이런, 그렇다면 한 달도 넘었다는 건데……. 거 참, 이상하군. 크산디아르는 뇌에서 연기가 풀풀 날 지경이었다.

"하지만 매일 이곳으로 출근했는데 마지막 작업이 한 달 전이라는 것은 이상하지 않은가?"

"그가 내 프로그램으로 작업을 한 뒤로 나는 아무것도 삭제하지 않았음. 따라서 그가 직접 자료를 삭제한 것이 틀림없음. 나중에 필요할 경우를 대비하여 비밀 데이터나 위험한 데이터를 따로 보관하려고 할 때 이따금 그랬음."

"그걸 뭐라고 하더라…… 아, 그래, 휴지통에는 남아 있겠지? 예를 들어 그가 무슨 작업을 했는지 알 수 있을 만한 것, 이를테면 읽기 전용 메모리라도 남아 있을 것 아닌가?"

"없음!" 기분이 상한 컴퓨터가 항의했다. "나는 지시를 받으면 정확하게 시행함. 삭제하라는 지시를 받으면 나는 아무런 정보도 남기지 않고 완전 삭제함. 그리고 나는 삭제하라는 지시를 받은 적이 없음. 나의 청렴결백한 프로정신을 의심하는 것임?"

"아니, 그게 아니다!" 컴퓨터의 격한 항의에 당황한 크산디아르는 얼른 뒷걸음쳤다. "혹시나 해서 그냥 물어본 것뿐이다!"

"그럼 이상 답변 끝."

크산디아르가 기이하고 난해한 모티브들이 떠 있는 화면을 살피는 동안 컴퓨터의 눈은 냉랭하게 쏘아보면서 아주 불쾌하다는 표시로 눈살을 찌푸렸다.

"하지만 나중에 그 데이터가 필요할 경우 사용하기 위해 그는 어떻게 했지?"

"콤팩트디스크나 디스켓에 저장해서 집으로 가져갔음."

크산디아르는 학자의 집을 수색해야겠다고 속으로 말했다.

"고맙다! 컴퓨터, 기분 상하게 할 생각은 아니었는데 나의 무례한 질문을 용서하기 바란다."

"알았음, 친위대장, 즐겁기도 했음." 컴퓨터의 기분이 누그러졌다. "어떤 것이든 내 도움이 필요하면 주저하지 말 것. 이제 접속을 끊겠음!"

눈, 귀, 눈썹, 입이 희미해지면서 컴퓨터가 꺼졌다.

크산디아르는 생각에 잠겼다. 그렇다면 학자가 비밀리에 어떤 연구를 하고 있었다는 것인데 그 일이 죽음과 관계가 있을까?

갑자기 어른거리는 거대한 그림자 때문에 크산디아르는 소스라치게 놀랐다.

그는 머리를 쳐들다 위로, 위로, 좀 더 위로 고개가 뒤로 꺾어질 듯이 뽑고 뽑았다. 아니, 이게 누구야, 잘 아는 드래곤이 우뚝 서

있는 것이 아닌가. 랑코비트에서는 늙은 마법사의 모습으로 다니는 것과 달리 오무아에만 오면 여봐란듯이 용의 모습을 드러내놓고 다니는 드래곤이었다. 용이라면 싫어하던 오무아 사람들이 팅가푸르와 제국을 위해 싸워준 뒤로 용에 대한 태도를 바꾸자, 능란한 정치가답게 드래곤은 그 점을 철저히 이용하고 있었다.

친위대장은 마치 폭발 사고를 당한 듯 드래곤의 온몸에 검댕이 앉은 것을 눈여겨봤다. 게다가 노란 눈빛은 우울하고 피곤해 보였다.

크산디아르는 몰골이 왜 저 모양이지? 하고 생각하면서 정중하게 인사했다.

"셈 선생님! 오무아에 돌아오신 걸 모르고 있었습니다. 후계자의 건강은 어떻습니까(목소리에서 후계자를 힘주어 발음하는 것이 느껴졌다)? 곧 돌아옵니까? 갑자기 떠난 이유가 뭐였습니까? 무슨 문제라도……."

드래곤은 따발총처럼 쏟아지는 질문에 정신이 하나도 없는 얼굴로 대답했다.

"자, 그럼 차례대로 대답하지요. 건강은 좋고, 나도 그러길 바라고 있고, 너무 지쳤기 때문인 것 같소. 근데 궁전에 무슨 일이 있습니까? 당신과의 면담을 청했더니 사고가 있었다고 하던데?"

크산디아르가 얼굴을 붉혔는데 군복과 어찌나 잘 어울리는 색깔인지 신기할 정도였다.

"그렇게 질문을 퍼부은 것을 용서하십시오!" 크산디아르는 정중하게 사과했다. "제국의 후계자가 행방불명되는 바람에 얼마나 마음을 졸였던지…… 우리 안기부의 부주의로 또 후계자가 납치된 것이라고 생각하고 초조와 불안에 떨었습니다. 그래서 선생님이 후계자는 무사하며 스스로 떠난 것이라는 소식을 보내왔을 때는 정말이지……."

"당신 손으로 타라의 목을 졸라버리고 싶었겠지요." 드래곤이 대신 말했다. "나도 동감이오."

"아니, 그런 말을 하려던 것이 아닙니다." 친위대장이 얼른 손사래쳤다.

"하지만 우리 모두의 생각이오. 지키기 쉽지 않은 아이지요. 걸핏하면 납치되거나 사라져버리니! 제발 좀 조용히 지내기를 바라고 있소. 나도 지칠 대로 지쳐서 극도로 신경이 날카로워져 있는 상태요."

크산디아르는 아무 말도 하지 않고 있지만 드래곤의 말에 동의하고 있는 것이 느껴졌다. 그는 심호흡을 하면서 어깨를 추썩였다.

"그런데 무슨 일로 나를 만나려고 하셨습니까?"

"먼저 한 가지 묻겠소. 당신을 찾다가 칼리 부인한테 들었는데 무슨 수사를 하고 있다면서요?"

"네." 크산디아르는 학자의 시신이 있는 곳으로 드래곤을 안내하면서 대답했다.

바닥에 떨어지는 것이면 무엇이든 집어삼키고 먹어치우는 푸프푸프*와 벌레들을 차단하는 빛의 장막이 보호막처럼 시신을 에워싸고 있었다. 크산디아르는 웅크리고 앉았고, 드래곤은 몸을 숙였다.

"일단 블루르 마브리 유전학자는 우리에서 탈출한 브르리르의 공격을 받고 사망한 것으로 추정하고 있습니다."

드래곤의 예민한 귀에 '일단'이라는 말이 꽂혔다.

"그 말은?"

"내 판단으로는 사고가 아니라 살인 사건입니다!"

드래곤은 흠칫 놀라는 것 같았다. 이어서 두 동강이 난 시신과 뼈의 절단면을 자세히 살피면서 눈살을 찌푸렸다.

"거, 이상하군. 학자를 죽이기 위해 누군가가 브르리르를 풀어 놓았단 말이오?"

"아니요, 이 궁전에 사는 브르리르가 사람을 죽였다고는 생각하지 않습니다. 살인을 사고로 위장하기 위해 브르리르를 이용한 거죠. 누가 이런 짓을 했는지, 이유가 뭔지 반드시 밝혀낼 겁니다."

갑자기 드래곤의 얼굴이 굳어지면서 크산디아르 뒤쪽을 응시했다. 뭔가 켕기는 듯한 저 알쏭달쏭한 표정은 뭐지? 뭘 봤기에? 섬뜩해진 크산디아르는 벌떡 일어났지만 돌아볼 용기가 나지 않았다. 그 순간 크산디아르는 둥둥 떠서 따라다니고 있을 시험관들이 기억났다. 드래곤은 애써 태연한 체하고 있지만 의심의 여지없이 그 안에 들어 있는 내용물을 보고 있는 것이었다.

"그래서 수사에는 진전이 있습니까?"

마침내 드래곤이 크산디아르를 내려다보면서 물었다.

드래곤만 청각이 예민한 것이 아니었다. 그 못지않게 귀가 밝은 크산디아르는 드래곤의 음성에서 불안해하는 낌새를 간파했다. 오감이 발동한 크산디아르는 암시적으로 돌려서 말하기로 했다.

"아시다시피 이런 사건은 시간이 걸리지요. 그런데 나를 왜 만나려고 하셨는지 아직 말씀하지 않았습니다."

드래곤은 대답을 회피하는 친위대장의 발언에 기분이 상한 듯 콧김을 내뿜으면서 퉁명스럽게 대꾸했다.

"폭탄 때문이오."

이번에는 크산디아르의 얼굴이 굳어졌다.

"폭탄이요?"

폭탄이라는 말 한마디로 드래곤의 온몸에 앉은 검댕과 피곤한 기색이 설명되었다. 후계자가 또 무슨 짓을 꾸몄단 말인가?

"하프엘프 로빈 망질의 말에 따르면 오무아의 최첨단 군사전략 연구실에서 특수무기 분실 사고가 있었다고 하더군요. 블루르 마브리가 어떤 연구를 하고 있었는지 모르겠으나 이 두 사건에 어떤 연관이 있을지도 모르겠소."

드래곤은 폭탄의 모양과 폭발하는 방식을 자세히 묘사했다. 크산디아르는 눈살을 지렁이처럼 꿈틀거렸다. 애초에 불순한 동기로 만들어진 무기인 것 같았다. 크산디아르는 그런 종류의 살상무기를 좋아하지 않았다.

"문제는 그 폭탄이 어떻게 하르퀴아들의 수중에 들어갔는지 알아내는 것이오. 무엇이든 단서를 찾으면 내게 알려주시오."

드래곤의 말에 친위대장은 불안했다.

"그 폭탄이 우리의 최첨단 무기 중에서 분실된 것이란 말입니까? 그건 있을 수 없는 일입니다. 무기를 만드는 1호, 2호, 3호 실험실은 엄중한 감시하에 있습니다. 누군가 훔쳤다고 해도 즉시 발각되고야 맙니다."

"물론 그렇겠죠." 드래곤이 크산디아르의 흥분을 가라앉혔. "하지만 그 폭탄이 복제되었다면 시험용 폭탄을 훔칠 필요가 없지요. 폭탄의 사용법만 복사하면 되니까."

크산디아르는 드래곤을 매서운 눈초리로 쳐다보면서 발끈했다.

"마법도 통제되어 있습니다. 복사나 사진 주문을 시도하면 경보가 울리게 되어 있단 말입니다."

"비마들이 만든 지구의 사진기로 찍었다면? 아날로그나 디지털 방식의 카메라로 찍었다면?"

친위대장은 불쾌한 표정이었다.

"우리를 아마추어로 보는 겁니까?"

"당신이 생각지도 못했던 허점을 이용한 아주 교활한 도둑일지도 모르지요. 어쨌든 수사상황을 내게 알려주시오. 이건 아주 중대한 사건입니다. 나는 여제에게 고한 다음 랑코비트로 다시 떠나지만 필요하다면 며칠 후 오무아로 돌아와서 당신을 돕겠소."

그렇게 말하고 나서 드래곤은 그 육중한 몸치고는 눈이 돌아갈 정도로 쏜살같이 달려나갔다.

크산디아르는 드래곤의 뒷모습을 멍하니 쳐다보고 있다가 휙 돌아서서 시험관 안의 표본들을 살폈다.

점점 더 흥미진진해지고 있었다. 크산디아르는 다시 한번 실험실을 이 잡듯 샅샅이 뒤지기 시작했다. 학자가 뭔가를 감춰놓았다면 분명히 나올 것이었다.

이제 이 사건은 시간문제였다.

런던 여행
안개에 적응하는 방법

*

 마법사들이 민투스 주문을 많이 사용하면서 드래곤의 비행과 폭발 사고를 들키지 않고 넘어갔기 때문에 타공 주민들의 기억에는 커다란 구멍이 나 있었다. 마법사들은 디지털 카메라로 사진 촬영을 하면서 위험한 이미지를 지우기 위해 온 마을을 뒤져야 했다.
 그들이 원정을 나가 있는 동안 셀레나와 메델루스는 저택에 남아 있기로 했다. 이날 밤, 파브리스는 타쉴과 망구스와 함께 아버지 곁을 지켰고, 친구들은 이사벨라의 집에서 잤다. 그리고 다음 날 그들은 런던으로 출발했다.
 타라는 템스 강이 관통하고 바다와 면해 있어 범죄와 은총의 온상이자 매연을 내뿜는 안개로 관광객을 홀리는 신화적인 도시 런던에 처음 오는 것이었다. 그러나 코난 도일의 셜록 홈스나 애거서 크리스티의 에르큘 푸아로 같은 명탐정들의 모험을 통해 자주 접했던 도시라서 그런지 낯설지 않게 느껴졌다. 게다가 공간이동의 문을 통해 이른 빨간 벽돌 건물에서 파란색 곰 인형 무늬 수영복 차림의 남자와 마주했을 때는 호기심이 동했다. 여름인데도 창고 안이 어찌나 추운지 남자의 살이 푸르뎅뎅했다.

남자는 천천히 돌아보다가 두 팔을 쳐들었다.

"제기랄! 여행객들이잖아!" 그는 당황해서 뒷걸음치다 어안이 벙벙한 손님들을 뚫어져라 쳐다봤다. "이렇게 일찍 오실 줄 몰랐습니다!"

"문지기?" 이사벨라가 휘파람을 불었다. "지금 뭐 하는 겁니까?"

그는 딱딱 마주치는 치아를 악물면서 허겁지겁 밤색 가운을 걸쳤다.

"타공 문지기의 아들 파브리스가 이동의 문을 통해 전염되어 마법 능력을 얻었다고 들었습니다. 나에게도 그것이 통하는지 시험하기 위해 마법의 광선에 몸을 노출하고 있었던 겁니다."

이사벨라는 어이가 없었다. 평소에는 남을 배려하는 무아노조차 문지기의 피골이 상접한 장딴지가 어찌나 우스꽝스러운지 깔깔대고 웃지 않을 수 없었다.

"우리 집안은 800년 넘게 노출되어 있었어요. 사실은 어머니가 그 영향을 받으셨던 거죠." 파브리스가 말했다.

문지기의 눈알이 튀어나올 뻔했다.

"그럼 네가 바로…….""

"네, 이 친구가 바로 그 유례없는 마법사 파브리스 드 브주아지롱이에요." 무아노는 재미있어 죽겠다는 얼굴로 대답했다.

"어떻게 한 건데?" 문지기는 대답 안 해주면 잡아먹을 기세로 물었다. "어떻게 갑자기 마법 능력을 얻게 되었는데?"

"그게 말이죠." 파브리스는 대답했다. "무게가 반 톤쯤 되는 쇠파이프로 만든 다리가 내 위로 무너져내리고 있었는데…… 얼마나 겁이 나는지, 세상에 태어나서 가장 두려웠다는 기억밖에 안 나요. 아, 아니다, 아더월드에서 자이언트 거미가 내는 수수께끼의 답을 풀지 못해서 독이빨에 물리기 직전에 덜덜 떨 때가 더 무서웠으니까. 여하튼 나는 본능적으로 내 몸 위로 떨어지는 그 철근 더미를 확 떠밀었어요. 그런데 세상에! 기적이 일어난 거예요. 철근 더미가 내 몸 위에 둥둥 떠 있는 거예요. 어쨌든 나에게 마법 능력이 생긴 이유가 뭔지는 몰라요. 이동의 문에서 발산하는 마법 광선에 전염되었다는 것은 아버지의 추측일 뿐이에요!"

"바로 그거야." 자이언트 거미의 끔찍한 모습이 뇌리에서 떠나지 않는지 문지기는 몸서리를 치면서 대꾸했다. "무엇 때문인지 전혀 모르니까 이동의 문이 마법 능력을 주었을 가능성도 배제할 수 없다는 거지."

"그런데 수영복은 왜 입었어요?" 터져나오려는 웃음을 꾹꾹 누르면서 타라가 물었다.

"옷을 입고 있으면 광선을 방해할 거라고 생각했지." 파브리스의 매머드가 뿌우뿌우, 하고 울음소리를 냈기 때문에 비마 문지기가 말했다. "쉿! 패밀리어를 조용히 시켜!"

"왜요?" 이사벨라가 물었다. "여긴 아무도 없지 않소?"

"모르시는 말씀!" 문지기가 한숨을 내쉬었다. "여기가 버려진 곳이라서 화물창고를 선택한 것인데 멋쟁이들이 하나둘 와서 정착하자 시장이 이 구역을 재개발했거든요. 패밀리어들의 울음소리와 문을 작동할 때의 빛이 이목을 끌기 때문에 몇 달 이내에 이동의 문을 다른 데로 옮기게 생겼단 말입니다."

"그만!" 이사벨라가 문지기의 말을 잘랐다. "당신의 고충은 잘 들었으니 내가 심의회에 알리겠소. 지금 우리는 이동 중에 들른 것이지 시찰을 나온 것이 아니오. 호텔에 예약은 하셨소?"

"런던 시내에 있는 마법 호텔에 예약해놨습니다." 자신의 고충을 대수롭지 않게 여기는 것이 서운한 문지기는 떨떠름한 얼굴로 말했다.

"이제 우리 중 몇몇은 변신을 해야 된다." 이사벨라는 고갯짓으로 파프니르, 로빈, 패밀리어들을 가리키면서 말했다. "타라?"

"네, 할머니?"

"지구에서는 우리의 마법이 약해진다. 그래서 타임스퀘어 한복판에서 우리의 변신이 들통나면 큰 낭패야. 그러니까 네가 로빈과 갈랑을 변신시켜주겠니? 바룬과 쉬바, 파프니르는 내가 맡으마."

파프니르는 이마에 주름을 잡았다.

"내 모습이 뭐가 어때서요? 난 도끼가 없으면 안 된단 말예요."

이사벨라는 난쟁이의 빨간 머리, 거의 네모난 통나무에 가까운 몸매, 울퉁불퉁 근육질 때문에 터질 듯 팽팽한 초록색 타이츠를 훑어봤다. 난쟁이들의 나라 히믈리아에서 엑소르드라는 성인 선서식을 치른 뒤로 수염을 없앴기 때문에 온갖 무기를 허리춤에 잔뜩 매달고 징 박은 군화를 신었는데도 훨씬 여성스러워진 파프니르는 샐쭉해져 있었다.

"너는 옷만 바꾸면 쓸데없이 주렁주렁 달고 있는 것들을 보이지 않게 가릴 수 있어." 이사벨라가 설명했다. "지구에도 난쟁이들이 있기 때문에 네가 눈길을 끌지는 않을 거다."

쓸데없이 주렁주렁 달고 있는 것들이라니! 난쟁이가 항의하기 전에 이사벨라는 재빨리 주문을 읊었다.

"아빌루스의 이름으로 파프니르에게 최신 유행 의상을 입힐지어다!"

물결처럼 흘러가는 마법의 광선에 휘감긴 난쟁이는 금빛 뱃살이 드러나는 골반바지에 몸에 딱 맞는 티셔츠, 장밋빛 가죽 재킷 차림이 되었다.

"저기, 할머니, 장밋빛은 좀 그러네요."

발끈한 파프니르가 성질을 부리기 전에 타라는 선수를 쳤다.

그러나 어두컴컴한 광산의 주위환경에 대한 반작용인지 의외로 난쟁이들은 화려한 색을 좋아했다. 난쟁이들이 히믈리아의 도시를 노래하는 꽃과 식물로 단장하는 것도 그런 이유였다. 파프니르는 재킷 색깔을 아주 마음에 들어했다.

"아주 좋아요." 파프니르는 싱글벙글했다. "근데 이 바지는 왜 골반에 걸쳐지죠? 이걸 입고서는 달리기도 못하고 싸움도 못하겠어요."

털북숭이 뚱보 개로 변한 매머드는 몸이 가벼워서 기쁜지 창고 안을 껑충껑충 뛰어다녔다. 더 이상 파란색이 아니었다. 명견 래시로 바뀐 표범은 컹컹, 짖는 것으로 심히 불쾌하다는 표시를 팍팍 냈다.

"자, 이젠 네 차례야, 타라!"

이사벨라는 만족스런 얼굴로 말했다.

도시의 절반에 가까운 시민을 개구리로 둔갑시킬까 두려워서 지구에서는 마법을 쓰지 않겠다고 다짐했던 타라는 반대했다.

"내 마법이 통제되지 않는다는 걸 할머니도 아시면서!"

"그래, 네가 지구에서는 사용하지 않으려고 한다는 걸 알아." 이사벨라는 손녀를 구슬렸다. "하지만 네가 원하든 원치 않든 필요할 때는 써야 해. 수많은 구경꾼 앞에서보다는 지금 여기서 시험해보는 것이 낫지 않겠니? 살아있는 돌이 마법을 조절하게 도와줄 거다."

타라는 한숨을 쉬면서 복종했다. 이번에는 할머니의 말이 옳았다. 화가 나 있지 않거나 위급한 상황이 아닐 때 지구에서는 마법이 아주 약하기 때문에 타라는 마법 능력이 정말 약해지는지 일단 시험해볼 필요가 있었다.

살아있는 돌의 힘을 진정시키면서 타라는 마법을 걸었다. 날개가 사라지고 몸뚱이가 줄어드는 걸 느낀 페가수스가 툴툴거리는 순간 어느새 갈랑은 늑대 비슷한 하얀 개로 바뀌었다.

"살아있는 돌, 내가 '검은색과 밤색 털'이라고 했잖아." 타라가 엄하게 말했다. "왜 하얀 개야?"

"밤색은 미워. 흰색이 훨씬 예뻐!" 고집쟁이 마법의 돌이 퉁명스럽게 대답했다.

타라는 동의의 한숨을 내쉬었다. 살아있는 돌이 제멋대로 한 것이지만 타라는 페가수스의 새로운 모습이 아주 근사하다는 것을 인정해야 했다. 그리고 다른 사람은 누구도 개로 둔갑시키지 않았다는 것에 안도했다.

"이번에는 내 차례야." 로빈이 말했다. "자, 이 엘프의 귀를 사라지게 해봐."

안색은 아직 창백하지만 부축을 받지 않고 설 수 있는 로빈은 잠시나마 인간이 되는 것이 기뻤다. 하프엘프로 사는 것이 괴로웠던 로빈은 새로운 모습이 되면 타라가 자기를 사랑할 수 있지 않을까 정말 궁금했다.

타라는 미소를 지어 보였다. 피를 나눈 남매가 되었을 때 로빈이 괴로움을 호소하면서 속마음을 밝힌 뒤로 타라는 그의 말을 진지하게 생각해보기로 마음먹고 있었다.

'살아있는 돌, 해보자.' 타라는 정신적으로 말했다.

그러고는 큰 소리로 읊었다.

"트란스포르무스의 이름으로 엘프는 사라지고 인간이 그 자리를 대신하라!"

엘프의 이미지가 뿌옇게 흐려지고 긴 은발이 짧아지더니 금발로 변했다. 크리스털 눈은 파란빛으로 변하고 호리호리하게 잘 빠진 몸에 살이 약간 붙었다. 작은 코, 하얀 치아, 각진 턱, 이상하게 낯익은 모습의 미남청년이 나타났다.

타라는 눈살을 찡그렸다. 어, 아는 얼굴인데! 멋진 가슴받이를 착용한 전사의 모습이 눈앞에서 어른거렸다.

"살아있는 돌! 로빈을 브래드 피트로 바꿔놓으면 어떡해?"

타라가 소리쳤다.

무아노는 그 이상형의 미남에게서 눈을 떼지 못한 채 슬그머니 파브리스의 손을 놨다.

"와우! 정말 잘생겼다. 브래드 피트가 누구야?"

"지구에서 아주 유명한 배우야." 타라는 얼굴이 빨개져서 대답했다. "얼마 전에 살아있는 돌이랑 브래드 피트가 주연으로 나오는 영화 한 편을 봤는데 그때 아마 홀딱 반했던 모양이야. 로빈은 이 모습으로 돌아다닐 수 없어. 런던의 소녀 팬들이 눈 깜짝할 사이에 구름 떼처럼 몰려올 거야."

타라가 몇 가지를 바꿔야 한다고 정중하게 부탁하자 살아있는 돌은 마지못해서 복종했다. 로빈은 여전히 멋진 모습이지만 더 이상 오빠부대를 몰고 다니는 영화배우의 얼굴이 아니었다. 타라는 완전한 인간이 된 것을 기뻐하는 하프엘프를 보면서 마음이 아팠다. 로빈의 심정을 다 헤아릴 수는 없지만 혼혈이라는 신분을 생각보다 훨씬 힘들어하고 있는 것이 틀림없었다.

로빈의 어깨에 메어져 있는 것을 자랑스러워하는 릴란드릴의 활이 못마땅해했지만 타라는 그 멋진 활도 투명하게 만들었다.

'타라, 그 힘으로 뭘 할 거야?' 살아있는 돌이 불쑥 머릿속으로 보내는 질문에 타라는 소스라쳤다.

'뭐라고?'

'모든 사람을 둔갑시킬 정도로 마법이 강력해져 있어…… 왜지?'

'내가 아주 어렸을 때 누군가가 나의 마법을 더 강력하게 만들기 위해 내 유전자를 조작했던 것 같아.'

'저런!' 살아있는 돌이 미심쩍은 어조로 말했다. '좋지 않아, 그건 너무 심했어!'

타라는 이동의 문 맞은편에 있는 거울을 보다 깜짝 놀랐다. 야윈 얼굴, 눈가에 생긴 거무스레한 다크서클, 로빈의 얼굴 못지않게 안색이 나빴다.

타라는 살아있는 돌을 내려다봤다.

'지금 우리를 노리는 강력한 적들이 있는데 일단은 이 힘으로 놈들을 제거해야지. 그렇지만 이 힘을 조절하는 방법을 알려줘. 이 힘을 이용하면 할수록 너무 피곤해. 이러다 녹아웃 병에 걸릴까 봐 겁이 나!'

살아있는 돌은 반응이 없었지만, 타라는 마법의 돌이 깊은 생각에 잠겨 있다는 것을 느꼈다.

타라와 살아있는 돌이 아주 빠르게 대화를 나누는 사이에 할머니와 친구들은 거의 준비가 끝나 있었다.

"음, 완벽해. 이제는 마법복만 바꾸면 나갈 수 있겠구나." 이사벨라는 그들을 하나하나 점검하면서 말했다.

"체인지라인, 지구의 옷으로 바꿔!" 타라가 명했다. "그리고 나를 홀랑 벗기지는 마, 제발!(지난번에 친구들 앞에서 알몸이 되었던 적이 있지 않은가! 아더월드의 아이디어 제품이라는 것이 그렇지 뭐!)"

마법 능력을 지닌 체인지라인은 지시를 실행했고, 타라는 짧은 원피스에 샌들 차림이 되었다.

"오무아의 문장은 필요 없어." 타라가 원피스 가슴 부분에서 거의 살아 있는 듯 꼬리를 펼쳐 보이는, 100개의 금빛 눈을 가진 주홍빛 공작을 내려다보면서 지적했다.

체인지라인은 복종했고, 공작 이미지는 사라졌다.

"조심, 또 조심해야 합니다." 문지기가 당부했다. "몇 년 전부터 마법에 관한 책이 점점 많아지고 있습니다. 사람들의 머릿속에서 마법에 대한 믿음을 지우기 위해 우리가 걸어놓은 주문이 힘을 잃고 있지요. 비마들이 경계하고 있어요. 올해는 특히 여러분의 모험에 관련된 책이 출간되면서 기억을 지우는 민투스 주문을 걸어야 하는 횟수가 배로 늘어났습니다. 비마들이 이동의 문들을 찾기 시작했고, 요즘은 청소년들이 어찌나 눈치가 빠른지 지구에서 활동하는 마법사들이 발각되는 것은 시간문제입니다."

"우리는 선택의 여지가 없소." 이사벨라는 입술을 질끈 깨물면서 대꾸했다. "그 가증스런 소피 오두인 마미코니안은 마법을 전혀 이해하지 못하고 있어요. 자신의 소설에 우리를 소재로 삼아서 아더월드에 관한 것을 낱낱이 폭로하고 있어요. 그 작가를 제거할 생각도 했지만 내 의견에도 불구하고 심의회에서 거부당했지요. 그 작가가 픽션 형태로 타라의 생활을 상세하게 묘사하면서 즐거워하고 있는데도 말이오!"

"글쎄, 말입니다. 그래서 지금 영국은 경계경보 오렌지가 발령되었지요. 최고 마구스 심의회는 비상사태가 아닌 한 트란스미투스 주문을 일체 금지했습니다. 따라서 스톤헨지로 가시려면 평범한 인간들과 마찬가지로 여행해야 합니다."

이사벨라는 코를 찡그렸다.

"알고 있어요. 일단 호텔까지 간 다음에 기차를 타고 스톤헨지가 위치한 윌트셔 주로 갈 겁니다."

"마법 호텔 주인에게 여러분의 기차표를 마련하라고 연락하겠습니다."

문지기에게 고맙다는 인사말을 하고 그들이 멀어져가자 후닥닥 가운을 벗는 문지기를 보면서 타라는 미소를 지었다. 아직 몰라서 저러지, 마법이 얼마나 위험한지 안다면 즉시 옷을 도로 입을 텐데!

길쭉한 모양의 검정 롤스로이스 두 대가 화물창고 입구에 대기하고 있었다.

"몰래 이동해야 하는 거 아니에요?"

멋진 차에 눈이 동그래진 타라가 물었다.

할머니는 손사래를 쳤다.

"이 왕국에는 롤스로이스가 워낙 흔해서 이목을 끌지 않을 거다."

제복 차림의 운전기사 두 명이 모자를 벗고 뛰어와 트렁크에 짐을 싣는 모습을 관찰하면서 타라는 그들이 안심해도 되는 사람들이라는 것을 알아차렸다.

"부인이 차에 오르시면 바로 출발합지요."

운전기사가 억양이 이상한 오무아 언어로 말했다.

이사벨라는 고개를 끄덕이면서 첫 번째 롤스로이스에 올랐다. 폭신한 소파, 샴페인 잔들이 놓인 나무원탁, 유리컵에는 땅콩과 캐슈너트(강낭콩 모양으로 생긴 견과 — 옮긴이)가 가득 담겨 있었다. 이사벨라를 위한 알코올 음료 외에도 소다수와 과일주스가 준비되어 있었다. 타라와 로빈이 올라타자 차가 약간 흔들렸다. 운전기사는 몸을 쑥 내밀고 가식적인 어조로 말했다.

"무엇이든 필요한 것이 있으면 말씀만 하십쇼, 부인. 기꺼이 들어드립지요."

"우리가 추격하는 하르퓌아들이 모조리 죽어서 즉시 타공으로 돌아갈 수 있길 바라오."

운전기사는 잠시 침묵을 지키다가 말했다.

"우리의 힘닿는 대로 여러분을 편안하게 모시겠습니다."

괜히 말 한번 잘못 꺼냈다가 곤혹스러워진 운전기사는 이사벨라가 도저히 불가능한 또 다른 요구를 할까 부리나케 자동차 문을 닫았다. 타라와 로빈은 웃음을 참느라 숨이 넘어갈 지경이었다. 눈짓으로는 대화를 못할까, 그들은 잠자코 눈짓을 주고받으면서 소다수를 홀짝거렸다.

타라는 할머니의 말이 옳았다는 것을 확인할 수 있었다. 차가 런던 시내로 향할수록 거리는 활기가 넘쳤고, 수많은 인파는 점심 먹을 생각에 정신이 팔려 있는지 그들을 태운 롤스로이스에는 눈길도 주지 않았다.

선팅 유리창 밖으로 런던을 관찰하는 것은 흥미로웠다. 아담한 정원이 딸린 작은 집들이 조용한 골목길과 요란한 대로 쪽으로 나 있었다. 그 대조적인 모습이 도시에 묘한 매력을 연출하고 있었다. 유리창에 비친 달걀만한 크기의 에메랄드를 보고 가슴이 철렁한 타라는 체인지라인에게 색깔들이 선물로 목에 박아넣은 보석을 가려달라고 부탁했다. 팔뚝에 생긴 금빛 고리무늬는 문신으로 보일 수 있지만, 흑단, 금, 다이아몬드, 루비, 사파이어, 에메랄드로 이뤄진 보석 목걸이는 이목을 끌 우려가 있었다. 차는 템스 강을 따라가다 하이드파크에 접어들었고, 잔디밭 둑을 따라 멋쟁이들이 승마를 즐기는 서펜타인 호수를 거쳐 마침내 마법 호텔에 이르렀다.

호텔 정문을 넘어서면서 마법의 파동에 민감한 타라는 자기력이 작용하는 영역을 뚫고 들어가는 느낌을 받았다. 밖을 내다보니 거리의 사물들과 행인들이 흐릿하게 보였다.

"마법 보호구역이란다." 이사벨라가 설명했다. "마법사, 최고 마구스, 드래곤들이 몰려들 때가 있거든. 비마들은 호텔에 들어올 수 없어. 수백 년이 된 이 호텔은 아무도 선뜻 들어올 생각이 들지 않도록 일부러 지저분한 술집처럼 위장해놓은 거야. 그러나 지구에서는 마법이 약하기 때문에 이 위장술이 오래 유지되지 않았지. 그래서 마치 건물을 다시 사서 개축한 것처럼 꾸며놓고, 아더월드와 관련이 없거나 마법 능력이 없는 이들을 밀어내는 척력(두 개의 물체 사이에서 서로 떨쳐버리려고 하는 힘 — 옮긴이)이 작용하는 영역을 설치해놨지. 물론 이동의 문을 지키는 문지기들은 제외하고, 비마지만 그들에게는 특별 통행허가증이 있으니까."

제복 차림의 체격 좋은 도어맨이 무뚝뚝한 얼굴로 자동차 문을 열어주었다. 그는 촉수도 없고, 집게발도 없고, 눈이 세 개 달린 것도 아닌 정상적인 인간의 모습이었다. 그는 이사벨라를 보자 허리를 굽혀 인사했다.

"덩컨 부인, 찾아주셔서 영광입니다."

이사벨라는 고개를 끄덕이면서 말 없이 호텔 안으로 들어갔다. 할머니의 쌀쌀맞은 태도가 무안한 타라는 얼른 도어맨에게 미소를 지어 보였다.

그도 미소를 보냈는데…… 어, 뭐야, 입이 두 갠가?

첫 번째 입 바로 아래, 목에서 두 번째 입이 벌어지면서 뻐드렁니들을 드러내는 사이, 얼굴에서 눈이 사라지더니 그 위의 더듬이 끝에 매달린 채로 다시 나타나 다정한 눈짓을 보내는 것이 아닌가.

이런 또 속았네. 무늬만 인간이었어.

타라는 할머니를 뒤쫓아갔다. 호텔 내부는 바깥의 서늘한 기온에 비교하면 쾌적하게 포근했다. 근사하게 조각된 회색 대리석 기둥으로 에워싸인 홀은 빛이 쏟아지고 있었다. 아더월드의 태양? 타라는 마법의 행성을 비추는 노란빛 거대한 태양과 빨간빛 작은 태양을 대번에 알아봤다.

화려한 요정들이 벽에 늘어진 덩굴식물을 가꾸고 있었다. 일행이 안내 데스크 앞에서 멈춰 서자, 식당 한가운데 연못에서 장난치는 파란 사이렌들의 노래에 빨간 꽃들이 화음을 넣으며 찬가를 불렀다. 뿔을 뽑은 유니콘(유니콘은 성질이 포악하기 때문에 어떤 장소든 들어가기에 앞서 뿔을 뽑아야 한다) 두 마리가 호의적인 소리를 내며 인사했다. 촉수들로 책을 한아름 안은 카홈보움이 공 모양의 노란 몸뚱이를 스케이트보드에 싣고 바삐 지나갔다. 줄지은 유리문 밖으로 랑코비트의 파란빛과 은빛 옷, 오무아의 주홍빛과 금빛 옷을 입은 마법사들이 패밀리어를 데리고 사설 공원을 산책하는 모습이 보였다. 타라의 눈이 휘둥그레졌다. 런던 도심에 이런 규모의 공원이 있다는 것이 말이 되는가! 저 멀리 아더월드의 동물상도 보였다. 지구상 어디에도 형형색색의 현란한 동물들은 존재하지 않았다. 아더월드에서처럼 자유롭게 움직이지 못하는 나무들은 멋모르는 비둘기 한 마리가 가지에 앉자 푸르르 떠는 정도로 그쳤다. 불연성 둥지 주위에서 춤추는 불의 새들, 털이 곱슬곱슬한 양 베에에들에게 둘러싸여 유유히 풀을 뜯어먹는 유니콘들, 포식동물의 입맛을 떨어뜨리려고 악취를 풍기는 트라둑을 뒤쫓는 약빠른 크레크레크레들, 머리 두 개를 흔들거리는 모오오오우우우들, 피를 빨아먹으려고 달려드는 피크크크*와 흡혈파리 떼를 쫓으면서 울어대는 브르르르아아아들, 삽시간에 모든 동물을 얼어붙게 하는 드래코-티라노사우루스의 소름 끼치는 울음소리까지 멀리서 들렸다. 타라는 소름이 끼쳤다. 오, 이건 너무 싫다, 싫어!

타라 덩컨 185

물방울 속 사이렌 마법사를 따라 양철통들이 신나게 몸을 흔들며 지나가는데 필시 소금물 호수에서 헤엄치는 주홍빛 발분의 풍만한 젖통을 짜러 가는 것이 분명했다. 발분의 버터와 크림은 맛이 아주 좋아, 이를 좋아하는 마법사들이 신선한 젖을 원하기 때문이었다. 예쁜 요정들의 꾐에 빠져 소포르와 아스토펠, 칼로르나 군락지로 날아든 비즈즈즈들이 콧노래를 흥얼거리며 크림을 많이 함유한 꿀을 모으고 있었다.

마법의 힘을 지닌 장막이 공원을 에워싸고 있어서 밖에서는 지구의 나무와 잔디, 꽃으로 보였다.

"여기 종업원들의 일부는 아더월드 출신이야." 마니투가 설명했다. "지구의 추운 기후를 힘들어하는 우리를 위해 건축가들이 아더월드의 환경과 공기를 재현해놓은 것이란다. 지구에서 활동하는 이들이 신경쇠약증에 걸리지 않도록 마법사들이 거주하는 보호구역들은 어디나 이렇게 해놓았지."

동그란 코안경을 쓴 뚱보 대머리 남자가 안내 데스크에 서 있는데 남자의 눈은 인간의 눈이 아니었다. 초록빛과 금빛의 눈은 고양이나 뱀의 눈처럼 갈라져 있었다. 그가 무지갯빛 유리알 너머로 손님들을 쳐다보는데 사팔눈이었다.

마니투가 다가서서 인사했다.

"브루빌렌디르그레샤릴바르 선생! 당신을 다시 만나다니 정말 반갑소! 아름다운 부인의 건강은 어떻습니까?"

"고맙습니다, 아내는 잘 지내고 있습니다, 마니투 선생." 용의 이름인 것으로 보아 인간으로 변신해 있는 남자가 대꾸했다. "선생의 가족은 다들 안녕하십니까?"

"스톤헨지 쪽으로 달아난 하르퓌아들을 잡아야 하기 때문에 내 딸과 손녀, 그리고 지원병들을 데려왔지요. 지금 이 호텔에 아더월드인과 지구인이 몇 명이나 있습니까?"

"한산한 편입니다. 아더월드 거류민 열 명, 휴가 중인 인도 이동의 문 문지기가 묵고 있지요. 대사관도 만원이 아니라서 편히 머무시도록 제일 좋은 스위트룸을 예약해놨습니다.

"호텔이라고 하지 않았어요?" 타라가 속삭였다.

"이 건물은 두 가지 기능을 겸하고 있단다." 이사벨라가 설명했다. "아더월드, 산티보르, 타딕스, 마딕스에서 온 관광객들이 이동의 문을 잘못 조작하거나 의도적으로 지구에 왔다가 길을 잃고 헤매는 경우가 가끔 있거든. 마법사들에게 지구에 가지 말라고 엄중하게 경고하였는데도 불복하는 일이 일어나지(이사벨라의 목소리에서 무례한 자들에게는 철창감옥에 가두는 딱 한 가지 벌밖에 없다는 단호함이 느껴졌다!). 지구 연수를 위해 대학 교수들이나 수석 조수들, 최고 마구스들도 와 있고. 모두 지구에 있는 마법사들의 대사관 주소를 알고 있어. 그래서 지구에 있다가 문제가 생기면 대사관에서 즉시 책임을 지고 귀국조치를 내리지."

"사고가 일어난 적이 있었어요?"

마니투는 껄껄, 웃었다.

"한 20년 전쯤에 유명한 강도가 미국의 시카고 마법 호텔로 숨어든 적이 있었지. 척력 마법으로는 경찰에 쫓겨 죽기살기로 도망치는 자를 막기에 역부족이었어. 그가 난입하면서 은폐 주문이 깨지고 말았지. 그날 호텔에는 뱀파이어 사절단과 켄타우로스 두 마리, 카흠보움, 용이 있었거든."

"와, 얼마나 충격이었을까! 그래서요?"

"강도는 용과 뱀파이어들을 향해 총을 쐈지. 그까짓 총에 눈 하나 깜짝할 용이 아니잖아, 용이 성큼성큼 다가서자 강도는 걸음아 날 살려라 줄행랑쳤지. 경찰에 쫓기는 강도가 제 발로 그것도 발에 땀이 나도록 경찰서로 달려갔으니! 우리는 그에게 민투스 주문을 날릴 겨를이 없었어. 경찰서에서 강도는 독방을 요구하고 자기가 저지른 모든 죄를 비롯하여 자기가 하지 않은 것까지 자백했고, 얼마 후 모범수로 감형을 받았지만 그는 감옥을 나가지 않겠다고 버텼다는 거야."

파브리스는 웃음을 터뜨렸다.

"갑자기 용과 마주치면 정말 그 순간은 사시나무 떨 듯 부들부들 떨리죠. 나는 미리 귀띔을 받았는데도 막상 용과 맞닥뜨리는 순간에는 오금이 저려서 옴짝달싹 못했는데."

"흠흠!" 브루빌렌디르그레샤릴바르 선생님이 말했다. "인간들이 왜 그렇게 우리를 무서워하는지 도무지 이해가 안 갑니다."

"키가 자그마치 6미터나 되는 데다 불을 내뿜죠, 이빨은 장검보다도 더 길죠, 그게 어떻게 안 무섭겠어요?" 파브리스는 기회를 잡았다는 듯 비난했다. "게다가 완전히 미친 용들이 많은 인간을 집어삼킨 전적이 있잖아요. 그런 일은 수백 년이 지나도 잊히지 않는 법이죠."

"그건 오해에서 비롯된 불행한 사건이었어." 드래곤이 아주 점잖게 응수했다. "너희 인간들도 그만큼의 용을 죽였어!"

"아, 죄송한데요!" 악마와 용이 지구를 침략했을 당시의 역사를 열심히 공부했던 무아노가 반격했다. "그 말은 틀렸거든요. 용이 하나 죽었다면 인간은 수백 명이 불에 타죽었어요. 암소들에 대해서는 말하지 않겠어요!"

드래곤의 눈이 흐려졌다.

"아아, 암소!" 드래곤이 군침이 도는 것처럼 미소를 지었다.

"나는 우리가 지구를 구했던 것은 무엇보다도 암소 때문이라고 생각한다. 음, 얼마나 맛이 좋은지! 지구말고는 어디에도 암소가 존재하지 않는다는 걸 아니? 나는 지구인들에게 관심이 없어. 광활한 초원에 우글거리는 암소들, 이 행성에 인간들이 없다면 정말 이상적인 곳이라는 생각을 이따금……."

그 순간 드래곤은 자기를 노려보는 열두 개의 눈길을 발견하고 공상을 멈췄다.

"흠흠!" 드래곤이 목청을 가다듬었다. "그러니까 6인 6침실 1박으로 예약해놨습니다. 저녁은 여기서 드실 겁니까?"

타라가 런던 시내를 관광할 겸 레스토랑으로 가자고 제안하려는 순간 이사벨라가 대답했다.

"그게 좋겠소. 밖에 나갔다가 쓸데없이 마법을 쓰게 돼서 사람들 이목을 끌고 싶진 않으니까."

"죄송한데요." 무아노가 끼어들었다. "우리가 런던에 간다는 소식을 듣고 어머니가 앤드류 로이드 웨버 경의 뮤지컬 〈오페라의 유령〉 좌석 여섯 개를 예약해놨대요. 어머니는 우리가 호텔에만 있어야 한다는 걸 모르고 그러셨나봐요. 정말 죄송해요. 정 안 된다고 하시면 취소할게요."

잠시 무아노를 쏘아보던 이사벨라는 천성적으로 수줍음이 많은 성격이라 표를 내지 않아서 그렇지 랑코비트 왕의 조카딸이라는 점이 마음에 걸렸다. 이사벨라는 아무래도 뮤지컬을 관람하게 하는 편이 뒤탈이 없을 것이라는 판단을 내렸다.

"너희가 조심하겠다고 약속하면 그 외출은 문제가 없겠지. 아, 그리고 로빈은 나와 함께 호텔에 남아야겠다. 완전히 회복되지 않아서 휴식을 취해야 해."

훌륭한 작품이라고 소문이 자자한 뮤지컬을 보고 싶은 마음이 굴뚝같지만 타라는 이런 때에 어떻게 처신해야 하는지 잘 알기 때문에 냉큼 말했다.

"저도 남을게요. 하지만 파프니르, 무아노와 파브리스, 너희끼린 이렇게 좋은 기회를 놓치면 두고두고 후회할 테니까 꼭 가서 봐!"

로빈은 이사벨라에게 못마땅한 눈길을 던졌다. 로빈은 자기 때문에 타라가 뮤지컬을 단념하는 것이 찜찜했다. 그러나 어차피 현재 상태에서는 타라를 보호할 수 없기 때문에 안전한 곳에서 타라의 면면에 대해 차분히 생각할 시간을 갖게 된 것이 내심 기뻤다. 로빈은 단점을 찾기 힘든 타라의 여러 가지 면이 마음에 들었다.

물론, 타라는 고집이 셌다. 성격도 그리 좋은 편은 아니었다. 얼마 전에 갑자기 종적을 감춰버리는 경우처럼 지나칠 정도로 제멋대로 행동했다. 아, 그리고 로빈이 자기에게 홀딱 빠져 있는데도 타라가 전혀 알아채지 못한다는 것은 관찰력이 뛰어나지 않다는 걸 입증하는 것이었다.

이런 몇 가지 면을 제외하면 타라의 유머감각, 용기, 커다란 쪽빛 눈, 멋진 금발(여제가 후계자가 가능한 한 자신과 닮은 모습이 되도록 머리를 빨리 자라게 하는 주문을 걸었다고 의심하고는 있지만)은 아주 마음에 들었다.

타라가 조금만 나이가 많으면 아무 문제가 없을 텐데. 아더월드에서는 무의미한 수치지만 두 살이라는 나이 차이가 걸림돌이 되고 있었다.

타라가 로빈을 오빠 정도로 여기고 있다는 것은 생각만 해도 소름이 끼쳤다. 타라가 그에게 관심이 없는 것은 바로 그런 이유에서였다. 얼마나 끔찍한 일인가! 로빈은 주먹을 불끈 쥐었다. 정말이지 괴로운 일이었다. 엘프들은 화가 나 있을 때 주위에서 얼씬거리는 것을 모조리 죽이는 것으로 화풀이를 하는 경향이 있기 때문에 로빈은 이성을 잃기 전에 타라에게 사랑을 고백하기로 마음먹었다.

만약 타라가 거절한다면 실연의 아픔을 견디면서 더 이상 필요 없을 때까지 곁에 있을 거야. 그러고는 안개 대양의 해적과 싸우는 평화부대에 지원하여 장렬한 죽음을 맞으리라.

팔뚝에서 살아 있는 심장처럼 팔딱팔딱 뛰는 고리무늬를 보는 순간 로빈은 낯빛이 어두워졌다. 타라에게 입을 맞출 경우 잘렌마릴은 어떻게 되는 거지? 나오울디아르, 피를 나눈 남매가 뽀뽀를 할 수 있을까?

타라를 위험에 빠뜨리지 않으려면 멀찍이 떨어져 있어야 하는 것인가? 로빈은 곰곰이 생각에 잠겼다. 안 돼, 타라를 계속 멀리해야 한다면 미치고 말 거야. 나는 하프엘프야. 무슨 일이 일어난다고 해도 나에게만 해당될 거야. 타라는 인간이니까 전혀 위험하지 않아. 그렇지만 머릿속에 스치는 의문 때문에 로빈의 생각은 엉망이 되어버렸다.

괴로워하는 표정을 오해한 이사벨라는 로빈을 잠자리에 들게 했다.

지구인들과 달리 마법사들은 높은 데를 좋아하지 않기 때문에 스위트룸은 모두 4층에 있었다. 첨단 기술제품들이 갖춰져 있어 아주 쾌적했다. 로빈이 눕자 침대가 꿈틀거렸다. 아픈 몸인데도 벌떡 일어났지만 로빈은 침대가 공격하려는 것이 아니라 마사지를 해주려는 것이었음을 알았다. 로빈은 그 장치를 정지시키고 나서 다시 드러누웠다.

하프엘프로 사는 것은 매순간 고통이었다. 절반의 엘프가 주위 사람들의 행동 하나하나에 공격적 반응을 보이는 통에 로빈은 자나깨나 경계하는 데 힘을 쓰느라 녹초가 되기 일쑤였다. 반면 절반의 인간은 폭력보다는 신중한 태도와 대화로 갈등을 해결하려고 노력했다. 그런데 절반의 엘프와 절반의 인간이 타라를 향한 사랑에 대해서만은 의견이 일치하고 있었다.

마음이 선택한 사람에게 입을 맞추는 순간 나오울디아르가 점액질로 뒤덮인 미물, 가령 두꺼비나 개구리로 둔갑시켜버린다면, 로빈은 자신이 타라에게 결코 친구 이상이 될 수 없다는 것을 잘 알고 있었다.

아더월드에서는 두꺼비로 둔갑한 왕자들에 대한 전설이 비극적인 현실로 나타나는 경우가 종종 있어서 누군가 마늘을 곁들인 개구리 넓적다리 요리를 먹고 싶다고 하면 주의해야 한다는 것이 문제였다.

고뇌에 찬 로빈의 잘생긴 얼굴이 흉하게 일그러졌다. 설사 잘렌마릴이 그를 두꺼비로 둔갑시키지 않는다 해도 여제는 하프엘프를 후계자의 부군으로 절대 승낙하지 않을 것이었다. 타라의 고모는 대놓고 이방인을 혐오했다. 팅가푸르에는 아더월드의 피조물보다 인간이 훨씬 많았다. 여제와 황제는 드래곤을 좋아하지 않았고, 엘프는 기껏해야 제국을 지키는 데 필요한 병기 정도로 여기고 있었다.

로빈은 한숨을 내쉬었다. 모든 것이 잘되기를 희망하면서도 로빈은 그렇게 되지 않을 거라고 속삭이는 엘프의 통찰력 때문에 괴로웠다.

로빈은 부모를 결합시켜서 자신을 혼혈로 만든 주문을 저주하고 또 저주했다.

라인의 황금

어떻게 하면 난쟁이 전사가 픽션을 이해할까

*

맥박 뛰듯 팔뚝에서 박동 치는 고리무늬를 어렴풋이 느끼면서 타라는 로빈의 존재를 의식했다. 오무아의 색깔 주홍빛과 금빛으로 꾸며진 방에서 짐 정리를 하던 타라는 문득 스치는 생각에 우뚝 멈춰 섰다. 로빈은 같이 나가고 싶어하는데 자신이 질겁했다는 것을 깨달았던 것이다. 그 일로 그들의 관계에 변화가 일어날까? 우정보다 더 진한 관계로 로빈과 결합하는 경우에도 목숨을 노리는 자들과 자유롭게 싸울 수가 있을까? 마지스터, 영혼 약탈자, 반디우 대군, 마왕에게 대항했던 내가 로빈의 사랑에 의연히 대처하지 못할 이유가 있을까!

달빛 아래 평온한 사막을 배경으로 모래언덕에 올려놓은 침대,

그렇게 방의 분위기를 바꿔놓은 뒤에 방을 나온 타라는 복도를 지나 로빈의 방문을 두드렸다. 문에 나타난 눈이 뚫어지게 쳐다보더니 입이 말했다.

"여제 후계자는 자유롭게 출입할 수 있습니다. 어서 들어가십시오."

문이 활짝 열렸다. 마법을 사용하면 누구나 변신할 수 있는데 예고 없이 찾아오는 사람은 누구든 방에 들이지 말라는 명을 내렸던 타라는 약간 겸연쩍었다.

방으로 들어서던 타라는 어리둥절했다. 사막을 좋아하는 타라와 대조적으로 로빈은 숲 속의 아늑한 공간을 좋아했다. 침대는 나무꼭대기에 올라가 있고, 양탄자 위에서 파란 풀을 뜯어먹는 하얀 사슴들도 보였다. 타딕스와 마딕스, 은색 달빛이 쏟아지는 방은 대낮처럼 훤했다. 얼마나 목가적인 풍경인가!

잠을 자려고 나무를 타고 오르던 로빈은 느닷없이 타라가 들어오는 것을 보고 어찌나 놀랐는지 그만 나뭇가지를 놓치면서 바닥에 코방아를 찧고 말았다. 벌떡 일어난 로빈이 풀잎을 퉤퉤 뱉는 사이에 타라는 반사적으로 터져나오는 웃음을 참느라 이를 악물었다.

"타라! 생각도 못하고 있다가…… 깜짝 놀랐잖아!"

"그래, 미안해." 타라는 웃음이 튀어나올까 봐 입 안쪽 살을 악물었다.

"내가 나무에서 떨어지다니, 독의 여파라고 봐야겠지. 어쨌든 엘프들은 그렇게 쉽게 죽지 않아."

짜증이 담긴 로빈의 목소리에 타라의 얼굴에서 웃음기가 싹 달아났다. 타라는 아름드리 나무들을 향해 고개를 들었다.

"와, 아름답다!" 타라는 화제를 바꾸려고 감탄사를 연발했다.

"풍경이 좀 불안정해 보이지만 지구에서는 마법이 오래가지 않으니까 할 수 없어." 로빈이 인상을 쓰면서 몸을 털었다.

"그러니까 나라면 언제 사라질지 모를 나무꼭대기에 침대를 올려놓진 않겠어."

타라의 말에 로빈이 미소를 지었다.

"네가 실용주의자라는 건 진작에 알고 있었어, 타라!"

"나는 네 뼈를 접합해야 하는 수고를 피하고 싶은 것뿐이야!"

로빈의 미소가 사라졌다.

"얘기 좀 해야겠어, 타라."

타라가 두려워하면서도 바라던 순간이 성큼성큼 다가오고 있었다. 타라는 심호흡을 했다. 몸을 숙이는 로빈의 얼굴이 점점 가까워지고 있어서 가슴이 콩닥콩닥 뛰는 타라는 눈을 감았다.

1초가 흘렀다. 2초, 3초. 아무 일도 일어나지 않았다. 이상한 느낌이 든 타라는 눈을 떴다.

로빈이 의아한 얼굴로 쳐다보고 있었다.

"어디 아파?" 로빈이 물었다.

타라는 얼굴이 화끈 달아올랐다. 그러니까 뭐야, 로빈은 입을 맞출 생각이 없었다는 거잖아! '이런' 하면서 실망해야 하는 건가, '휴' 하면서 안도해야 하는 건가? 지구의 소년이라면 알아차렸을 테지만, 풍습이 다른 엘프들에게 눈을 감는다는 것은 아프다는 의미였다. 오케이, 졌다, 졌어! 비상수단을 쓰는 수밖에!

"응? 아니, 괜찮아." 타라는 대답을 기다리는 하프엘프를 보면서 대답했다. "나한테 할 얘기가 뭔데?"

"엘프들의 관습을 설명해주려고(그래, 이러면 타라도 지구의 관례를 알려주겠지!). 나오울디아르는 위험한 거야." 로빈이 타라를 초록색 꽃무늬 안락의자로 이끌면서 말을 이었다. "이제 우리는 결합되어 있기 때문에 우리 둘 중 한 사람이 위험에 처할 경우 대번에 그걸 느끼게 돼."

"그거 편리하네." 타라는 거리낌이 없는 표정으로 대꾸했다.

그러나 입으로 말하지 않은 무엇인가를 호소하는 듯한 타라의 눈에 로빈은 잠시 빠져 있었다.

"응…… 그렇지. 나오울디아르는 우리가 잘 때도 우리의 정신을 결합하면서 간섭할 수 있어. 우리 둘 중 한 사람이 악몽을 꾸면 그것도 알게 돼."

"와, 정말 멋지다!" 타라는 친구의 새 얼굴을 쳐다보느라고 건성으로 들으면서 탄성을 질렀다.

인간으로 변신해도 얼마나 미남인가! 게다가 진지하기까지! 로빈의 멋진 모습에서 칼날처럼 예리한 전사의 남성미가 넘쳤다. 타라는 잔잔한 수면 밑에서 아더월드인의 에너지가 끓어오르는 느낌이 들었다.

"……." 말을 끝낸 로빈이 물었다. "어떻게 생각해?"

"응? 뭘?"

로빈은 인내심 있게 되뇌었다.

"꿈이 결합되면 위험할 수도 있어. 하지만 우리를 보호하기 위해서 그 결합을 약하게 할 수는 있어."

내가 어떤 꿈을 꾸고 있는지 읽는 순간 타라가 비명을 지르면서 도망치면 어떡하지? 로빈은 타라를 뚫어지게 쳐다보면서 열정적인 어조로 고백했다.

"슬릴 엠브리 샬 바리. 슬릴 제옴실리 멜 샬란드리. 살 슬리 스스 에오불. 록 에샬 테올 에샬 마릴."

꿀이 흘러내리듯 부드럽게 전해져오는 언어……. 타라는 등줄기를 따라 전율이 이는 것 같았다.

"엘프의 시야."

로빈은 타라에게서 눈을 떼지 않은 채로 말했다.

로빈은 무릎을 꿇은 자세로 타라의 두 손을 잡고 시를 번역해 주었다.

"너의 아름다움은 내 영혼을 삼켜버리는 부드러운 액체. 너의 정신은 내 피의 잉크에 잠겨 있는 깃털 펜. 너 없는 나는 그림자. 네 눈물은 내가 빠지는 우물……."

얼마나 아름다운지! 말은 더 이상 필요 없었다. 답변은 한 가지 방법밖에 없었다. 타라는 하프엘프의 비단결처럼 보드라운 입술에 입을 맞추었다.

아, 입을 맞추지 않았으면 좋았으련만! 그 순간 며칠 전 인간이 아닌 존재가 걸어놓은 마법의 주문이 타라를 덮쳤다. 타라가 공격을 받기 쉬운 가장 취약한 순간이었다. 타라가 눈을 뜨고 있었다면 마법을 보고 즉각 대응했겠지만 타라는 로빈에게 입을 맞추고 있었고 눈꺼풀은 닫혀 있었다.

마법의 주문은 살을 꿰뚫고 불타는 화살처럼 타라의 등에 꽂혔다. 비단과 꿀이 피와 금속으로 바뀌었다. 그 순간 떨리던 가슴은 진정되었고, 타라가 몸을 뒤로 빼면서 결합은 깨졌다. 천국에서 헤매다 깜짝 놀라서 눈을 뜬 로빈은 몽롱한 얼굴로 자신을 응시하는 타라를 보았다.

"로빈…… 나…… 나는……."

"오! 타라! 이거 꿈 아니지?" 로빈이 외쳤다. "잘렌마릴도 우리를 막지 못하는 거야!"

로빈이 타라의 입술을 향해 다시 몸을 숙였다. 어떻게 하면 친구에게 상처를 주지 않고 빠져나갈지 궁리하면서 타라는 겁먹은 사슴처럼 팔딱 일어났다.

"나는…… 책임이 막중한 사람이야." 타라는 이런 말을 하고 있는 자신이 믿어지지 않았다. "그래, 네 말이 맞아. 우리 집안은 하프엘프를 쉽게 받아들이지 않을 거야."

충격을 받은 로빈이 이해할 수 없다는 듯 타라를 뚫어져라 쳐다봤다.

"하지만 나는 그런 말을 한 적이 없는데!"

"너는 그럴 필요가 없었어." 타라는 말을 잘랐다. "우리가 나오울디아르가 되었을 때 너의 머릿속에서 그걸 읽었으니까. 너의 신분과 혼혈이라는 것 때문에 여제에게 멸시받을 거라는 두려움, 고통, 괴로움…… 다 읽었어. 우리는 잘되지 않을 거야. 로빈, 정말 미안한데 나는 너를 친구로 좋아해. 그 이상은 아냐."

타라의 눈에서 이유를 알 수 없는 눈물이 흘러내렸다. 날벼락 같은 소리에 아연실색한 로빈을 두고 타라는 방을 뛰쳐나갔다. 절망에 빠진 로빈의 머릿속은 복잡했다. 타라가 어떻게 이토록 매정하게 나를 내칠 수 있을까? 나오울디아르와 무슨 관련이 있는 걸까? 아냐, 그럴 리 없어!

화가 치민 로빈의 피는 분노와 실망으로 부글부글 끓었다. 하프엘프가 싸우고 싶어한다고 생각한 릴란드릴의 활이 유형화되었지만 로빈은 살아 있는 무기를 거부했다. 로빈은 검을 움켜잡았다. 로빈의 눈에 나무와 사슴들이 들어왔다. 지금 같은 심정에 필요한 것은 바로 검이었다. 로빈은 고개를 젖히고 고함을 지르면서 검을 휘둘렀다.

방문에 기대고 선 타라는 로빈의 고함소리가 울렸을 때 몸을 부르르 떨면서 눈물을 펑펑 쏟았다. 타라도 어떻게 된 영문인지 알지 못하고 있었다. 머리를 두들겨 맞은 것처럼 정신이 멍한 타라는 자신의 방으로 들어갔다. 로빈에 대한 감정이 분명히 아주 강렬했는데 입을 맞추는 순간 펑! 산산이 깨지고 말았으니!

아직 충격 상태에 있는 타라는 친구들, 할머니와 증조할아버지를 들여보내라는 지시를 방문에 내렸다.

페가수스가 기다리고 있었다. 타라는 손으로 눈물을 닦고 코를 훌쩍거리면서 갈랑에게 괴로운 마음을 털어놓았다.

그런데…… 타라는 갈랑의 반응에 깜짝 놀랐다. 푸르릉, 하품을 하다니! 그러고는 갈랑이 자기의 느낌을 다시 전했다. 인간들은 뭐가 그렇게 복잡한지! 페가수스들의 세계에서는 예쁜 이성을 만나면 깃털을 헝클어뜨려서 유혹하거나 으스대면서 포근한 둥지를 지어주면 그냥 게임 끝이야!

그 이미지들이 어찌나 우스운지 타라의 얼굴에 미소가 번졌다. 뭐, 나더러 로빈 앞에서 머리를 획 헝클어뜨리면서 유혹의 윙크라도 보내라는 거야? 으윽, 닭살!

패밀리어는 정신적으로 미소를 지어 보였다. 잠깐 동안에 타라의 울적한 기분을 바꾸는 데 성공했다.

타라는 욕실로 들어갔고, 뜨거운 물로 샤워하면서 눈물을 씻었다. 몰려오는 피로와 슬픔을 억제하면서 한숨을 내쉬었다. 또다시 비정상적으로 녹초가 되는 느낌이 들었다.

그때 갑자기 호텔-대사관이 소란스러워졌다. 방음 주문에도 불구하고 버럭버럭 질러대는 분노의 고함소리가 쩌렁쩌렁했다. 타라는 대번에 누구의 목소리인지 알았다. 파프니르! 어? 아직 올 시간이 아닌데…… 친구들이 생각보다 빨리 극장에서 돌아오고 있었다.

타라가 욕실에서 나오자 체인지라인이 목욕가운을 청바지에 티셔츠, 컨버스 운동화 차림으로 바꿔주었다. 타라는 후닥닥 복도로 뛰어나갔다. 로비 쪽 발코니 난간을 통해 파프니르가 보였는데 광분한 난쟁이는 벌겋게 달아오른 쇠막대기 같았다. 그런데 이상하게도 그 분노의 대상이 파브리스와 무아노로 보였다.

또 무슨 일이 일어난 거지? 바구니 안에서 코를 골면서 자는 마니투 옆에서 꾸벅꾸벅 졸던 갈랑이 그냥 있으라는 신호를 보냈지만 타라는 층계를 뛰어내려갔다.

"하지만 그건 오, 페, 라였어, 파프니르!" 무아노가 소리쳤다. "작가의 상상 속에서만 존재하는 픽션이었단 말야!"

"첫째, 그 난쟁이들은 엉터리야!" 파프니르는 막무가내였다. "우리는 신을 위해서 무기를 만들지 않아. 신들은 무기가 필요 없으니까! 둘째, 마법의 황금반지를 만들 생각 따위는 하지 않아. 우리는 마법을 사용하지 않으니까! 도저히 용서할 수 없는 잘못이야! 셋째, 그 누구도 우리에게 강제로 금을 만들어라 마라 할 수 없어! 감히 그런 걸 시키는 자가 있다면 그 낯짝에 도끼가 날아가니까!"

"이게 웬 소란이니?" 이사벨라는 위엄 있게 층계를 내려오면서 물었다.

"날짜를 착각하셨어요, 어머니가." 무아노는 파프니르를 흘겨 보면서 설명했다. "오늘 저녁에 공연하는 작품은 〈오페라의 유령〉이 아니라 바그너의 오페라 〈라인의 황금〉이었어요. 지그프리트와 애꾸눈 신 보탄의 딸 브룬힐데의 이야기, 황금반지에 얽힌 에피소드를 그린 작품 말예요. 그런데 난쟁이들이 반지를 만들고, 지그프리트가 용을 죽이고 그 반지를 빼앗는 장면을 보더니 갑자기 무대로 뛰어올라갔어요, 파프니르가 글쎄!"

"어머머!" 울적한 기분이 싹 달아난 타라는 눈까지 생글거리면서 외쳤다. "설마 그랬을 리가!"

"그 말도 안 되는 오페라가 난쟁이들을 우롱하고 있었던 말야! 난 가만히 보고 있을 수 없었어! 또 노래는 그게 뭐야, 도저히 들을 수가 있어야지!"

"그래서 어떻게 됐단 말이니?" 이사벨라가 물었다.

"파프니르가 지그프리트 역의 배우를 때려눕히고 나서 그 반지를 난쟁이 역 배우들에게 돌려주면서 이방인에게 복종하면 안 된다고 설명했어요. 비록 키는 비정상으로 작지만 중요한 것은 겉모습이 아니라 정신이라면서. 무대 위의 배우들이 달려들어 제압하려고 하자 파프니르가 몇 명을 관객석으로 집어던지고는 남은 사람들을 훈계했어요. 그래서 민투스 주문만 간신히 걸어놓고 황급히 도망쳐나왔어요. 무대 위에 쓰러져 있는 지그프리트와 관객 속에서 질겁해 있는 난쟁이들을 내버려둔 채로."

"흥! 약해 빠져서! 한 주먹거리도 안 되는 것들이 어디서 까불어! 나는 남아서 그들이 내 말을 제대로 이해했는지 확인하고 싶었지만 무아노가 못하게 했어."

파프니르는 머리끝까지 화가 나서 씩씩거렸다.

이사벨라는 아더월드의 별이 총총한 하늘과 두 개의 달을 복제한 천장을 쳐다보면서 한숨을 쉬었다.

"어째 이 여행길은 고생문이 훤할 것 같구나. 어서들 가서 자거

라. 상황은 종료되었으니까."

이사벨라는 돌아서서 지친 걸음으로 터덜터덜 층계를 올라갔다.

뒤이어 파프니르가 징 박은 장화발로 값비싼 대리석 층계를 쿵쿵 밟으면서 올라갔다. 난쟁이의 발밑에서 대리석 바닥이 삐걱거리는 소리를 낼 때마다 가운 차림에 희한하게 생긴 모자를 쓴 호텔 지배인이 신음소리를 냈다.

타라는 고개를 설레설레 저으면서 방으로 돌아갔다. 성깔을 부리는 난쟁이 때문에 로빈과 있었던 일을 잠깐 잊었지만, 불안이 엄습했다. 타라는 자신에게 엄하게 말했다.

'그만둬! 밤새도록 그 생각만 할 거야? 자야 돼, 자야 돼!'

타라는 이를 닦고 나서 잠옷을 입었다. 그러고는 체인지라인의 주머니를 뒤졌다. 양피지가 있었다. 이제야 읽을 시간이 생긴 타라는 양피지를 펼쳐보다가 깜짝 놀랐다. 박물관의 희미한 빛에서는 알아채지 못했는데…… 뜻밖의 상황이 일어났다.

타라는 한 글자, 단 한 문자도 읽을 수 없었다. 오무아 언어도, 아더월드 어느 나라의 언어도 아니었다. 타라는 트라둑투스 통역 주문을 시도했고, 마법이 물결처럼 흘러나왔지만 양피지는 반응하지 않았다. 헛된 시도를 한 지 30분 후 타라는 한숨을 내쉬었다. 도움을 청해야 했다. 타라는 단념하고 양피지를 돌돌 말아서 침대 밑에 밀어넣었다. 빛이 약해지고 사막의 미풍에 침대의 하얀 커튼이 나풀거렸다. 별빛이 반짝이기 시작했고, 눈꺼풀이 스르르 닫히고 있을 때 방문이 열렸다. 바짝 긴장한 타라는 마치 잠이 든 것처럼 고른 숨소리를 내면서 이불 안에서 마법을 작동했다. 타라는 감상에 젖어서 문에 패밀리어들이 들락거릴 수 있게 지시한 것을 후회했다.

"타라, 공격하지 마, 제발. 나야, 무아노!"

내가 깨어 있다는 것을 무아노가 어떻게 알지? 게다가 마법의 광선을 발사할 준비가 되어 있다는 것까지? 물어보려는 순간 타라는 방을 밝혀주는 빛이 복제한 달들의 은은한 달빛이 아니라는 것을 깨달았다.

타라 자신이 발산하는 빛이었다.

손이 아니라 온몸에서 빛이 번쩍이고 있었다. 질겁한 타라는 이불 속에서 팔을 꺼냈다. 반딧불처럼 살갗이 파란빛을 내는 것이 아닌가.

무아노는 은빛 표범 쉬바를 데리고 다가왔다.

"맙소사! 타라, 뭐 하는 거야, 너?"

"나? 아무것도 안 해. 이 고약한 마법의 짓이지 뭐. 나 좀 봐, 꼭 전기스탠드 같지?"

무아노는 깔깔대고 웃으려다가 친구의 목소리에서 분노하는 기미를 알아차리고 재빨리 정신을 차렸다.

"이건 정상이 아냐! 지체 없이 이사벨라 부인을 깨워야겠어!"

이사벨라가 자신의 목적을 위해 타라를 이용하는 점에서는 여제나 마지스터와 다를 바가 없다고 생각하기 때문에 무아노는 타라의 할머니를 그리 좋아하지 않았다. 그렇지만 이사벨라의 마법 능력은 인정하고 있었다. 이사벨라라면 타라를 치료할 수 있을 것이었다.

"아니, 그냥 주무시게 둬. 내가 잠들어 있을 때 이따금 이런 일이 일어난다고 갈랑이 말해줬어."

"하지만 지금은 깨어 있잖아!"

불안한 얼굴로 무아노가 말했다.

타라는 무아노의 관심을 딴 데로 돌리기 위해 얼른 화제를 바꿨다.

"그래, 깨어 있어. 그래서 말인데 얼마나 궁금했는지 몰라. 네가 파브리스를 따라나간 뒤로 우리 얘기할 시간이 없었잖아. 그래서 어떻게 됐어?"

타라는 지금까지 무아노에게 파브리스와 잘돼가는지 입도 벙긋하지 않고 있었다. 친구들의 크리스털 볼을 도청할 수 있는 칼 때문에 조심하는 차원에서였고, 칼은 헛고생을 하다하다 약이 잔뜩 올라 있었다.

무아노는 내가 속을 줄 알아? 하는 눈길을 보내면서도 어깨를 으쓱하면서 대답했다.

"파브리스는 정말 놀라워. 관리하기가 벅찬 애야. 완전히 강박관념에 빠져 있어."

"강박관념? 너랑…… 그걸 하고 싶어한다는 뜻이야?"

무아노의 얼굴이 토마토처럼 빨개졌다.

"뭐? 아니, 아니, 그건 전혀 아니야!"

"아, 그래? 나는 남자애들이 그것만 생각하는 걸로 아는데?"

"아냐. 그런 애들하고는 달라. 랑코비트에서 파브리스를 쫓아다니는 소녀가 얼마나 많은지 상상도 못할 거야, 너는. 그 애들이 어찌나 짜증스러운지 하마터면 여러 명을 개구리로 둔갑시킬 뻔했어. 파브리스는 아직 그런 생각 안 해, 그냥 장난치는 거지."

"말도 안 돼!"

"맞아! 확실해, 타라. 사랑이라는 건 정말 복잡해. 네가 궁금해하는 것에 대해 우리도 얘기를 나눴어. 하지만 우리는 너무 어려. 파브리스도 나도 모든 걸 망치고 싶지 않아. 그래서 우리는 천천히 여유를 갖기로 했어. 이제 열네 살이잖아! 강박관념은 그 문제가 아니라 마법 능력에 대한 것이었어."

"에이, 그것도 좋은 소식은 아니네. 아직도 더 강력한 마법사가 되려고 애쓰고 있다는 거야?"

무아노는 유감스러운 표정을 지으며 신경질적으로 구불구불한 갈색 머리털을 배배 꼬았다.

"응. 표지만 봐도 구토가 일어나는 아주 혐오스러운 책들을 읽고 있어."

"예를 들어서 악마들이 쓴 금지된 책 같은 거?"

"응. 마법은 아주 위험할 수도 있다는 걸 부모님은 항상 강조하셨어. 아마 마법을 싫어하는 난쟁이들을 자주 접하기 때문일 거야. 가끔 파브리스는 나에게 화를 내. 내가 여자친구가 아니라 어머니처럼 잔소리가 많다고!"

타라는 얼굴을 찌푸렸다. 그건 좀 심했다! 어머니를 아무리 좋아한다고 해도 무아노를 그런 식으로 비유했다는 것은 전혀 마음에 들지 않았다.

"단념하질 않아. 나를 사랑하는 것은 확실한데! 하지만 마법 능력에 대한 욕심 때문에 가슴이 삭막해지고 있어."

타라는 아연실색했다. 타라는 자신의 운명만 한탄하고 있다가 절친한 친구를 잊고 있었던 것이다.

"결국은 마지스터처럼 될 위험이 있다는 걸 아는 거야, 모르는 거야? 파브리스도 권력을 탐할 거 아냐?"

"나도 그렇게 말했어."

"그랬더니?"

"자기는 언제 멈춰야 하는지 안다고 했어. 그리고 자기가 멈추지 않을 경우 내 능력으로 충분히 자기를 저지할 수 있다는 거야. 그러면서 자기가 마법 능력을 원하는 것은 오직 나를 보호하기 위해서라고 했어."

"다스 베이더처럼? 사랑하는 파드메를 위하여! 네가 파브리스에게 〈스타워즈〉 시리즈 여섯 편을 다 보여줘야겠다. 그 말로가 어떻게 되는지 깨닫게 말야. 그리고 내 도움이 필요하면……."

"아니, 그건 안 돼." 무아노는 말을 잘랐다. "이 문제는 나 혼자서 해결해야 돼."

무아노는 타라에게 미소를 지으면서 화제를 바꿨다.

"그건 그렇고 로빈과 너는 어떻게 되어가니? 마침내 너에게 사랑을 고백했어, 로빈이?"

"응? 너…… 알고 있었어?"

"오무아와 랑코비트에서 로빈이 너에게 홀딱 빠졌지만 고백하지 못하고 있다는 걸 모르는 사람이 아마 거의 없을걸!"

이번에는 타라의 얼굴이 빨개졌다. 뭐, 랑코비트 사람들이 거의 다 알고 있다고? 그럼 어머니, 할머니, 증조할아버지도?

"로빈이 시를 하나 읊어줬어." 타라가 고백했다.

"와, 굉장히 로맨틱하다! 어떤 시였는데?"

사악한 주문의 영향으로 달콤한 말들이 싹 지워졌나? 아무리

기억을 더듬어도 타라는 생각나지 않았다. 주문에 걸린 타라의 머릿속에서 시는 희미한 메아리로만 남아 있었다.

"기억이 안 나! 부드러운 액체, 영혼, 우물…… 그런 표현이 있었던 것 같아."

무아노는 황당한 표정을 지었다.

"우물? 무슨 연관이 있는지 상상은 안 되지만…… 그래서 너도 시를 읊었어?"

타라의 얼굴이 더 빨개졌다. 빨간 얼굴에 파란빛이 더해지니 정말 요상했다. 자홍색인가?

"그래서 우리는 입맞춤을 했어."

"와, 멋지다! 그래서 어땠어?"

"난 아무 느낌도 없었어. 모든 매력이 사라지는 것 같았어. 그러고는 친구 이상으로 느껴지지 않았어."

무아노는 귀가 믿어지지 않는다는 얼굴로 타라를 빤히 쳐다봤다.

"농담이지?"

타라의 우울한 표정을 보고 무아노가 말했다.

"어떻게 그런 끔찍한 일이! 난 네가 로빈을……."

"나도 그렇게 생각했는데 정말 이해할 수가 없어."

"너도 사랑한 거 맞지?"

타라는 솔직하게 말했다.

"사랑? 그건 모르겠어. 로빈에 대해 강렬한 감정을 느끼고는 있었지. 너, 파프니르, 칼, 파브리스, 갈랑에 대해 느끼는 것과 똑같은 감정, 사랑과 우정이 섞인 감정이랄까. 로빈과 입을 맞추는 것은 내가 느끼는 감정을 정확하게 보여주는 것이라고 생각했어. 그런데…… 그게 끔찍했어, 무아노. 그건 사랑이 아니라 그냥 우정이었어!"

그 장면을 떠올리면서 타라는 심장이 빠르게 뛰는 걸 느꼈다. 마법의 빛이 강렬해졌다. 바로 그때 문이 열리고 무아노를 찾아 다녔는지 파브리스가 바룬을 데리고 들어오다가 파란빛에 휩싸인 타라를 보고 우뚝 멈춰 섰다.

"안녕 타라! 너 꼭 스머프 같은 거 알아?"

파란빛에 휩싸인 타라는 하얀 치아를 드러내면서 미소를 지었다.

"응, 알아. 갈랑도 그러더라고. 내가 잘 때 가끔 이러는 모양이야. 글로리아를 찾아온 거야?"

무아노라는 별명을 싫어하는 파브리스는 이름으로만 부르고 있었다. 토가를 걸친 파브리스가 달빛 속으로 다가왔다. 온몸에 룬 문자가 가득한 파브리스는 기분이 나빠 보였다. 맙소사, 룬 문자는 마법과 점술에도 사용된 옛날 신비문자잖아? 게다가 죽은

지 한 달은 지난 짐승이 썩는 것 같은 악취까지 진동했다.

"파브리스, 너 뭐 하는 거야?"

타라는 코를 틀어막으면서 물었다.

"아, 잘됐다. 오랜만에 한번 맞혀볼래?"

한동안 잠잠하더니 파브리스가 수수께끼를 내고 싶은 충동이 이는 모양이었다.

무아노가 눈을 흘기면서 한숨을 쉬었다.

"그건 그렇고, 파브리스, 더 강력한 마법사가 되고 싶은 너의 욕망에 대해 이제 결정을 내렸어?"

파브리스는 맨발을 휘적거리면서 어기적어기적, 몸을 흔들었다.

"왜 위험해서? 그게 그렇게 해서는 안 될 일이야? 그렇게 어리석은 짓이야?"

"금기사항이야. 지난번에 늑대인간으로 변신해서 우리 둘 다에게 프러포즈를 했잖아, 너! 내가 아무리 타라를 좋아해도 다시는 그 꼴 못 봐!"

파브리스는 무아노에게 다정한 미소를 지어 보였다.

"나의 글로리아, 나는 너만 사랑해."

달콤한 말에 넘어간 무아노가 멍해 있는 틈을 타서 파브리스는 실험을 그만두겠다는 지키지도 못할 약속을 하게 될까 봐 얼른 화제를 돌렸다.

"타라, 무아노를 찾아온 건 맞는데 너랑 할 얘기도 있어. 자, 빨리 고백하시지!"

밑도 끝도 없는 말에 타라는 파브리스를 뚫어져라 쳐다봤다.

"뭘 고백해?"

무아노도 깜짝 놀라서 쳐다봤다.

"로빈과 타라에 대해 너도 알고 있었어?"

"로빈에 대해서 뭐? 아니, 전혀. 어쨌든 로빈에 대해 할 얘기가 뭔지는 몰라도 그건 이따가 해. 타라가 어제 우리에게 했던 그 말도 안 되는 거짓말에 대해 이실직고하는 게 먼저니까. 다른 사람들에게는 통할지 모르지만 세 살 때 자기 인형 바르비와 결혼시키려고 나의 무사 조를 훔치려고 했을 때부터 타라를 알아온 나한테는 안 통하지! 자, 어서 불어, 타라. 설명해. 아더월드를 몰래 도망친 직후에 지구에서 뭘 했는지?"

타라는 눈살을 찌푸렸다.

"난 바르비를 너의 무사 조와 결혼시키려고 하지 않았어. 내가 똑똑히 기억하는데 그 근육질의 무사에게 입히려고 바르비의 드레스를 훔친 건 너였어."

당황한 파브리스는 무아노를 흘낏거리다 점잖게 대답했다.

"그때 난 세 살이었어. 페티코트에다 리본장식이 요란한 드레스를 입고서도 내 무사가 싸움을 할 수 있는지 알고 싶은 것뿐이었단 말야. 말 돌리는 솜씨는 아주 훌륭했는데 그 정도로는 안 되지. 자, 어서 대답해."

무아노는 코를 틀어쥐면서 숨 막히는 소리로 말했다.

"제발 부탁인데 네 몸에 있는 그 문자 좀 없애줄래? 냄새 때문에 도저히 못 참겠어!"

파브리스는 심호흡을 했다가 숨이 턱 막혔고 그 바람에 룬 문자와 냄새가 사라지자 금세 후회했다. 그러나 후각이 예민한 매머드는 살았다는 표시를 했다.

"타라, 이제 말해!"

선택의 순간. 타라는 계획의 첫 단계를 혼자서 해결하기로 결정했기 때문에 거짓말로 초지일관하든지, 진실을 말하든지 둘 중의 하나를 선택해야 했다. 폭탄 때문에 칼이 죽을 뻔했는데도 변함없는 우정을 보여주었던 친구들이 떠올랐다. 친구들은 그랬는데 이렇게 중요한 일을 어떻게 숨긴단 말인가!

"내가…… 온 건…… 양피지를……." 타라는 입속말로 중얼거렸다.

"뭐라고?"

"양피지를 훔치러 왔어!" 타라는 큰 소리로 내뱉었다.

파브리스와 무아노는 별의별 생각을 다하고 있었다.

"양피지?" 무아노는 또다시 깜짝 놀랐다. "무슨 양피지? 누가 뭘 쓴 건데?"

타라는 머뭇거리다가 항복했다.

"유령의 육신을 되살리는 방법을 설명한 양피지!"

무아노는 타라의 의도를 대번에 파악하고 펄쩍 뛰었다. 타라와 파브리스보다 아더월드의 사정을 훤히 아는 무아노는 그 계획이 얼마나 위험천만한 것인지 잘 알고 있었다.

"뭐? 너 미쳤어? 그건 엄청나게 위험하고 금지된 일이야!"

타라는 눈물이 왈칵 쏟아질 것만 같았다.

"너는 몰라! 엄마가 메델루스와 결혼하려고 한단 말야!"

"맙소사! 타라, 네 어머니가 살아 있는 사람과 결혼하고 싶어하는 것은 당연한 일이야! 네 아버지는 돌아가셨어!"

"아니, 유령이야." 타라는 물러서지 않았다. "난 아버지를 되살리기로 결심했어. 난 포기하지 않을 거야, 무아노. 넌 반대해도 돼. 지금부터 이건 내 일이니까. 아버지에게 육체와 생명 그리고 가족을 돌려줄 거야!"

"와우! 그거 진짜 멋진 생각이다!" 메델루스를 별로 좋아하지 않는 파브리스는 기뻐했다. "내가 도와줄게!"

"파브리스, 정말 도움이 안 된다, 너는!" 무아노가 쏘아붙였다.

"한 가지만 너희가 나를 좀 도와줘!" 흥분한 타라는 무아노가 하는 말에 신경 쓰지 않았다. "카이로에서 훔쳐온 양피지를 해독할 수가 없어서 그래. 난생처음 보는 문자로 쓰여 있어!"

타라는 계속할 수 없었다. 숨 쉬기가 힘들어지는 느낌이 들었던 것이다.

"근데 너희는 방이 너무 덥다고 생각하지 않아?"

친구를 살펴보던 무아노는 섬뜩했다. 빛의 아우라에 휩싸인 타라의 얼굴이 땀으로 번들거리고 있었다. 무아노는 타라의 파란 살을 만지는 순간 깜짝 놀랐다. 친구의 이마가 펄펄 끓고 있었다. 침대에 앉아 있던 무아노는 벌떡 일어났다.

"타라! 너 마법을 과다 사용하고 있는 거야! 즉시 마법을 중단해!"

타라는 중단하려고 했지만 한계에 이른 것 같았다.

"아, 안 돼. 마법이 말을 듣지 않아!"

실제로 마법의 광선에 온몸이 휩싸인 타라는 이제 땀에 흠뻑 젖어 있었다.

"살아있는 돌, 도와줘!" 무아노가 외쳤다. "체인지라인, 타라의 몸을 차게 해!"

마법 능력을 지닌 사물들이 복종했다. 타라의 잠옷이 땀과 열을 흡수하는 냉각 천으로 바뀌는 동안 살아있는 돌은 방에 퍼지고 있는 마법의 물결을 진압하려고 애쓰고 있었다. 그 바람에 잠든 마니투와 갈랑을 보호하는 방음막이 깨졌고, 소스라치게 놀라서 달려왔다. 갈랑은 페가수스의 모습을 되찾았다.

"방! 북극 기후!" 무아노가 명령했다.

말이 끝나기가 무섭게 얼음처럼 차가운 공기가 솟구치더니 사막 풍경이 바뀌었다. 펭귄과 바다표범이 잠들어 있는 빙산이 나타나면서 기온이 뚝 떨어졌다.

"너 뭐 하는 거야?"

파브리스는 이를 딱딱 마주치면서 소리쳤다.

"타라가 마법을 과다 사용했어. 어떻게 해서든 체온을 떨어뜨려야 해."

"타라!" 밖에서 외치는 소리가 들렸다.

문이 벌컥 열리고 공포에 사로잡힌 로빈이 뛰어들어왔다. 얼마나 급했으면 옷을 입다 만 것 같은 로빈은 엘프의 모습으로 돌아와 있었다.

"팔뚝의 무늬가 화끈거리더니 내가 엘프로 돌아왔어! 무슨 일이야?"

파브리스가 상황을 설명하는 사이에 무아노는 방을 냉각하면서 파브리스와 로빈의 옷차림도 마법복으로 바꿨다. 이어서 마법복이 두꺼운 모피로 변하는가 싶더니 그들의 머리에 털모자까지 씌워졌다. 개와 매머드, 표범, 페가수스를 보호하기 위해 로빈이 재빨리 주문을 읊었다. 이제 방의 온도는 영하 20도로 내려갔지만 의식이 거의 없는 타라는 아무런 반응을 보이지 않았다. 타라의 몸에서 구름 같은 수증기가 올라오고 있었다.

"로빈!" 무아노가 외쳤다. "이사벨라 부인과 브루빌렌디르그 레샤릴바르 선생님에게 가서 샤먼 치료사를 빨리 불러달라고 해. 아더월드의 대사관은 어디나 샤먼이 한 명씩은 있어."

군말 없이 쏜살같이 튀어나간 하프엘프는 1분도 채 안 돼서 이사벨라와 드래곤과 함께 돌아왔다. 그런데 드래곤은 그 거대한 용의 몸뚱이를 어떻게 한번 구겨 넣어보겠다고 낑낑대는 눈뜨고 못 봐줄 광경을 연출하더니 결국은 방문 입구를 넓혀야 했다.

그 단단한 비늘껍질에도 불구하고 드래곤은 부르르 떨었다. 강풍을 동반한 폭설이 무섭게 몰아쳤고, 이제는 꿈쩍도 않는 타라의 몸에서 발산되는 강렬한 파란빛이 하얗게 쌓이는 눈에 반사되고 있었다.

"오, 맙소사! 마법의 강도를 낮춰라!" 드래곤이 외쳤다. "대사관은 이렇듯 엄청나게 방출되는 에너지를 견디지 못해!"

"그럴 수 없어요!" 무아노는 바람소리 때문에 악을 쓰듯 소리를 질렀다. "타라는 이제 능력을 조절할 수 없단 말예요! 샤먼은 어디 있어요?"

드래곤은 듣도 보도 못한 욕설을 정말 길게도 내뱉었다.

"지금 여기 없어. 지구의 암소들 때문에 샤먼이 정말 오랜만에 처음으로 외출이라고 한 건데 하필이면 오늘! 에이, 재수가 옴 붙었지. 이제 어떡하지? 대사관의 보호장막이 파괴되면 민투스 주문으로는 우리의 존재를 숨길 수 없어! 런던은 물론이고 비마들의 위성통신을 통해 지구 전체가 알게 될 텐데 정말 큰일이네!"

그 순간 파프니르가 도끼를 휘두르면서 들이닥쳤다.

"뭐야? 또 무슨 일이야? 놈들이 어디 있어? 나 말리지 마!"

난쟁이는 도저히 믿기지 않는 아찔한 광경에 그대로 멈춰 섰다.

"진정해, 그러다 누구 다칠라!" 이사벨라가 엄하게 말했다. "누가 우리를 공격한 게 아니라 타라가 마법을 과다 사용해서 이 지경이 되었다."

자신의 빨간 머리털이 하얀 성에로 뒤덮이자 난쟁이의 두 눈이 핑핑 돌아갔다.

"또! 정말 돌아버리겠군. 아유, 추워! 금방 돌아올게요!"

1분 후에 돌아온 파프니르는 두꺼운 모피로 감싸고 있는데 털을 뒤집어쓴 통나무 같았다.

이사벨라는 걱정이 가득한 얼굴로 손녀딸을 내려다보았다.

"타라, 내 말 들리니? 타라?"

그러나 타라는 의식이 없었다.

이사벨라는 마법의 흐름을 느끼기 위해 타라의 몸 몇 센티미터 위에서 두 손을 이리저리 움직여봤다. 몸을 일으킨 이사벨라의 얼굴은 어두웠다.

"무아노, 뭘 어떻게 했는지 정확하게 설명해봐!"

"타라의 이마가 펄펄 끓고 있었어요. 그래서 열을 내리려고 강풍을 동반한 폭설을 불렀어요."

"그 정도가 아니에요!" 로빈이 외쳤다. "내 팔뚝의 무늬가 불에 타는 것처럼 화끈거린다는 건 타라가 지금 산 채로 타고 있다는 뜻이에요!"

"안 돼! 이 행성이 또다시 내가 사랑하는 사람을 해치게 내버려두지 않겠어. 모두 물러서!"

이사벨라는 두 팔을 뻗고 쩌렁쩌렁한 목소리로 주문을 읊었다.

"바람 원소와 얼음 원소! 콘젤루스의 이름으로 내 손녀를 얼음관으로 보호할지어다!"

눈 깜짝할 사이에 만들어진 흡사 누에고치같이 생긴 얼음관에 갇히자 타라는 부르르 떨면서 격한 반응을 보였다. 타라의 눈과 입, 두 손에서 치솟는 강렬한 광선이 주위에 있는 것을 모조리 파괴했다. 스위트룸이 있는 4층이 마침 꼭대기 층이라서 천만다행이었다. 다락방의 쥐들과 거미들만 불바다의 무고한 희생양이 되었고, 하얗게 달군 칼에 그대로 녹아버리는 버터처럼 호텔에 작용하고 있는 척력마저 흐물흐물 깨졌다. 그 순간 대사관 위 상공을 날던 비행기 조종사는 갑자기 날개의 일부가 사라진 이유를 전혀 모른 채 히스로 공항에 비상 착륙했다. 파란빛을 본 승객들이 샴페인을 너무 많이 마신 탓이라고 여기고 별다른 의심을 하지 않았기에 망정이지…… 게다가 비행기가 그 광선을 가로막고 밤낮으로 지구를 살피는 첩보위성의 눈, 그 수많은 카메라들을 가리지 않았다면 하마터면 들통이 날 뻔했다.

타라의 광선이 치솟는 순간 마법사들은 납작 엎드렸지만 드래곤은 어이가 없다는 듯 멀뚱멀뚱 쳐다보고 있었다.

"뭐 하는 겁니까?" 드래곤이 물었다.

"내 손녀의 마법은 조절할 수가 없소." 덜덜 떨면서 바닥에 배를 깔고 납작 엎드린 마니투는 옛정을 생각해서 봐준다는 듯 친절을 베풀었다. "내가 당신이라면 몸을 움츠리기라도 하겠소. 다리든, 날개든 뭐가 없어져도 괜찮다면 뭐, 그냥 그렇게 서 있으시든가!"

또다시 방출되는 강력한 마법의 에너지에 낯짝이 그을리자 그제야 장난이 아니라는 걸 깨달은 호텔 지배인은 작은 용으로 몸을 축소해서 의자 뒤에 엎드렸다. 이렇게 질서가 잡히기까지 얼마나 공을 들여서 가꾼 대사관인데! 의자에 몸을 바짝 붙인 채 한 발짝도 움직이지 않기로 결심한 드래곤은 눈알을 굴리면서 이사벨라의 행동을 지켜봤다. 구운 스테이크로 생을 마감하고 싶은 생각은 추호도 없었던 것이다.

이사벨라는 바닥에 누워서도 주문을 중단하지 않았다. 처음에는 타라의 마법이 워낙 강력해서 여러 번 얼음관이 깨졌다. 그러나 살아있는 돌과 마법사들, 드래곤이 이사벨라의 마법에 협력하면서 차츰 타라의 마법이 약해지다 완전히 제압되었다. 이제 더 이상 얼음관은 꿈쩍하지 않았다. 투명한 관을 통해 여전히 파란 빛을 내면서 죽은 듯이 옴짝달싹 않는 타라가 보였다.

로빈의 고리무늬는 얼어붙었고, 결국 페가수스마저 콰당, 쓰러졌다.

그들은 여차하면 잽싸게 엎드릴 자세로 조심조심 일어났지만 얼음이 타라의 마법 방출을 제지하기에 이르렀다. 무아노가 폭설을 그치게 하자 마니투는 살았다는 표정을 지었다.

"오, 맙소사! 그럼 타라가……." 로빈이 눈물을 쏟을 듯한 얼굴로 중얼거렸다.

"죽었냐고?" 피로에 지쳐 볼이 쏙 들어간 이사벨라는 적나라하게 말을 받았다. "아니, 내가 타라의 생체 기능을 정지시켜놓았지만 에너지는 여전히 존재한다. 코마 상태에 빠져 있어. 점점 더 깊이 빠져들 거다. 타라를 이 상태로 오래 내버려둘 수는 없어. 임무를 취소하고 즉시 아더월드로 돌아가야겠다. 샤먼들만 치료할 수 있어."

"갈랑도 타격을 받았나봐요!" 페가수스를 살펴보던 무아노가 소리쳤다. "의식을 잃었어요."

"페가수스를 축소해라!" 이사벨라가 지시했다. "살아있는 돌과 함께 바구니에 넣어서 데려가야겠어. 타라가 의식을 되찾으면 갈랑도 깨어날 거다."

그들은 각자 방으로 돌아가서 지체 없이 짐을 싸고 옷을 갈아입었다. 마법복이 마르자 대사관 홀로 내려간 그들은 얼음관을 에워싸고 서서 불안을 떨치기 위해 이런저런 얘기를 나누기 시작했다.

"세상에!" 파브리스는 눈살을 찡그리면서 말했다. "꼭 백설공주 같네!"

"백설공주?" 로빈이 풀죽은 어조로 물었다.

"못된 계모가 준 독이 든 사과를 먹고 죽은 소녀가 유리관 속에 누워 있다가 멋진 왕자님의 입맞춤을 받고 깨어나지."

"그렇구나. 그러니 왕자가 될 가능성이라곤 없는 나야 턱도 없겠지!" 또다시 상처를 받은 로빈이 씁쓸해했다.

파브리스는 입술을 깨물었다. 무아노가 귓속말로 로빈이 몹시 낙담해 있는 이유를 살짝 귀띔해주었던 것이다. 예전에는 타라에 대한 애정을 두고 로빈과 경쟁관계였지만 현재 무아노와 사귀고 있는 파브리스는 친구가 얼마나 괴로울지 짐작할 수 있었다.

"그래, 네 말이 맞다." 파브리스가 사과했다. "내가 바보 같은 말을 했어. 이럴 때 칼이 있었다면 이렇게 말했을 텐데. 타라가 백설공주였다면 관에 가만히 누워서 멋진 왕자님이 나타나 입맞춤해주길 기다리겠냐? 벌써 계모를 박살 내도 냈지."

"이런 말을 하게 될 줄은 몰랐는데 오늘은 정말 칼이 보고 싶다." 오지랖 넓은 칼에게 번번이 놀림을 당하고 골탕을 먹었던 로빈이 맥없이 말했다.

"나도 그래." 무아노가 인정했다. "그 뚱딴지같은 유머 때문에 짜증스러운 적도 많지만, 공포에 떨고 있을 때는 그래도 칼이 있으면 웃을 일이 생겨서 좋았는데. 빨리 돌아왔으면 좋겠어."

"모두 준비됐니?" 떠날 채비를 끝낸 이사벨라가 물었다. "로빈, 이리 와, 너를 인간의 모습으로 바꾸고, 갈랑과 바룬, 쉬바를 개로 다시 둔갑시켜야겠다. 그러고 나서 출발하자."

고양이, 고양이가 훨씬 좋은데! 표범이 야옹, 하고 울었다. 그러나 이미 개로 결정한 이사벨라의 단호한 얼굴을 보고 표범은 단념해야 했다.

대기하고 있는 차에 타라가 들어 있는 얼음관과 갈랑이 들어 있는 바구니를 실었다. 침통한 정적이 흐르는 가운데 그들은 불안한 기색이 역력한 이사벨라를 따라 공간이동의 문으로 향했다.

"그럼 하르퀴아들은 어떡하고?" 마침내 마니투가 물으면서 얼음관에 턱을 댔다가 재채기를 했다.

"털을 홀랑 뽑아서 지옥으로 보내버려야 하는데! 내 손녀딸을 살리는 게 먼저니까 할 수 없죠." 이사벨라가 대답했다.

"그거야 물론이지. 내 말은 누군가에게 맡겨서 그것들을 처치해야 하는 것 아니냐는 뜻이었다."

"그렇지 않아도 브루빌렌디르그레샤릴바르 선생에게 스톤헨지로 파견할 만한 사람을 부탁했어요. 문제는 혼자서 하르퀴아들과 맞서 싸울 만한 용기와 마법이 강력한 인물이 없다는 거예요. 그래서 어떻게 될지 모르겠어요. 우선 타라부터 살려놓고 봐야지요."

사실 마니투는 하르퀴아들에게 관심이 있는 것이 아니라 한 마법사의 목숨이 위험하다는 것을 잊지 않고 있었다. 이사벨라는 자신과 직접적인 관련이 없는 것에는 관심이 없었다.

"타라, 예쁜 마법사, 아파?" 자세한 상황을 몰라서 답답했는지 살아있는 돌이 모두가 들을 수 있게 물었다.

"응, 많이 아파." 무아노는 부드럽게 대답했다. "하지만 너와 우리 모두의 능력 덕분에 위험한 고비는 넘겼어. 치료하러 갈 거니까 걱정 마."

"이 행성 이제 싫어." 살아있는 돌이 불평했다. "내 친구 돌이 죽었어. 펑, 폭발, 정신이 떠났어. 타라도 아프고……. 좋지 않아!"

"아더월드로 돌아갈 거야." 파브리스도 안심시켰다. "너에게 익숙한 마법의 환경으로 돌아갈 거야."

"좋아!" 살아있는 돌이 기뻐했다. "빨리 가! 타라를 치료하고 나쁜 놈들을 죽이자."

파프니르의 얼굴에 미소가 번졌다. 살아있는 돌의 단순 명료한 사고방식이 마음에 든 난쟁이는 듣던 중 반가운 말이라는 표시로 돌을 토닥였다. 살아있는 돌과 몇 달만 더 같이 지내면 환상의 콤비를 이루면서 난쟁이의 영예를 만방에 떨칠 것 같은 생각이라도 든 것일까?

그들은 마침내 음울한 정적이 감도는 화물창고에 도착했다. 그러나 비마들의 눈을 피해 자칫 들통이 날 얼음관을 옮기는 것은 보통 일이 아니었다. 그들은 진땀을 빼면서 가까스로 아더월드행 이동의 문 중앙에 얼음관을 내려놓기에 이르렀다.

"임무를 벌써 끝내셨습니까?"

잠이 덜 깬 문지기가 어리둥절한 얼굴로 물었다.

수영복 차림이었던 문지기가 이번에는 장밋빛 코끼리 무늬 회색 잠옷을 입고 있었다. 무아노는 문지기가 기혼자며 아내의 취향이 유치하다는 것을 알아차렸다. 무아노는 소름이 끼쳤다. 미래에 파브리스와 이런 모습으로 살게 된다면? 오, 그건 안 돼! 언제 폭발할지 모를 폭탄 같은 삶이 아니라 난 파브리스와 친구처럼 살 거야! 불평불만이 많고, 심각한 난쟁이들과 오랫동안 생활한 탓에 유머감각이라곤 없지만 무아노는 잔소리 많은 괴팍한 늙은이처럼 굴며 산다는 것은 생각만 해도 진저리가 쳐졌다.

"아니오." 이사벨라는 퉁명스럽게 대답했다. "이동의 문을 작동하시오. 지금 즉시 트라비아의 살아 있는 궁전으로 떠나야 해요."

알쏭달쏭한 답변이 썩 마음에 들지는 않지만 문지기는 순순히 복종했다. 그들은 얼음관을 에워쌌고, 이사벨라가 이동의 왕홀을 태피스트리에 갖다대면서 외쳤다.

"아더월드, 랑코비트 왕국 트라비아의 살아 있는 성으로!"

문지기가 지켜보는 가운데 다섯 장의 태피스트리가 무지갯빛 광선을 번쩍이는가 싶었는데…… 아무 일도 일어나지 않았다.

몇 초 후, 이사벨라가 눈을 매섭게 치켜떴다.

"문지기?"

"저도 이해를 못하겠습니다, 부인. 확인해보지요."

문지기는 중앙에 서서 다시 읊었다.

"아더월드, 랑코비트 왕국 트라비아의 살아 있는 성으로!"

역시 오색찬란한 빛만 번쩍할 뿐이었다.

문지기는 무슨 말인지 입을 달싹달싹하면서 태피스트리들을 주물럭거렸다. 그러나 온갖 노력에도 불구하고 결과는 변하지 않았다.

그들은 어디에도 갈 수 없었다. 공간이동의 문이 작동하지 않다니!

비밀 문서
죽은 자의 입을 여는 방법

*

크산디아르는 실험실을 이 잡듯이 뒤졌지만 뭔지 알 수 없는 다량의 발명품 외에 학자의 죽음과 관련된 것은 아무것도 발견하지 못했다. 그래서 신경이 몹시 날카로워져 있었다.

크산디아르는 여제에게 사고사가 아니라 살인 사건이라고 보고했다. 그 증거를 제시하지 못하면 무능하다는 낙인이 찍힐 판이었다. 그렇게 되면 여제의 눈에 들기 위해 적어도 몇 달은 초조한 나날을 보내게 될 것이었다. 일개 친위대원으로 강등되었다가 다시 여제의 신임을 받게 된 이상 이제부터는 여제의 안전을 위해 전력을 기울이는 모습으로 확실한 인정을 받고 싶었다.

모든 군주가 그렇듯 여제는 사람들을 이용했다. 그런데 여제가 납치되어 있는 동안 국사를 책임졌던 타라를 접하면서 크산디아르는 신하들을 강압적으로 지배하는 절대군주인 여제와는 달리 장관들의 의견에 귀를 기울이고 국민의 일상생활까지 세심하게 배려해주는 후계자에게 감탄을 금치 못했다. 그 차이점 때문인지 자신도 모르게 여제보다는 후계자에게 점점 마음이 기울고 있었다.

여제를 섬겨야 하는 크산디아르는 그 생각을 떨치기 위해 어린 후계자의 면면을 찬찬히 떠올렸다. 처음에는 후계자가 별로 마음에 들지 않았다. 예측이 불가능한 데다 가는 곳마다 사건을 만드는 사고뭉치로 보였다. 그런데 자신의 목숨을 맡기는 것으로 체면을 살려주질 않나 친위대장으로 복귀시켜주었다. 그때부터 그는 후계자에게 무한한 고마움을 느끼고 있었다. 통치한 기간은 짧았지만 특히 마지스터가 악마 군단을 이끌고 쳐들어왔을 때는 궁전 앞에서 두려움에 떨며 항복하라고 시위하는 비마들을 무력으로 진압하려는 수상을 정당하고 효과적인 방법으로 막았다.

이복오빠인 황제 산도르의 지지를 받으면서 리스베스는 이따금 자폐증 환자처럼 제국을 냉혹하게 지배했다. 아더월드는 서서히 그러나 확실히 변화하고 있었다. 새로운 기술이 도입되면서 비마들은 차츰 마법 없이도 지내는 방법을 터득하고 있었다. 지구에서 만든 기계는 에너지만 공급하면 아더월드에서도 간단하게 사용할 수 있었다.

여제는 이런 변화를 탐탁지 않게 여기고 있었다. 여제는 최근에도 지구에서 수입한 자동차를 사용하는 비마들을 비난했다가 비밀단체 '안티매직'의 분노를 샀다. 크산디아르는 소리도 요란하고 냄새도 역한 지구의 자동차가 달갑지 않으면서도 그 배후에 교통수단용 양탄자 길드가 있다는 것을 알고 상인들이 현정권에 행사하는 압력에 반대했다.

흥분한 크산디아르는 홱 돌아서다 등 뒤에서 둥둥 떠다니던 시험관들과 부딪쳤다. 그는 거칠게 그것들을 치워버렸다.

좋아, 어디 누가 이기나 해보자. 처음부터 다시 시작하는 거야! 크산디아르는 사고현장으로 돌아갔다. 시신이 발견된 곳에 버티고 서서 마치 자신이 학자인 듯 고개를 쳐들었다. 그러고는 뭔지 모를…… 키가 큰 존재와 마주하고 있다고 가정했다.

친위대원들이 놀란 눈으로 쳐다보거나 말거나 크산디아르는 머리 위의 보이지 않는 무엇인가에게 말을 걸 듯 허공에 대고 입을 달싹거렸다.

"블라 블라 블라, 블라 블라 블라."

"저기, 저한테 말씀하시는 겁니까, 대장님?"

그중 가장 용감한 친위대원이 물었다.

"아니야. 몇 초 후에 나를 죽이려 하는 자와 대화하는 것이다."

부하들이 즉각 검을 잡았다.

"누군가가 대장님을 노리고 있단 말씀입니까?"

그들은 깜짝 놀랐다.

"그래, 자네! 내 앞에 와서 음…… 악마로 변신해."

"제가요? 하지만……."

"자, 어서! 실시!"

다른 대원들은 일제히 뒷걸음치면서 갑자기 천장을 올려다보면서 대장의 눈길을 피했다. 지명된 대원은 제발 누가 나 좀 구해줘! 하는 눈길로 주위를 둘러봤지만 빠져나갈 구멍이라곤 없었다.

"저기, 대장님, 저는 변신에 능하지 않습니다."

"괜찮아, 내가 도와줄 거니까."

대원은 용감한 척 나섰던 것을 후회하면서 크산디아르가 가리키는 곳으로 어기적어기적 걸어갔다.

잠시 후, 대원의 몸뚱이가 여기저기 빵빵하게 부풀어오르고 친위대 군복을 뚫고 촉수들이 삐죽삐죽 나오더니 입술 밖으로 튀어나온 송곳니 때문에 혀 짧은 소리로 말했다.

"이건 너무 무썹쭙니다!"

"내가 시키는 대로 해! 자, 나를 향해 몸을 숙이고 위협해봐."

엉? 이건 또 무슨 소리냐는 얼굴로 대원이 대장을 멀거니 쳐다봤다. 크산디아르는 명령을 반복해야 했다. 자포자기한 대원은 갈가리 찢길 거라고 예상하면서 무기력하게 촉수를 휘둘렀다. 그러나 크산디아르는 공격은커녕 피하면서 중얼거렸다.

"이건 아닌데! 공격을 받았다면 나는 방어하려고 애를 썼겠지. 그런데 이 실험실에는 방어 마법을 사용한 흔적이 없단 말야. 그렇다면 그들은 대화를 하고 있었다는 건데……. 그리고 학자가 고개를 숙인 자세로 죽은 것으로 보아 마치…… 그래, 그거야! 악마가 학자에게 뭔가를 줬다는 거야. 자, 나한테 뭔가를 내밀어봐."

악마로 변신해 있는 대원이 질겁해서 열두 개의 눈알을 핑글핑글 굴렸다.

"뭘 내밀까요, 대짱님?"

친위대 모집 기준을 높여야겠다고 생각하는 것처럼 크산디아르는 부하를 한심하게 쳐다봤다.

"아무거나! 검이라도 내밀어보든가!"

대원은 얼른 무기를 내밀었다.

"아하, 고개를 숙이고 있었으니까 공격하는 걸 보지 못했을 것이고, 따라서 방어할 겨를도 없었을 거란 말야. 내가 알고 싶었던 것이 바로 이거야. 범인은 의도적으로 다가서서 학자를 죽인 거야. 그런데 시신에서는 아무것도 발견되지 않았단 말야. 어쨌든 단서가 될 만한 것은 아무것도. 마지막으로 하던 연구, 그 작업이 흔적도 없다는 것은 따라서 누군가에게 대가를 받고 넘겼다는 것인데……. 그렇다면 범인은 그걸 손에 넣은 다음 학자를 죽이고 사고로 위장한 거야. 내가 알고 있는 블루르 마브리는 신중하고, 세심하고, 꼼꼼한 사람인데…… 그런 성격의 소유자는 절대로…….”

크산디아르는 검을 돌려주면서도 혼잣말을 계속했고, 잔뜩 긴장한 부하들은 대장을 주의 깊게 살피고 있었다. 생각에 잠겨서 성큼성큼 걸어다니던 크산디아르가 파란색 금속 달팽이 앞에서 멈춰 섰다. 달팽이의 껍데기 입구에서 작은 관처럼 생긴 것들이 들어갔다 나왔다 했다. 그 옆에 설명서가 있었다.

“흠흠, **글로비노마지코그라메르**, 학자들이란! 이게 뭐야 대체! 무슨 이름이 이래! 어디 뭐라고 썼는지 읽어나 보자. **마법사의 피에 함유된 마법의 양, 마법의 힘을 측정하는 데 사용함**. 내 마법의 양도 알고 싶어지는군. **검사기에 손을 집어넣고…… 움직이지 말 것**. 어디 한번 해보자.”

크산디아르는 구멍 속에 손을 집어넣었다. 그는 얼굴을 찡그리면서 얼른 손을 뺐다. 손가락에 핏방울이 맺혀 있었다. 글로비노라는 검사기에서 진동음이 나더니 가볍게 흔들리고 부르르 떨다가 옆에서 얇은 종이가 톡 튀어나왔다. 크산디아르는 구시렁거리면서 종이를 집어들었다.

“흠흠. **마법의 양, 중: 0.35/g**. 이게 뭐야, 그러니까 나는 중간 수

준이란 말이지? 이런 빌어먹을 놈의 기계! 0.01/g (하)~1,00/g (상). 쳇, 이 따위 기계를 발명하는 데 돈을 쳐들이다니!"

크산디아르는 무심코 책상 위로 종이를 집어던졌는데 책상과 그 옆에 놓인 서랍장 사이로 빠지고 말았다. 그는 종이를 집으려고 몸을 숙였다. 손가락이 종이에 거의 닿는 순간 반짝거리는 것이 손에 잡혔다.

크산디아르는 그 물체를 들고 조심스럽게 뒷걸음치다가 화들짝 놀랐다. 한 얼굴이 나타났던 것이다. 그는 본능적으로 검을 잡았다.

아니, 이건? 살해된 학자의 얼굴이 아닌가! 얼이 빠진 크산디아르는 무릎을 꿇고 아더월드의 수많은 신에게 학자가 제발 만약의 경우를 대비해놓았기를 빌었다. 기도가 통한 것일까.

"당신이 이 녹음을 듣는다는 것은 내가 죽었기 때문입니다." 이미지가 부엉이 눈을 끔벅거리면서 차분하게 설명했다. "유감스러운 일이지만 당신은 나를 죽인 살인자의 정체를 밝힐 수 있을 것입니다. 나는 그자의 이름을 모릅니다. 내가 죽은 지 26시간 후에 작동되는 이 물건 안에 문서를 감춰놓았습니다. 젠드라의 별과 교환하기로 약속했던 내 연구는 마법과 과학의 결합에 관한 실험을 완성할 수 있는 것입니다. 따라서 젠드라의 별을 가진 자를 찾으면 당신은 나를 죽인 자를 찾는 것입니다."

학자의 얼굴이 잠시 입을 다물었고, 냉정한 목소리에 슬픔과 무력감이 배어들었다.

"젠드라의 별을 회수하면 내 아들 불루르 마브리에게 그 별을 유산으로 물려주어 내 연구를 이어가기를 바랍니다. 이 녹음이 국가기밀로 분류되어 내 아들이 들을 수가 없게 된다면 내가 사랑했다고, 마브리 집안의 명예를 걸고 떳떳하게 살라고 전해주십시오."

목소리가 그치자, 공중에 디스켓과 분석표를 포함한 문서가 둥둥 떠올랐다.

재빨리 그것들을 낚아챈 크산디아르는 문서를 읽으면서 동시에 복사했다. 혈액과 조직검사를 곡선과 직선 그래프로 표시한 분석, 그가 방금 시험했던 검사기, 글로비노마지코그라메르의 분석표가 있었다. 갑자기 크산디아르는 숨이 넘어갈 듯 잿빛이 된 얼굴로 덜덜 떨기 시작했다.

"112/g! 어떻게 이럴 수가!"

점점 창백하게 질리는 대장을 보면서 대원들은 소스라쳤다. 쏜살같이 뛰쳐나간 크산디아르의 목소리가 복도에 쩌렁쩌렁 울렸다.

"여제 폐하에게 당장 보고해야 돼! 제국이 위험에 빠졌어!"

파괴된 세상

'노 터치'라고 말할 때는 정말로 건드리지 말아야 한다

*

크산디아르가 날아가지 않는 것은 날개가 없기 때문이기도 하고 혜성 꼬리처럼 줄줄이 따라다니는 시험관들 때문이기도 했다. 놀람의 딸꾹질에다 분노의 고함을 버럭버럭 지르며 달려가던 그는 마침 공간이동의 문에서 쏟아져나온 사람들로 혼잡한 복도를 헤치며 미친 듯이 질주했다.

그는 여제가 집무 중인 접견실로 불쑥 들어갔다.

여제는 오무아의 상징인 100개의 금빛 눈을 가진 주홍빛 공작 문양을 새긴 옥좌에 앉아 있었다. 그 옆에는 여제의 어린 조카들이자 타라의 쌍둥이 동생들인 자르와 마라가 왕족 수업을 위해 참관하고 있었다. 황제는 마지스터가 숨어 있는 지역을 조사하

느라고 자리를 비운 상태였다.

마라는 주의 깊게 경청하는 반면에 데미데루스 후손들의 특징인 흰 머리털이 눈썹 위로 흘러내린 자르는 지겨워 죽겠다는 얼굴로 몸을 비비 틀고 있었다. 오무아 제국의 후계자 신분을 입증해주는 흰 머리털이 마지스터 때문에 감춰져 있다가 마법의 염색이 지워지면서 다시 드러나 있었다.

쌍둥이들의 보디가드 초록 트롤 그르룰과 자르는 활짝 웃으면서 친위대장을 반겼다.

오무아의 문장이 또렷한 노란 드레스로 화사하게 차려입은 여제는 한 고소인의 하소연을 듣고 있었다. 샌들까지 내려오는 아름다운 머리가 시냇물처럼 구불구불 흘러내리고 있었다. 이날은 갈색 머리였는데 그 흰 머리털이 성에가 낀 것처럼 반짝였다. 평소에 눈부시게 아름다운 여제 앞에만 서면 똑바로 쳐다보지도 못하고 몇 초 동안 목소리도 나오지 않던 친위대장이 이번에는 달랐다.

"폐하! 비상사태 5호 발령을 요청합니다."

비상사태 5호가 무엇을 의미하는지 누구나 잘 알고 있었다. 거의 드문 일이지만 5호 발령을 요청할 경우 여제는 모두 물러가게 하고 즉시 요청한 사람과 독대하는 것이 원칙이었다. 몇 분 전에도 최고 마구스 셈나샤오비로다인트라쉬부가 느닷없이 비공식

면담을 요청하는 바람에 회담이 지연되었는데 같은 상황이 또 벌어지자, 참석자들이 벌레 씹은 얼굴로 툴툴거리면서 접견실을 나갔다.

자르와 마라는 남아 있고 싶었지만 크산디아르는 그들이 나가주기를 바랐다. 자르가 못마땅한 얼굴로 지나치면서 눈을 희번덕거렸지만 크산디아르는 못 본 체했다. 여제의 친위대도 마지못해서 따라나갔고, 육중한 황금 문이 닫혔다.

친위대장이 입을 열려는 순간 여제가 명했다.

"잠깐 기다리시오! 세네?"

여제 옆에서 유형화되는 팔이 넷 달린 가냘픈 존재를 보면서 크산디아르는 질겁했다. 카멜레온처럼 주위환경에 섞여 거의 눈에 띄지 않는 능력을 지닌 오무아의 비밀정보국 카무플레의 국장 세네 센스사스를 알아보고 크산디아르는 이를 으드득 갈았다. 센스사스와 크산디아르는 오래전부터 경쟁하고 있었다. 여제는 크산디아르의 라이벌에게 말했다.

"아까 드래곤의 말 들었나? 누가 그 폭탄을 훔쳤는지 그리고 어떻게 하르퀴아들이 그걸 갖고 있었는지 가서 알아내게."

센스산스는 여제에게 허리를 굽혀 정중하게 인사한 다음 크산디아르를 향해 비웃음이 섞인 윙크를 날리더니 엉덩이까지 흔들며 퇴장했다. 속을 뒤집는 행위에 당장이라도 한판 붙고 싶지만 상황이 상황이니만큼 크산디아르는 무시했다.

"친위대장, 또 무슨 큰일이 났기에 5호를 요청하는 것이오?"

여제는 탐색하는 듯한 눈초리로 물었다.

"이걸 보십시오, 폐하." 크산디아르는 블루르 마브리의 문서를 흔들어 보이면서 대답했다. "폐하의 혈통에 대한 끔찍한 범죄가 저질러졌습니다. 폐하의 후계자가 전염되었습니다!"

"뭐요?"

충격을 받은 여제는 옥좌의 계단을 내려와서 문서를 잡아챘다.

"이 문서에 모든 것이 기록되어 있습니다, 폐하. 정체불명의 누군가가 강력한 마법사로 만들기 위해 후계자의 유전자를 조작했던 겁니다. 후계자가 적정한 나이가 되기도 전인 아주 어린 나이에 이미 마법을 사용할 수 있다는 것이 밝혀졌을 때부터 의혹을 갖고 있었는데…… 이 문서가 그 끔찍한 일이 사실이었음을 증명하고 있습니다. 그자는 그렇게 하면 후계자의 목숨이 위태로워진다는 걸 몰랐던 것 같습니다. 빨리 치료받지 않으면 후계자는 목숨을 잃습니다! 마법 때문에 후계자의 몸이 불타고 있습니다. 최대량이라고 해도 피 1그램당 마법의 양이 1이 정상인데 후계자는 피 1그램당 마법의 양이 112입니다! 따라서 후계자는 점점 더 격렬한 발작이 일어나고, 발작 간격도 점점 짧아질 것입니다. 그러다 최고조에 이르면 후계자의 힘은 불가항력이 됩니다."

"그러면 어떻게 된단 말이오?"

"폭발합니다! 후계자가 있는 세상을 파괴할 정도의 초강력 폭발입니다!"

여제는 당황하는 것 같더니 잠시 후 냉정함을 되찾았다.

"그런 일은 있을 수 없소!"

"가능한 일입니다! 폐하, 유전학자 블루르 마브리가 살해된 것은 바로 이 문서 때문입니다!"

크산디아르는 디스켓을 흔들면서 주문을 읊었다. 여제의 눈앞에 어지럽게 흩어진 별들이 유형화되었다.

"이 도표에 따르면 우주는 150억 년 전 빅뱅이 일어났을 때 생성되었습니다. 여기에 우리의 은하와 페가수스의 은하가 있고, 또 이것은 지구인들이 은하수라고 부르는 은하, 그리고 이 별 주위를 도는 태양계의 행성들이 있습니다. 이 별을 시작으로 여기가 수성(크산디아르는 반짝이는 점을 가리켰다), 금성, 50억 년 전에 형성된 지구, 화성, 목성, 토성, 천왕성, 해왕성, 명왕성(국제천문연맹은 2006년 8월 24일 태양계 9번째 막내 행성인 명왕성을 태양계에서 퇴출했다. 덩치나 특성 면에서 다른 8개 행성과 너무 큰 차이를 보여 행성으로 인정할 수 없기 때문이라며 '134340'이라는 숫자를 부여했다 — 옮긴이)입니다."

크산디아르는 심호흡을 하고 나서 화려한 빛깔의 환에 에워싸인 커다란 행성을 가리켰다.

"블루르 마브리는 은하수 속의 토성 주위에서 일어나는 현상을 연구하고 있었습니다. 토성 주위에는 약 35억 년 전에 생성된 또 다른 행성이 7개 있었습니다. 그 행성들에 우리처럼 두 발 달린 강력한 마법사들이 살았는데 토성은 태양에서 멀리 떨어져 있기 때문에 추위에 적응하는 유전자를 지니고 있었습니다. 레벨루스와 템푸스 마법 덕분에 그 7행성을 연구한 결과 그중 레안드라 행성이 주변의 행성들과 전쟁에 돌입했다는 걸 알게 되었습니다. 레안드라 행성은 방어를 위해 주민들의 유전자를 조작하여 엄청난 마법 능력을 주었습니다."

"그래서요?"

"너무 엄청난 나머지 주민들에게서 새나간 마법 능력이 레안드라 행성을 파괴했고, 주변의 6행성에 연쇄반응이 일어나면서 생명체는 완전히 소멸되었습니다. 그 과정에서 7행성의 파편들이 은하를 뚫고 흩어졌고, 토성이 그 파편의 대부분을 끌어모으면서 환을 이루게 되었습니다. 일부는 우주공간으로 흩어지다 몇 조각은 지구에 떨어졌습니다. 당시에 지구는 불모지였습니다. 지각 대변동은 잠잠해지고 있었고, 지구는 물과 한 개의 대양 판탈라사(지금의 태평양에 해당)에 둘러싸인 단일대륙 판게아로 이루어져 있었습니다. 마법의 폭발로 파괴된 행성 조각들은 바다와 땅 속 깊이 박혔습니다. 폭발하는 순간에 갈라진 암석 속에 갇혀 있던, 원핵세포를 가진 단세포 미생물 박테리아만 살아남았지요. 박테리아의 마법 잠재력은 약해졌지요. 지구는 알맞은 환경이 아니었기 때문에 20억 년 동안 박테리아는 진화하다가 마침내 세포핵을 가진 진핵생물로 변하게 되었습니다."

초조한 기색이 역력한 여제를 보고 크산디아르는 박차를 가했다.

"요컨대 최초의 다세포생물이 출현하면서 바다에서 생명체가 나와 지구로 퍼지게 되었습니다. 판게아는 두 개의 초대륙, 곤드와나(지금의 남아메리카, 아프리카, 인도, 호주, 남극대륙이 갈라지기 전의 대륙 — 옮긴이)와 라우라시아(지금의 북아메리카, 그린랜드, 유럽, 아시아 일부 지역이 갈라지기 전의 대륙 — 옮긴이)로 나뉘고 다시 재분할되어 오늘날의 5대륙이 형성된 것입니다."

"강의 잘 들었소." 여제는 떨떠름한 어조로 말했다. "따라서 우리의 조상과 지구인들의 조상은 레안드라에서 온 것으로 추정되는데 예외적으로 우리만 마법 잠재력을 지니고 있었다는 말이군요. 그리고 그대의 조상들은 크손발루르 행성에서, 엘프는 를리바릴에서, 드래곤은 드란보우글리스펜쉬르에서 온 것이고요."

여제의 굳은 얼굴과 말이 일치하지 않았다.

"그러니까 타라의 그 초능력이 우리의 행성, 아니 타라가 있는 행성을 위험에 빠뜨릴 수 있다 그 말이오?"

"예, 폐하, 폭발할 위험이 있습니다. 정말로 위기 상황입니다."

여제가 크산디아르를 물끄러미 쳐다보는데 비웃어주어야 할지 말아야 할지 알 수가 없다는 듯한 표정이었다.

"타라의 치료를 위해 지금 당장 나서야겠소." 여제는 마침내 결정을 내렸다. "덩컨 부인에게 연락해서 내 후계자를 팅가푸르로 데려오라고 하겠소. 단 이 이야기는 함구하시오. 절대로 그 누구도 알면 안 되오, 알아듣겠소? 그 누구에게도 발설하지 마시오!"

여제의 격한 반응에 놀랐지만 친위대장은 복종의 표시로 허리를 숙였다.

"분부대로 하겠습니다, 폐하."

"좋소. 나는 합법적 권한을 지닌 사람에게 알려야겠소. 지금부터 그대는 뭘 할 생각이오?"

"이 문서를 접하는 즉시 폐하께 보고하러 달려왔습니다. 무엇을 하면 좋을지 분부를 내려주십시오, 폐하."

놀랍게도 여제는 뜻밖의 답변을 했다.

"아무것도 없소. 이 일은 내가 처리할 테니 그대는 일상 업무에 전념하시오."

반박의 여지를 주지 않는 어조였다. 크산디아르는 이의를 제기할 생각이었지만 여제의 얼굴 표정에 기가 꺾였다.

"분부대로 하겠습니다, 폐하. 저는 곧장 실험실로 돌아가서 블루르 마브리 살인 사건에 관한 수사를 계속하겠습니다."

"그렇게 하시오, 크산디아르." 여제는 충성스럽지만 성가신 강아지에게 상을 주듯 건성으로 대답했다.

친위대장은 발뒤꿈치를 따닥! 소리가 나도록 부딪치며 절도 있게 돌아서서 접견실을 나왔다. 경직된 얼굴로 문서를 탁, 덮는 여제를 뒤로하고 문을 밀고 나오기 직전에 그가 마지막으로 본 것은 커다란 쪽빛 눈이었다. 저 눈빛은? 절망에 찬 눈빛?

문 밖에서 이제나저제나 기다리고 있던 궁인들이 우르르 몰려드는 바람에 크산디아르는 발을 밟기도 하고 팔꿈치로 가격도 하면서 간신히 빠져나왔다.

그는 올 때보다는 천천히 돌아갔다. 여제의 태도에 뭔가 석연치 않은 구석이 있었다. 대체 뭐 때문이지?

막연한 불안을 느끼면서 크산디아르는 블루르 마브리에 관한 보고서를 작성하면서 '살인 사건' 스탬프를 찍었고, 학자에게서 추출한 샘플들과 자신의 의견서를 '진실의 입' 들에게 넘겼다. 텔레파시 능력이 있는 식물성 존재들이 수사에 착수하여 뇌를 탐색할 것이다. 그렇지만 범인이 생각을 은폐할 수 있는 악마나 드래곤이라면 진실의 입이라도 별 소득이 없을 가능성이 있었다.

크산디아르는 마침내 실험실로 돌아왔다. 그는 비밀을 발설할 생각은 전혀 없었다. 코안경을 끼듯 돋보기 한 쌍을 코 위로 걸었다. 현미경처럼 빛의 파장을 간파하고, 파란빛을 투사하는 램프가 달려 있어서 크산디아르의 모습은 디스코텍의 부엉이 디스크자키가 연상되었다. 궁전에서 감히 살인을 저질러? 그는 한숨을 내쉬고 나서 범인의 정체를 기필코 밝히고 말겠다는 각오를 다지며 실험실 바닥을 기어다니기 시작했다.

친위대장이 단서를 찾기 위해 먼지 구덩이를 기어다니는 동안, 여제는 남은 일정을 모두 취소한 뒤에 집무실로 들어가서 비밀번호를 눌렀다. 그 순간 크리스털 볼이 띠링, 띠링 신호음을 내면서 부재중 수신 표시가 나타났다. 그러나 이미지는 뜨지 않았다. 그건 필요 없었다. 그녀는 익명으로 전화를 걸어왔던 자가 누군지 알고 있었다.

"또 당신이었군요." 여제는 극도로 흥분해 있었다. "당신은 타라가 어디 있는지, 내 동생이 뭘 하고 있었는지 다 알고 있으면서 동생이 살아 있다는 것도, 동생에게 자식, 내 후계자가 있다는 것도 알려주지 않았소!"

"당신과 단비우의 관계는 내가 관여할 일이 아니오." 냉랭한 목소리가 차분하게 응수했다. "내가 보기에 단비우는 당신과 궁전, 숨이 막힐 것 같은 막중한 책임을 벗어던지기 위해 도망친 것이었소. 나는 평범하게 살고 싶은 단비우의 바람을 존중했을 뿐이오. 그렇지만 당신과 당신의 조상들에게 했던 대로 나는 당신의 후계자에 대한 실험을 계속해왔소. 그리하여 유전자 조작으로 인해 엄청나게 강력해진 능력으로 당신의 후계자는 악마들의 공격을 막아낼 수 있었던 것이오. 그 능력 덕분에 여러 번 목숨을 구했던 것이오. 이래도 내가 잘못한 것이오?"

"알 수 없는 이유로 자식이 없어서 내가 절망하고 있다는 걸 당신은 알고 있었소. 그리고 우리 제국의 유일한 후계자가 될 수 있는 타라의 존재를 나한테 숨겼어요. 그건 용서할 수 없는 일이오! 드래곤, 당신은 우리의 목숨을 가지고 장난치면서 농락하고 있소. 당신의 그 실험이라는 것이 정말 우리를 위한 것인지 점점 의혹이 생긴단 말이오! 타라의 능력이 지구를 폭발시킬 수 있을 정도로 엄청나게 강력해졌다는 것을 알고 난 뒤로는 더욱 더! 당신은 그 아이를 치료해야 합니다!"

"치료를 하라고요? 최후통첩이오?"

여제는 물러서지 않았다.

"제대로 알아들었군요, 드래곤. 내 후계자를 치료하고 지구를 파괴하지 못하게 능력을 약화하시오. 아니면 드래곤 심의회에 당신을 고발하겠소. 얼마 전부터 당신이 그 아이 모르게 무슨 짓을 꾸미고 있다는 의심을 하고 있었소. 당신은 추방될 것이고, 그러면 당신이 계획하고 있는 음모, 무엇이 되었든 당신의 모든 계획은 물거품이 되는 것이오!"

숨막히는 침묵이 흐르고 있었고, 여제는 등줄기를 따라 식은땀이 흘러내리는 걸 느꼈다.

"알겠소." 견딜 수 없는 침묵 끝에 드래곤이 마침내 받아들였다. "당신의 후계자를 치료하는 것에는 동의하겠소. 그러나 이 모든 일은 비밀에 부쳐야 합니다. 조금이라도 누설하면 우리의 계약을 파기하고, 후계자를 없애버리겠소."

여제는 소스라쳤다. 우직할 정도로 정직한 성격의 크산디아르가 비밀을 지켜줄지 마음이 놓이지 않았다. 방법은 한 가지밖에 없었다.

"아무도 의심하지 않게 하겠소. 나는 덩컨 부인에게 연락해서 내 후계자를 궁전으로 송환할 것이오."

"안 됩니다! 그 여자는 부르지 마시오. 당신의 후계자를 치료하겠다고 말했으니 약속은 지키겠소. 내가 지구로 가서 직접 치료할 것이오. 아더월드에서는 마법의 강도가 너무 세기 때문에 여기서는 위험해요. 상황 보고를 하겠소."

대답할 겨를도 주지 않고 드래곤은 크리스털 볼을 껐다. 두려움이 엄습한 여제는 털썩 주저앉았다. 불안에 떨다가 드래곤에게 폭탄에 대해 말한다는 것을 깜빡 잊었는데…… 혹시 그 사건도 드래곤이? 이 일로 위험에 빠지는 것은 아닐까? 드래곤이 황가의 유전자를 조작하는 걸 여제가 묵인했다는 것을 국민이 알면 국가 수장의 자리를 보존할 수 있을까? 마지스터의 공격과 안티매직과의 갈등만으로도 제국이 불안정해지고 있는 때에.

국가를 다스리는 것말고 그녀가 할 수 있는 일이 무엇인가?

리스베스는 누구든 자신의 음모와 황실의 음모를 파헤치게 내버려둘 수 없었다. 그녀는 크산디아르가 자신의 태도에 몹시 놀라고 있다는 것을 모르지 않았다. 드래곤이 후계자를 위험에 빠뜨리고 있다는 사실에 당황한 그녀는 초조하고 공포에 질렸다. 친위대장은 바보가 아니었다. 그는 면담하는 동안 여제가 보인 반응에서 석연치 않은 구석을 간파했을 것이고 곧 상황을 알아챌 것이다. 그녀는 선택의 여지가 없었다.

리스베스는 심호흡을 하고 나서 전 친위대장 크사릴을 불렀다. 크사릴은 크산디아르가 친위대장으로 복귀했을 때부터 이를 부득부득 갈고 있었다. 그녀는 크사릴에게 명을 내렸다. 너무나 기쁜 크사릴은 교활한 미소를 흘리면서 여제에게 충성을 다하겠다는 표시로 머리를 조아렸다. 여제가 두 사람 다 제거할 생각이라는 것을 꿈에도 모른 채.

스톤헨지행 기차
기차표를 갖고 있지 않을 때 검표원을 따돌리는 방법

*

이사벨라 일행은 아연실색했다. 공간이동의 문이 작동하지 않다니!

"문지기, 어떻게 된 일이오?" 이사벨라가 물었다.

"마법의 빗장을 걸어놓은 것 같습니다." 문지기는 어떤 파장이든 감지할 수 있는 돋보기로 이동의 문을 세밀하게 살펴본 뒤에 설명했다. "그런 얘기를 들어는 봤지만 한번도 본 적이 없어서……."

문지기는 모자에 파이프까지 갖추고 셜록 홈스의 단짝 왓슨 박사 흉내를 내고 있었다.

"네? 문에 빗장을 걸어요? 그게 사실이라면 정말 이상한 일이

네." 파브리스가 빈정거렸다. "그럼 이제 어떡하죠?"

"모두 물러서!" 이사벨라가 명했다. "내가 한번 시도해보겠다. *데베루일루스*의 이름으로 여행자들이 통과할 수 있게 이동이 이루어질지어다!"

이사벨라의 손에서 보랏빛 섬광이 번쩍하더니 마법의 광선이 이동의 왕홀을 후려쳤지만 아무 반응이 없었다. 성난 이사벨라가 다시 시도하려고 할 때 태피스트리들에서 빛살이 퍼져나오고, 왕홀이 윙윙거리기 시작했다.

"아하!" 이사벨라는 흡족한 표정을 지었다. "그럼 그렇지, 내 마법을 감히 어떻게 견뎌!"

"나오세요, 빨리! 이동의 원 밖으로 나오세요!" 문지기가 고함쳤다. "문을 작동한 사람은 부인이 아니라 다른 사람이 도착하는 겁니다!"

이사벨라가 후닥닥 뛰어나오는 순간 문에서 거대한 몸집의 블루 드래곤이 나타났다.

"셈나샤오비로다인트라쉬부 선생님!" 모든 드래곤의 이름을 훤히 알고 있다는 듯 문지기는 자신만만하게 외쳤다. "지구에 오신 걸 환영합니다!"

블루 드래곤이 깜짝 놀라는 눈길을 던지자 이사벨라는 분노의 눈초리로 흘어보면서 쪽 찐 머리를 매만졌다.

"안녕하시오, 문지기!" 셈 선생님이 점잖게 대꾸했다. "덩컨 부인? 그런데……."

"스톤헨지에 가 있어야 할 우리가 여기서 뭘 하고 있냐고요?" 이사벨라는 섬세한 손놀림으로 쪽 찐 머리에 핀을 다시 꽂으면서 뒷말을 이었다. "타라가 마법을 과다 사용해서 하마터면 목숨을 잃을 뻔했지요. 타라의 체온을 떨어뜨리는 것으로 간신히 위험한 고비를 넘기고 아더월드로 데려가려고 했으나 지구에서 출발하는 이동의 문이 작동하지 않아요!"

드래곤은 타라가 들어 있는 얼음관을 발견하고 눈썹에 해당하는 것을 찡그렸다.

"마법의 관에 넣고 꽁꽁 얼려놓은 것이오? 이게 얼마나 위험한지 모른단 말이오?"

이사벨라는 참을 수 없다는 듯 경멸조로 내뱉었다.

"네, 모르니까 좀 가르쳐주시지요, 셈! 위험한 걸 아니까 타라를 치료하기 위해 긴급히 아더월드로 돌아가려고 했던 겁니다. 그런데 여기서 발이 묶여 오도 가도 못하고 있으니!"

이사벨라의 말에 어이가 없는 드래곤은 확인하는 차원에서 다시 물었다.

"이동의 문을 작동할 수가 없단 말이오? 하지만 나는 방금 통과했는데!"

"그럼 선생님이 직접 한번 해보시든가요!" 파프니르가 톡 나섰다. "꼭 필요한 순간에는 빌어먹을 놈의 마법이 말썽을 부리는 게 어디 한두 번인가, 뭐!"

드래곤이 숨을 내쉬면서 작은 불꽃을 뿜었는데 엄청나게 성질이 났다는 표시였다.

"공간이동의 문, 아더월드, 랑코비트 트라비아의 살아 있는 궁전!"

왕홀이 치직, 소리를 내고, 태피스트리 다섯 장의 주위를 빛이 맴돌다가 맥없이 꺼졌다. 블루 드래곤은 멀거니 아가리를 벌리고 있었다.

"아, 또 시작인가. 정말 지긋지긋하군!"

블루 드래곤이 구시렁거렸다.

1초, 2초, 시간이 흐를수록 점점 더 흥분하고 거칠어진 두 최고 마구스는 그들을 지구에 붙잡아두는 주문을 깨뜨리려고 했지만 허사였다. 이사벨라가 크리스털 볼로 랑코비트에 연락했지만 아더월드의 외눈 거인 문지기 맑은시냇가수줍은꽃도 문제가 생긴 이동의 문에 손을 쓸 수 없었다.

"그래봐야 아무 소용없소." 드래곤이 마침내 인정했다. "여기서 타라를 수술해야겠소."

"네, 수술이요?" 파브리스가 불길하다는 어조로 외쳤다. "메스를 사용하는 그 수술 말예요? 피? 심장 모니터에서 삑 삑 삑 하다가 삐이이이이이이……로 끝나는?"

드래곤은 하, 요 녀석 봐라, 무슨 뚱딴지같은 소리야? 하는 얼굴로 파브리스를 쳐다봤다.

"네가 비마들의 원시적인 의술을 연상하나 본데…… 아니, 우리는 달라. 타라는 굉장히 위험한 상태야." 드래곤이 얼음관의 매끄러운 표면에 비늘 덮인 발을 댔다가 얼른 떼면서 설명했다. "타라를 깨어나게 해서 강력한 마법을 저지하려면 우리는 힘을 합해야 한다."

드래곤이 뾰족뾰족한 돌기로 가득한 등을 구부리면서 옆구리를 북북 긁었다.

"내가 너무 늙어서 혼자서는 안 될 것 같으니……."

너무나 어이없는 말에 무아노는 저절로 눈살이 찌푸려졌지만 잠자코 있었다. 드래곤의 나이를 인간의 나이로 계산하면 기껏해야 서른 살쯤 된다는 것을 모두 알고 있는데……. 그건 결코 늙은 게 아닌데!

"모두 얼음관 주위에 둘러서시오." 솀 선생님이 지시를 내렸다. "따뜻하고 부드러운 일종의 보호막이 타라의 몸을 에워싼다고 상상하시오. 타라의 마법이 이곳과 우리를 함께 파괴하지 못하게 나는 보호막을 강화하겠소. 타라가 순순히 말을 들으면 내가 이 장소에서 자유롭게 마법을 사용할 수 있게 천장 쪽을 뚫어 놓아 주시오. 문지기!"

"네, 선생님?" 그 장면을 하나도 놓치지 않으려고 얼음관을 뚫어져라 쳐다보고 있던 문지기가 얼른 대답했다.

"당신은 다칠 수 있으니 여기 있으면 안 돼요. 가구 뒤로 가든지 어디든 가서 숨어 있어요!"

"하지만……!"

"어허, 말 들으시오, 문지기! 우리가 시도하는 것은 이 소녀에게나 우리에게나 똑같이 위험한 일이란 말이오!"

문지기는 발을 질질 끌면서 옆방으로 피신하는 척하다가 드래곤의 충고를 무시하기로 하고 방긋이 열린 문틈으로 머리를 들이밀었다.

나중에 문지기는 1미터쯤 떨어진 강철금고에 갇힌 상태로 발견되었는데 걷지도 못할 정도로 오들오들 떨고 있었다. 걱정해줄 때 말을 들었으면 좋았으련만! 그는 결국 마법을 포기하고 죽는 날까지 정신 나간 사람처럼 멍하니 공상에 빠져서 보내는 신세가 되고 만다.

타라의 마법이 무시무시하게 위협적이었기 때문이다. 친구들이 만든 보호막이 얼음을 녹이면서 타라의 마법이 자유로워진 것이었다. 타라의 몸 밖으로 기세 좋게 몰려나온 마법의 광선이 보호막과 충돌하면서 약해지는 것 같았다. 흔들흔들하면서 우지끈 거리는 소리가 났지만 보호막은 잘 버텨내고 있었다. 타라의 필사적인 노력에도 불구하고 마법은 빠져나가지 못했다. 그러나 대가는 엄청났다. 친구들, 이사벨라, 드래곤은 하나같이 이마에 땀방울이 송송 맺힌 채 눈뜨고는 못 봐줄 가지각색의 표정을 짓고 있었다.

"더는 못 버틸 것 같아요." 파브리스는 악물고 있는 이를 으드득 갈았다.

"그래, 맞는 말이야." 드래곤이 말했다. "모두 마법의 강도를 낮추시오!"

아연실색한 마법사들과 사냥개의 입에서 외마디가 동시다발로 터져나왔다.

"네?"

"나 혼자서 상대할 것이니 시키는 대로 하시오! 마법의 강도를 낮추는 즉시 잊지 말고 마법 능력이 없는 이들을 보호하시오. 타라의 마법이 다가온다고 느껴지면 한 치의 틈도 주지 말아야 합니다. 자, 내 신호에 따라 시작하시오. 다섯, 넷, 셋, 둘, 하나……지금!"

보호막이 사라졌다. 마법사들과 드래곤은 일제히 페가수스, 파프니르(도끼를 움켜잡은 난쟁이는 불안해서 눈이 등잔만해져 있었다), 쉬바, 바룬과 마니투를 위한 다섯 개의 방패를 만들었다. 파브리스는 짜증스런 눈길로 이사벨라를 살폈다. 마법을 강화하는 것이 낫다고 판단하고 마법 능력에 대한 욕심을 낼 텐데…….

자유로워진 타라의 마법이 광풍소리를 내면서 폭발했다. 숨어 있지 않은 것은 모조리 변했다. 벽은 흐물흐물 녹아 끈끈한 마그마처럼 되었고, 지붕은 날아갔고, 들보는 도토리 모양의 나무로 변했고, 의자는 커다란 새나 뚱보 강아지로 변해서 뒤뚱뒤뚱 돌아다녔다. 문지기가 숨어서 얼굴을 내밀고 있던 문짝이 괴물 같은 식물로 둔갑했다. 질겁한 문지기는 뒷걸음쳤다. 어어! 창날처럼 뽀족한 잎들이 갈고리처럼 단단해지더니 싱싱한 살에 굶주린 듯 독침이 가득한 입을 쩍 벌리는 것이 아닌가.

괴물 같은 문이 집어삼키려는 순간 문지기는 산소마스크(아더월드나 타딕스에서 가끔씩 악취가 심한 수증기가 올라오기 때문에 아버지에게서 물려받은 것이었다)를 움켜잡고 금고 안으로 도망쳤다. 여행자들을 통과시키는 것이 본분이지만 미치광이 식물에게 잡아먹힐 수야 없지!

마법사들은 방패로 방어하면서 얼빠진 얼굴로 아수라장을 멀뚱멀뚱 쳐다보고만 있었다. 드래곤이 성난 목소리로 주문을 읊었다.

"스스스블레르, 스스비르 칼리 스스스굴 브스스스 텔렌르스스스 에칼리부스스스스스!"

그 순간 놀랍게도 마치 드래곤의 목소리를 알아들은 듯 마법의 파란 물결이 멈칫했다. 이어서 마법의 물결이 거대하지만 온순한 동물처럼 타라의 몸속으로 들어갔다. 녹아내리던 벽이 멈췄고, 의자–새들도 정지하면서 묘한 정적이 흘렀다.

무아노는 꺼림칙한 생각에 드래곤을 뚫어져라 쳐다봤다. 드래곤이 방금 사용한 언어를 알지는 못하지만 그 억양을 듣는 순간 무아노는 문득 오래전에 강력한 마법사가 되기 위해 파브리스가 열심히 탐독하던 책 중 하나가 떠올랐다. 위험천만한 해로운 책이었는데…….

드래곤이 방금 읊은 주문은 악마들이 만든 것이라서 전염될까 봐 감히 만지지도 못하는 금서에 기록된 사악한 마법이 틀림없었다. 이건 반칙이었다. 수천 년 동안 사용하지 않는 언어라는 것은 확실했다. 과거에 그 언어를 사용했던 이들은 드래곤 전사들이나 마법사들이 숭배하던 고대인들이었다.

드래곤이 흡족한 얼굴로 일어나서 방패를 사라지게 했다. 그러고는 타라가 완전히 치료되지 않았을 경우를 대비하는 듯 조심스럽게 다가갔다. 드래곤이 몸을 숙이자, 타라가 한쪽 눈을 뜨고 혀가 잘 안 돌아가는 목소리로 말했다.

"젬 선쟁님? 여기저 뭐 하제요?"

타라가 입을 열자마자 발사된 마법의 광선이 털이라곤 없는 드래곤의 낯짝을 후려쳤다. 타라는 정신이 번쩍 들었다.

"이게 대체 무슨 일……!"

또다시 파란 광선이 솟구쳤다.

"타라!" 이번에는 가까스로 광선을 피한 셈 선생님이 소리쳤다. "말하지 마! 특히 입을 열지 마!"

말도 하지 말라고? 타라는 황당한 얼굴로 말똥말똥 눈동자만 굴렸다.

"와우! 그 빛, 되게 예쁘다!" 파프니르가 말했다. "근데 타라가 왜 저래요?"

파프니르가 "또"라는 말만 안 했지 거의 그런 뜻이었다.

드래곤은 이마에 주름을 잡았다.

"타라의 마법을 약하게 했을 뿐 아주 없앤 것은 아니니까. 타라가 말하려고 입을 여는 즉시 마법이 새어나오는 거야."

마법사들은 어쩌면 좋을지 모를 얼굴로 타라를 바라봤다.

"하지만 너무 짜증스럽군요, 셈!" 이사벨라는 발끈했다. "타라를 저대로 둘 수는 없어요!"

타라는 할머니를 향해 눈을 흘겼다. 내 문제를 짜증스럽게 생각한단 말이지! 꼭 그렇게 표현해야 되나?

"모든 것이 잘될 거요." 드래곤은 쪽빛 눈동자만 뙤록뙤록 굴리는 타라를 진찰한 뒤에 단언했다.

"이건 일시적인 현상일 뿐이오."

"셈? 자신 있는 겁니까?"

"물론이오." 이사벨라가 자신의 능력을 의심하는 것에 불쾌해진 드래곤이 볼을 부풀리면서 언성을 높였다. "좋아질 겁니다. 이제 우리에게 남은 일은 하르퓌아 문제를 해결하는 것이오!"

이번에는 이사벨라가 볼을 부풀릴 차례였다. 그 저주받은 곳을 피하는 데 성공했다고 생각했건만!

"그래도 우리가 스톤헨지로 가야 한다는 겁니까?"

드래곤은 깜짝 놀라서 쳐다봤다.

"물론이오! 타라는 이제 더 이상 위험하지 않으니까 이 행성에서 하르퓌아들이 발각되지 않게 막아야지요!"

"으으으으음음음!" 타라가 입술을 꼭 다문 채로 분개했다.

하르퓌아고 뭐고…… 나부터 빨리 낫게 해주어야 하는 것 아닌가!!? 까딱 잘못하면 마법 능력 때문에 내가 죽는다면서! 타라와 동시에 깨어난 갈랑이 비칠비칠 다가와서 소녀의 목덜미에 얼굴을 들이밀었다. 타라는 페가수스를 쓰다듬어주면서 드래곤에게 성난 눈길을 던졌다.

"타라는 동의하지 않는 것 같은데요." 무아노가 당돌하게 끼어들었다. "타라가 하고 싶어하는 말을 내가 제대로 이해했다면요."

타라는 고개를 세차게 끄덕였다.

드래곤은 신경질적인 어조로 말했다.

"타라, 내 말 들어. 네 상태가 불안정한데 나라고 마음이 편하겠니? 하지만 신화 속에서나 존재하는 동물이 지구에서 활개치고 돌아다니는 것이 마법사들에게 아주 위험한 일이라는 것은 너도 잘 알잖아. 조금만 참아. 이제 곧 네 문제는 저절로 사라질 거라고 확신한다. 지금은 하르퀴아들을 무력화하는 것이 중요해. 이게 교활한 함정인지 우리는 아직 그것도 파악하지 못했다. 이동의 문 가까이 있으면 네가 폭발할 수도 있어. 그러면 우리 모두 살아서는 나올 수 없는 곳으로 날아갈 수도 있단 말이다. 문을 수리해서 확인 시험을 할 때까지 나는 어떤 위험도 무릅쓰고 싶지 않아."

침묵이 흘렀고, 마법사들은 두려운 표정으로 태피스트리들을 주시하면서 뒷걸음쳤다.

"맞는 말이다." 마니투는 타라보다 이사벨라가 더 스톤헨지로 가고 싶어하지 않는다는 것을 뻔히 알면서도 인정했다. "가장 중요한 것은 너를 치료하는 것이지만 그놈의 하르퀴아들이 제레미라는 마법사를 납치하려 하고 있어. 우리는 그를 구해야 할 의무가 있다."

모두들 자명한 사실을 잊고 있었다.

타라는 한숨을 내쉬면서 어깨를 으쓱했다. 제국의 후계자가 된 뒤로는 자신이 원하는 것보다는 국민이 원하는 것이 우선이라는 것을 배웠다. 아버지를 돌아오게 해야 한다는 의무만 제외하고 타라는 범죄를 막을 권리는 있어도 범죄가 저질러지게 내버려둘 권리는 없었다.

"으음음음!" 타라는 체념했다.

"그건 동의한다는 뜻이니?" 타라가 웅얼거리는 소리를 간신히 해석한 마니투가 확인했다.

타라는 시무룩한 얼굴로 고개를 끄덕였다.

"자, 그럼 꾸물거릴 시간이 없다!" 드래곤이 결정을 내렸다.

"타라의 상태가 정상이 아니기 때문에 트란스미투스를 사용할 수 없어. 비마들의 이동수단을 이용하면 스톤헨지로 갈 수 있지?"

"호텔로 돌아가야 해요." 지구인이기 때문에 길잡이 역할을 맡은 파브리스가 대답했다. "지금이 밤 11시니까 기차가 없을 거예요. 스톤헨지는 런던에서 기차로 1시간 정도 떨어진 월트셔 주의 솔즈베리 평야에 있어요. 솔즈베리 역에서는 13킬로미터 떨어진 곳에 위치한 유적이죠. 호텔 지배인에게 인근 마을까지 데려갈 택시를 예약해달라고 부탁해야 돼요."

"알았다!" 드래곤이 동의하면서 익숙한 이미지를 되찾기 위해 늙은 마법사로 변신했다. "이사벨라, 호텔로 가려면 누군가에게 연락해야 되는 거 아니오?"

"아, 셀레나한테도 알려야지!" 마니투가 말했다. "셀레나도 딸에게 무슨 일이 일어나고 있는지 알고 있어야 해!"

이사벨라는 망설이는 표정으로 고개를 저었다.

"그건 좋은 생각이 아니에요. 셀레나가 당장 달려오려고 할 텐데 그러면 복잡해져요. 지금은 모르게 하자고요. 일단 하르퀴아들을 해치운 뒤에 말해도 늦지 않아요."

그렇게 말하고 나서 이사벨라는 크리스털 볼을 꺼냈다. 그녀가 리무진 2대를 부르는 사이에 파브리스와 파프니르, 마니투, 로빈, 무아노는 친구를 배려하는 마음에서 타라를 에워쌌다.

"빌어먹을 마법!" 난쟁이가 좋알거렸다. "너도 나처럼 해야 돼, 타라. 마법 사용을 거부해버려!"

"멍청하기는!" 파브리스가 쏘아붙였다. "타라의 능력은 아주 유용해! 마법 능력 때문에 벌써 여러 번 목숨을 구했어. 더 강력한 능력을 가질 수만 있다면 나는 내 오른팔이라도 내주겠어!"

격한 반응에 놀란 난쟁이는 파브리스를 빤히 쳐다봤다. 이어서 초록빛 눈을 찡그리면서 부드러운 목소리로 지적했다.

"그 말은 어째 강력하지 않아서 싫다는 말로 들린다? 하지만 나를 봐, 나는 마법을 사용하지 않아도 사는 데 아무 지장 없어!"

이번에는 파브리스가 깜짝 놀랐다. 파브리스는 파프니르를 뇌가 없는 근육 덩어리로 여기는 경향이 있었다. 다부진 체격의 난쟁이는 생각했던 것보다 훨씬 영리했다.

"내 말은 그게 아냐." 파브리스가 얼른 말했다. "난쟁이들은 마법을 싫어해. 그래서 너는 개의치 않는 거야. 하지만 랑코비트와 오무아에서는 날마다 마법을 사용해. 나는 날마다 무력감을 느끼면서 살아. 나는 절대로 최고 마구스가 되지 못할 거야! 그 심정이 어떤지 알아?"

마법사라는 것만으로도 이미 충분하다고 대꾸하려던 난쟁이는 무아노의 애원하는 듯한 눈길과 마주쳤다. 그래, 알았다 알았어, 입 다물어주지! 속으로는 비현실적인 꿈에 매달리는 어린 인간을 어리석다고 생각하면서.

"저기 리무진이 왔구나!" 이사벨라가 가리켰다. "자, 갑시다. 타라, 입을 열지 말거라. 네 마법 때문에 사고를 치면……."

"사람들을 숯 덩어리로 만드는 사고라도 일어날까 걱정되시나 보죠?" 파브리스는 빈정거리는 어조로 말했다. "덩컨 부인, 타라는 우리가 맡을 테니까 염려 놓으세요. 야, 너 걸어갈 수 있겠어? 아니면 업혀서 갈래?"

타라는 눈살을 찌푸렸다. 아주 어릴 적부터 친구인 파브리스는 타라가 "야!"라고 부르는 걸 끔찍하게 싫어한다는 걸 잘 알고 있었다. 그래, 좋아. 어쭈, 이 기회에 놀려먹겠단 말이지? 타라는 입을 너무 크게 벌리지 않으려고 조심하면서 혀끝을 쏙 내밀고 시간을 좀 끌다가 도로 집어넣었다. 파브리스는 파랗게 질려서 뒷걸음쳤다. 그러나 타라는 겁만 줄 생각이었기 때문에 당연히 입에서는 아무것도 나오지 않았다.

"타라!" 눈치가 빠른 무아노가 얼른 말했다. "내 남자친구가 인간의 모습을 잃지 않길 정말 바라거든, 나는? 제발 부탁이야. 그러니까 파브리스에게 장난치지 마, 응?"

타라는 대답할 수가 없었지만 그 정도면 따끔한 맛은 충분히 보여준 셈이었다. 파브리스도 더는 타라를 자극하지 않았.

황당해하는 운전기사들의 눈길을 받으면서 그들은 두 대의 차에 올랐다가 얼마 후 호텔에 이르자 재빠르게 내렸다. 호텔-대사관을 관리하는 드래곤은 오랜 세월 공들여 꾸며놓은 건물을 하루아침에 반쯤 허물어뜨린 이들이 불쑥 들어오는 것을 보고 벌레 씹은 얼굴이 되었다.

무아노는 타라를 지키기 위해 같이 잤고, 밤에는 아무 일 없이 무사히 지나갔다. 아침을 먹을 때, 타라는 일행을 소시지 구이로 만들지 않기 위해 조심하면서 먹어야 했다. 마침내 호텔 지배인이 솔즈베리로 떠나는 다음 기차 좌석 예약권과 승차권을 부랴부라 만들어주었다.

 그들은 아침식사를 끝내고 떠날 채비를 했다. 셈 선생님은 여행을 떠나도 준비할 것이 전혀 없었다. 파브리스는 부러운 눈으로 쳐다봤다. 마법 능력이 강력한 드래곤은 갑옷이나 다름없는 비늘껍질만 있으면 필요한 것이 없었다.

 호텔 지배인은 영어를 모르는 마법사들에게 그 언어를 구사하고 알아들을 수 있는 주문을 걸어주었다. 그들은 마법을 혐오하는 파프니르를 설득하기 위해 거의 애걸복걸할 정도로 진땀을 빼야 했다.

 빅토리아 역은 난쟁이에게 가혹한 시련이었다. 사람들의 눈길을 받는 데 익숙하지 않은 파프니르는 놀림받는 느낌 때문에 투명 도끼가 손에 자꾸 잡히는 것도 신경이 쓰이지만, 사람들이 큰 나무처럼 앞을 가로막고 서서 비웃듯 내려다보는 것도 불쾌하기 짝이 없었다. 가만히 당하고만 있을 파프니르인가! 난쟁이는 징박은 군화로 사람들의 발을 은근슬쩍 밟으면서 "누구야!", "아야!" 하는 비명소리가 나거나 말거나 시치미를 뚝 떼고 심술궂은 미소를 흘렸다.

 패밀리어들을 위한 좌석도 예약되어 있었다. 그들은 마법을 사용하여 열차 한 량을 독차지하고서 빈자리가 있어도 다른 승객들이 와서 앉겠다는 생각을 아예 하지 못하게 역겨운 냄새를 피웠다.

목적지까지는 1시간이 걸릴 예정이었다. 이사벨라는 셈과 마법의 본질에 대해 토론을 벌이기 시작했다. 그녀는 마지스터의 수련생들은 어떻게 주문을 읊지 않고 마법을 실현할 수 있는지 의문을 던졌다.

"당신의 교육법이 너무 구식인 거 아닙니까?" 이사벨라는 노골적으로 물었다. "수천 년 동안 당신은 우리의 생각을 마법으로 실현하려면 주문을 읊어야 한다고 주입시켰어요. 그런데 마지스터는 마법의 단계를 혁신적으로 업그레이드한 것 같더군요. 그자에게 억류되어 있던 포로들이 알려준 바에 따르면 그들은 주문을 읊지 않고서도, 마법을 유형화하는 시도를 하지 않고서도, 불똥 하나 튀지 않고서도 마법을 실현하기에 이르렀다는데! 어떻게 그럴 수 있지요?"

자존심을 건드리는 말에 셈 선생님은 발끈했다.

"그자는 수련생들의 능력을 통제하기 위해 악마의 마법을 이용한 것이 틀림없습니다. 수련생들은 감염되어서 마법의 수준을 끌어올린 것이오. 게다가 본래 악마에 속하는 에프리트들은 마법을 사용하기 위해 주문이 필요 없는 존재들이란 말이오."

이사벨라는 생각에 잠겼다.

"글쎄요. 타라의 말로는 두 마법사의 결투 장면을 목격했는데 그들은 감염되지 않았는데도 주문을 읊지 않고 마법을 실행했다는군요. 그 점에 대해서는 어떻게 생각하시오?"

드래곤이 도끼눈을 떴지만 이사벨라는 눈썹 하나 깜짝하지 않았다.

"악마의 마법에 감염이 되었든 아니든, 그 파렴치한 자가 수련생들을 조종하고 있다는 것이오. 악마들과 전쟁이 일어났을 때 나는 내 목숨보다 소중한 존재들을 잃었소. 조종을 받아 움직이는 그들의 마법이 얼마나 위험한지 충분히 체험했단 말이오. 나를 믿으시오, 이사벨라. 자, 논쟁은 이것으로 끝냅시다."

이사벨라가 고개를 끄덕이긴 했지만 믿기 어렵다는 얼굴이었다. 그 대화를 듣고 있던 타라도 불신하는 표정으로 눈살을 찌푸렸다. 드래곤의 설명은 설득력이 없었다. 마지스터의 간섭이 없었는데도 두 마법사가 서로 다른 방식으로 자신의 능력을 사용하는 것을 타라는 똑똑히 보았다. 타라 자신도 한 예가 아닌가? 주문을 읊지 않은 경우, 마법이 복종도 하고 불복하는 때도 종종 있지 않은가.

타라의 머릿속에서 드래곤들에 대해 느끼는 본능적인 불신이 고개를 들었다. 드래곤들이 뭔가를 속이고 있다면? 드래곤들의 마법 교육이 혹시 마법사들의 능력을 무력화하여 지배하려는 속셈이라면?

"음, 이상한 냄새가 난단 말야······." 파프니르가 불쑥 말했다.

"난 아냐. 룬 문자를 깨끗이 지우고 샤워까지 했다, 뭐!" 도둑이 제 발 저리는 격으로 당황한 파브리스는 코를 쿵쿵거렸다.

"뭐? 아니, 너를 두고 한 말이 아냐! 돌아가는 상황이 너무 이상해." 뜬금없이 룬 문자는 또 무슨 소리냐는 얼굴로 파프니르가 말했다. "갑자기 우리가 행성으로 돌아갈 수 없다는 것이 이해가 안 돼. 하르퓌아들이 자기들의 임무는 우리를 스톤헨지로 끌어들이는 것이라고 하지 않았어? 그런데 왜 그것들이 하나같이 지령이 적힌 쪽지를 목에 매달고 있었을까?"

"멍청하기 때문이겠지?"

"아냐, 하르퓌아들이 말을 상스럽게 하고 공격적이긴 해도 멍청하지는 않아."

"속임수라면 좀 더 복잡해야 되는 것 아닌가?" 무아노가 반박했다.

"하지만 우리를 이곳으로 유인하기 위해서 이보다 좋은 방법이 있을까? 위험에 처한 정체불명의 소년, 지구를 휘젓고 돌아다니는 하르퓌아들. 어쩐지 잘 쓰인 시나리오라는 생각 안 들어?"

"네 생각에는 함정이란 말이지?"

"음음음음!" 타라가 전적으로 동의한다는 뜻으로 고개를 끄덕였다.

"그치? 누가 쪽지를 매달았을까? 이유는 또 뭘까?" 난쟁이는 계속 의문을 던졌다.

갑자기 파프니르가 말을 중단하더니 허탈한 웃음을 터뜨렸다.

"지금 내가 무슨 말을 하고 있는 거야! 신나게 싸움만 하면 그만이지! 함정이면 어때, 그럼 스릴이 넘쳐서 더 좋은데. 타라를 죽이려고 하는 정체불명의 X를 잡아서 아더월드에서 멋진 파티를 열면 그만이야!"

파브리스는 웃음을 터뜨렸다.

"파프니르, 네 말을 듣고 있으면 가끔 『아스테릭스』(르네 고시니의 『아스테릭스』 시리즈는 프랑스를 대표하는 만화로 전 세계 42개국에서 번역 출간되었고, 영화로도 소개되었다 — 옮긴이)의 주인공, 낙천적 성격의 오벨릭스가 생각나. 그런데 말야, 모든 일이 그렇게 간단하면 얼마나 좋겠냐! 하지만 이번 일은 아주 위험해! 우리는 이미 졌단 말야, 로빈이 당했잖아!"

"그래도 놈들에게 없는 것이 타라에게는 있잖아!"

"그게 뭔데?"

"행운…… 그리고 우리!"

난쟁이의 확신에 찬 말에 파브리스는 손을 들 수밖에 없었다.

로빈은 뚫어져라 타라를 쳐다보고 있었다. 사랑을 고백했다가 매정한 거절 때문에 깊은 상처를 받은 로빈은 이제 타라의 마음을 알 수 없었다. 시선을 피하는 타라를 관찰하면서 로빈은 가슴이

미어졌다. 나오울디아르 때문에 타라의 생각을 읽을 수 있어야 하는데 어찌 된 영문인지 아무런 효과가 없었다. 바보같이 하필이면 어제 후계자에게 반해 가지고! 로빈은 창 밖으로 펼쳐지는 방목장을 향해 시선을 돌렸지만 아무것도 눈에 들어오지 않았다.

타라는 그 틈에 로빈을 쳐다봤다. 하프엘프의 심정을 짐작하지만 어떻게도 할 수가 없었다. 마음은 있어도 알 수 없는 무엇인가가 못하게 막고 있어서 얼마나 괴로울지 알지만 로빈의 아픈 마음을 달래줄 수가 없었다.

여행은 순조로웠다. 검표원 때문에 모습을 바꾼 것만 제외하고. 코가 막혀서 냄새를 못 맡는지 검표원이 불쑥 들어와서 경쾌하게 외쳤다.

"신사숙녀 여러분, 기차표를 보여주십시오!"

지구에서는 마법이 약해진다는 걸 알지만 스톤헨지 지역은 유독 이상할 정도로 마법의 변덕이 심했다. 기차표와 마법의 척력 작용도 그 영향을 받았다. 검표원이 기차표를 확인하는 순간 원래의 백지로 변하고 말았으니.

"이건 기차표가 아니라 백지입니다, 부인." 검표원이 혀를 굴리면서 이사벨라에게 말했다. "벌금을 내십시오!"

이사벨라는 눈살을 찌푸리면서 거만하게 답변했다.

"이런, 내가 표를 분실한 모양이군요. 잠깐 기다리세요."

이사벨라는 대비하고 있었는지 핸드백을 들여다보는 체하면서 주문을 읊고 또 하나의 표를 꺼냈다.

검표원은 모자를 머리 위로 젖히면서 가짜 표를 꼼꼼하게 살폈다. 마법이 변덕을 부리는 바람에 검표원이 손에 들고 있는 표가 또다시 백지로 변했다.

"이게 뭐야!" 검표원은 깜짝 놀랐다. "아니, 이게 무슨 귀신이 곡할 노릇이지?"

할머니를 유심히 관찰하던 타라는 이상한 조짐을 느꼈다. 할머니가 뭐라고 중얼거렸고, 갑자기 불쌍한 검표원의 몸이 점점 불어나더니 이마에 뿔이 난 털북숭이가 되었다. 맙소사, 할머니가 유니콘으로 둔갑시킨 것이었다! 마법사들은 눈이 휘둥그레졌다. 마니투는 곯아떨어져 있었다.

"이사벨라, 귀찮게 하는 사람이라고 무작정 마법을 쓰면 뒷감당을 어떻게 하려고 이럽니까? 5분마다 계속 동물로 둔갑시킬 생각이오?" 셈 선생님이 한마디했다.

"쯧쯧!" 이사벨라는 들은 척도 않고 중얼거렸다. "칠면조로 둔갑시키려고 했는데 이놈의 행성에서는 마법이 제멋대로라니까!"

유니콘은 성질이 포악했다. 성난 낯짝으로 돌변해서 이사벨라를 향해 머리를 들이대는 것을 보면 검표원-유니콘의 경우도 예외는 아니었다. 이사벨라는 아슬아슬하게 피했지만 유니콘의 뿔이 좌석 등받이를 꿰뚫는 바람에 바로 뒤에서 자던 마니투의 옆구리를 찔렀으니!

아닌 밤중에 홍두깨를 만난 격으로 쿨쿨 자다 봉변을 당한 사냥개는 꺅! 하는 비명을 지르면서 펄쩍 뛰어올랐다. 좌석에 처박힌 유니콘은 몸을 마구 흔들어댔다.

"오, 조상들이시여!" 얼른 옆구리를 살펴보고 무사한 것에 안심한 마니투가 고함쳤다. "또 무슨 일이야!"

"하도 멍청한 인간이라 칠면조로 둔갑시키려고 했는데 실패했어요." 이사벨라가 구시렁거렸다. "뾰족한 수가 없다면 그냥 저렇게 둬야겠어요."

"이사벨라," 마니투가 다가오면서 나무랐다. "네가 어렸을 때 고약하게 굴 때도 볼기를 때린 적이 없었다만 오늘은 도저히 못 참겠구나. 유니콘이 우리를 꼬치구이로 만들기 전에 원래대로 돌려놓겠니, 아니면 나한테 물어뜯기겠니? 선택을 해!"

"에이, 왜 이러세요? 못하실 거면서." 이사벨라는 농담으로 받아들였다.

"하나 못하나 볼래?" 마니투는 삐죽삐죽한 개 이빨을 드러내면서 응수했다. "내가 작정을 했을 때는 어떻게 되는지 똑똑히 보거라!"

"진정하세요. 제가 처리할게요!" 보다 못한 로빈이 얼른 나섰다. "먼저 좌석에 박힌 뿔부터 뽑아야겠어요."

로빈은 조심스럽게 뿔을 뽑았다. 아더월드의 모든 궁전에서 유니콘은 뿔을 뽑아야 어디든 들어갈 수 있었다. 잠시 후 로빈이 유니콘을 좌석에서 구해주자 무아노는 레두스 주문으로 마비시켰다. 이사벨라는 검표원을 원래의 모습으로 돌려놓은 뒤에 조심스럽게 비켜섰다.

"……!" 검표원은 입만 달싹거릴 뿐 아무 말도 하지 않았다.

"어디 아프세요?" 파브리스는 시치미를 뚝 떼고 공손하게 물었다. "괜찮으세요?"

그는 어리벙벙한 얼굴로 눈알만 데굴데굴 굴렸다.

"이상하네." 그가 마침내 대답했다. "내가 왜 건초 생각이 간절하지?"

모두 못 들은 척 입을 꾹 다물었다. 검표원이 비칠거렸다.

로빈은 재빠르게 뿔을 감췄다. 이상하게도 뿔은 변하지 않았던 것이다.

"내 모자 본 사람 없습니까?" 검표원이 물었다.

모두 고개를 내젓자, 검표원은 멍한 얼굴로 나갔다.

"내가 갖고 있어." 로빈이 말했다. "뿔이 모자로 바뀌지 않았거든. 이 상태로 오래가지는 않겠지만."

"보여다오." 이사벨라가 명했다.

로빈이 뿔을 내밀었다.

"언제든 원래의 상태로 돌아올 거다. 하지만 혹시 모르니까 잘 간직하고 있어."

"으으음음?" 타라가 물었다.

타라의 의문을 이해한 무아노가 설명했다.

"유니콘이 살아 있는 한 뿔에는 아주 강력한 마법이 있어. 유니콘이 죽으면 아무 짝에도 소용없는 것이 되지만. 그러나 사용해 보기 전에는 어디에 써먹을지 알 수가 없어. 위기의 순간이나 위급하게 필요한 경우에만 사용하니까."

타라는 미소를 지어 보였다. 그럼 지금 같은 경우에 꼭 필요한 것이 아닌가!

도착한 지 1시간 10분 후, 그들은 정체불명의 마법사가 있는 곳에서 아주 가까운 솔즈베리에 도착했다.

비마들의 성
프랑켄슈타인의 신화를 재현할 수 있을까

*

택시 세 대가 기다리고 있었다. 그들을 대하는 운전기사들의 태도를 보면 대사관의 드래곤이 이사벨라를 특히 조심하라는 주의를 준 것이 틀림없었다. "조심해! 언제 폭발할지 모를 괴팍한 부자 관광객이니까!" 숙소가 예약되어 있는 에임스버리까지 15분밖에 걸리지 않았다. 가는 동안 내내 그들은 정신을 집중해서 하르퀴아들의 낌새가 있는지 살폈지만 털끝도 보이지 않았다. 도로를 어기적거리고 다니는 개구리들을 피하기 위해 택시가 지그재그로 운전하는 것을 제외하고는 별탈이 없었다.

과학기술도, 자동차도 좋아하지 않는 파프니르는 택시가 세 번째 커브를 돌았을 때 얼굴빛이 푸르뎅뎅했다. 파브리스는 재빨리 택시 창문을 열고 난쟁이의 머리를 밖으로 떠밀었다. 평소 같으면 파브리스의 거친 행동에 화를 냈겠지만 멀미가 너무 심한 난쟁이는 가만히 얼굴을 내밀고 있었다. 날씨는 덥지 않았고, 신선한 바람을 쐰 덕분에 금세 생기를 되찾은 난쟁이는 머리카락을 바람에 휘날리면서 그냥 그렇게 있기로 했다. 난쟁이의 품위가 있지, 토한다는 것은 말도 안 돼!

셈 선생님은 군침이 돌아서 미치겠다는 눈길로 들판의 암소들을 바라보고 있었다. 당장 날아가서 잡아먹지 않으려고 용의 욕구를 참고 또 참는 것이 느껴졌다. 식탐을 누르는 용의 노력이 너무나 눈에 뻔히 보여서 타라는 웃음이 터져나오려고 했지만 택시 지붕을 날려버리는 멍청한 짓을 저지를까 봐 간신히 꾹꾹 눌렀다.

숙소로 예약된 모텔은 마을에서 떨어져 있었다. 택시가 돌담으로 둘러싸인 마당으로 들어섰을 때 타라는 갑자기 거북한 느낌이 들면서 소름이 돋았다. 구름이 낮게 깔린 하늘 아래 을씨년스러운 시커먼 건물이 또렷이 드러나 보였다.

"랜스드라이 저택에 예약했으면 좋았을 텐데요." 택시 운전기사가 사투리가 심한 억양으로 말했다. "여기보다는 거기가 등급이 높아서 투숙객이 많지요."

"여기 주인을 아세요?" 호기심이 많은 무아노가 물었다.

"좀 이상한 사람들이지요." 운전기사가 대답했다. "무슨 일인가 하고 있다는데 말이 없는 사람들이라 뭘 하는지는 몰라요. 손님을 받는 것은 집을 비워둘 수 없기 때문이죠. 예전에는 성이었는데 유지비 때문에 숙박업을 하고 있는 겁니다."

운전기사는 모텔 주인을 좋게 여기지 않는 것 같았다. 이사벨라는 마음에 안 들면 더 고급 호텔을 골라주겠다는 제안을 들은 척도 않고 택시요금을 지불했다. 이사벨라는 호텔-대사관의 드래곤을 믿고 있었다. 그들에게는 투숙객이 적은 것이 여러모로 안전하기 때문이었다.

그들은 B급 공포영화에서나 볼 법한 삐걱거리는 문을 열고 들어갔다. 삐거덕삐거덕, 음향효과를 극대화하기 위해 일부러 만들어놓은 것 같은 느낌이 들었다.

안으로 들어가니 사람들이 멍한 눈길로 쳐다봤다. 동물 죽이는 것이 취미인 사람이 사는지 꽤 많은 박제 동물이 성을 장식하고 있었다. 볼품없는 묵직한 가구들은 중세풍이었고, 햇빛을 가리는 초록색 벨벳 커튼 때문에 홀의 분위기는 무겁게 가라앉아 있었다. 또다시 삐걱거리는 소리가 나서 그들은 섬뜩했다. 갑자기 옆문이 열리더니 기형으로 혹이 달린 곱사등이가 나타나서 파프니르는 탄성을 지르고 말았다.

"어머나! 지구에는 미니 트롤이 사나 보지?"

무아노는 팔꿈치로 파프니르의 옆구리를 툭 쳤다가 난쟁이의 단단한 근육에 부딪친 팔꿈치가 찌릿, 전기가 오는 듯 아파서 오만상을 찌푸리면서 속삭였다.

"쉿! 초록색이 아니잖아. 트롤이 아니라 인간이야."

천만다행으로 그 사람은 듣지 못한 것 같았다. 그는 작은 문으로 들어가서 접수계 앞의 의자에 기어올랐다.

"어서 오십쇼, 내 이름은 이고르입니다. 유령의 성에 오신 걸 환영합니다요!"

눈이 동그래진 타라는 얼른 한 손을 입에 대면서 나오겠다고 아우성치는 웃음을 틀어막았다. 와, 흉내를 내는 건 좋은데 너무 심하다! 으스스한 성에다 곱사등이 이고르까지, 프랑켄슈타인 복사판이잖아!

파브리스가 먼저 너스레를 떨었다.

"정말 이름이 이고르예요?"

이고르의 눈빛을 보니 유머라고는 눈곱만큼도 없었다.

"그래, 내 이름 맞아. 애약(예약)했니?"

"네, 뭐라고요?"

"방을 애약했냐고?" 이고르는 사람들이 '사투리 억양'이 심한 자신의 말을 알아듣지 못하는 것에 이골이 났는지 태연하게 반복했다.

"이 모텔을 통째로 예약했소이다." 이사벨라는 퉁명스럽게 대답했다. "다른 손님을 받지는 않았겠지요?"

"네. 이방인은 별로 오지 않습니다요. 여기는 당골(단골)손님들이 찾아오시는 곳이라서. 분위기가 쫌 으스스해서…… 이해하시겠습니까요?『프랑켄슈타인』의 저자 메리 셸리에게 경의를 표하는 뜻에서 비스무리하게 꾸몄습죠. 하지만 안심합쇼, 죽은 사람이 돌아다니지는 않으니깝쇼!"

파브리스는 만족한 미소를 지었다. 그러면 그렇지, 내가 제대로 본 거잖아!

이사벨라는 한 발 두 발 물러섰다. 이고르가 침을 팍팍 튀기며 말하는 통에 마주하려면 우산이 필요할 지경이었다.

"뭐 별로 놀라운 일은 아니군!" 개의 몸이라서 말하면 안 된다는 것을 깜빡 잊은 마니투가 중얼거렸다.

그 순간 바로 개에게 눈길이 꽂힌 이고르가 침을 꼴깍 삼켰다.

"월! 월!" 마니투는 꼬리를 흔들면서 짖어대는 것으로 당혹스런 순간을 넘겼다.

이고르는 꾀죄죄한 손가락을 귓구멍에 쑤셔넣고 귀를 털면서 말했다.

"음매, 이상한 거. 분명히 들었……."

"좀 피곤하니까 어서 방으로 안내해주시오." 이사벨라는 얼른 말을 자르고 나서 마니투에게 따가운 눈총을 보냈다.

"직원을 불러서 짐을 옮겨드리겠습니다요. 여러분은 셋, 넷, 다섯, 여섯, 일곱, 여덟, 아홉, 열, 열하나, 아! 모두 열한 개의 방이 필요하군요. 오실 손님이 계시면 말씀합쇼. 방은 또 있습니다요."

그는 객실 열쇠들을 건네준 다음 초인종을 눌렀다. 딩동, 딩동!

"지금 가요, 이고르!" 경쾌한 목소리가 들렸다. "손님이 오셨나요? 택시가 나가는 걸 봤어요. 아, 안녕하세요? 유령의 성에 오신 걸 환영합니다!"

목소리의 주인공이 마법사들을 향해 뛰어왔다. 이고르가 잘못 구운 이무기 돌을 닮았다면 청년은 미켈란젤로의 그림 속 모델 같았다. 잘생긴 금발 청년의 등장으로 음침한 분위기의 홀이 밝아졌다. 무아노와 타라가 턱이 빠져라 입을 벌리고 있자, 파브리스와 로빈이 눈살을 찌푸렸다. 그러나 미남청년은 여자들이 얼이 빠져서 쳐다보는 것을 전혀 알아채지 못하는 것 같았다. 청년이 가까이 있는 가방을 가볍게 들어서 강력한 근육질의 팔로 굴리는 모습을 보면서 웬만한 힘에는 눈도 깜짝하지 않는 파프니르까지 탄성을 내지를 정도였다. 청년이 따라오라는 손짓을 하자 그들은 백조를 따라다니는 새끼오리들처럼 줄지어 졸졸 따라갔다.

"와, 어쩌면 저렇게 잘생겼을까!" 무아노가 속삭였다.

파브리스의 눈초리를 보고 무아노가 얼른 말했다.

"물론 너보다는 못생겼지, 파브리스."

파브리스는 미소를 지었다.

휴, 애인이 있다는 것이 이럴 땐 정말 신경 쓰이네! 무아노는 남자친구를 안심시킨 뒤에 다시 물었다.

"넌 어때?"

"음으으으음, 음으으으으음!" 타라는 자신의 마법을 원망하면서 고개를 힘차게 끄덕였다.

"어머, 미안해. 말을 못한다는 걸 깜빡 잊었어! 저기요, 뭐라고 불러야 할지……."

"조던이라고 불러요, 어린 아가씨." 청년이 활짝 웃는 얼굴로 말했다.

"아, 네, 고마워요!" 무아노는 얼굴이 빨개져서 말했다. "어머머, 저것 좀 봐! 진짜 아름답다!"

복도 끝에 놓인 장식대 위에서 희한하게 생긴 것이 번쩍거리고 있었다.

조던은 날카로운 눈초리로 무아노를 쳐다봤다.

"저게 보여요?" 조던이 목구멍에 뭔가가 걸린 것 같은 소리로 물었다.

마법사들이 동시에 고개를 끄덕였다.

"꼭 커다란 다이아몬드가 번쩍거리는 것 같네." 파브리스가 말했다. "저게 뭐 하는 물건이에요? 속에 전구가 들어 있나요?"

파브리스의 시시한 지적 때문에 감탄해서 바라보던 마법사들은 김이 샜다.

"아니요." 조던이 굳은 얼굴로 말을 돌렸다. "여깁니다. 내려가서 다른 가방을 가져오겠습니다."

그들에게 대답할 겨를도 주지 않고 그는 바람같이 사라졌다.

"이상해." 로빈이 말했다. "생글생글 웃던 사람이 갑자기 얼굴이 굳어져서 도망치듯 가버렸어."

"맞아," 파브리스는 한술 더 떴다. "우리가 반짝거리는 돌을 알아본 순간부터야."

"하여튼 비마들은 모든 면에서 이상하다니까." 파프니르는 기지개를 켜면서 미소를 지었다. "이제 뭐 해요?"

이사벨라는 한숨을 내쉬었다.

"하르퀴아들이 제레미라는 마법사를 공격하지 못하게 막아야지. 20분 후에 내 방으로 집합!"

"으으으음음음." 타라가 자신의 입을 가리키면서 끙끙거렸다.

"아, 네 문제를 잊고 있었구나, 타라. 셈, 타라가 정상적으로 말할 수 있게 회복 속도를 앞당길 수 있겠죠?"

셈 선생님이 고개를 설레설레 저었다.

"지금으로서는 나도 더 이상 해줄 것이 없소. 내가 이미 말했던 대로 시간이 문제요. 그 사이에 하르퀴아 문제부터 해결합시다.

여자-새들보다 먼저 그 마법사를 찾아야 해요. 그 마법사의 성(姓)을 알고 있으니까……."

"렝비레는 아더월드의 이름인데 지구에서도 그 이름을 쓰고 있다는 게 놀라워요!"

파브리스가 한마디했다.

파브리스의 지적에 드래곤이 눈살을 찌푸렸다.

"아! 그걸 생각 못했군……. 이름이 제레미였지? 지구에서는 흔한 이름이니?"

"네." 파브리스가 대답했다.

"모텔 주인, 아니 조던에게 물어볼게요. 아유, 입을 열 때마다 튀는 침을 뒤집어쓰고 싶지는 않으니까요. 조던이 제레미를 안다면 그가 사는 집도 찾을 수 있을 거예요."

조던이 다시 올라오자마자 그들은 가방을 들고 방에 들어갔는데 어둡고, 무겁게 가라앉은 홀의 분위기와 다를 바가 없었다. 벽에는 습기가 차 있질 않나 들보에 떡 하니 집까지 짓고 있는 거미들을 보면서 무아노는 속이 뒤집어졌다. 무아노가 방을 말리는 세슈스 주문에 이어 거미들을 향해 레풀수스 주문을 읊자, 거미들이 방금 열어놓은 창문으로 줄행랑쳤다. 무아노는 진저리를 치면서 창문을 닫았다. 살만 투실투실 찐 것들, 아이, 징그러워! 이제 쇼푸스 주문으로 방의 온도만 높이면 돼!

무아노는 타라의 방으로 가면서 스웨터를 하나 더 껴입었다. 지금이 여름 맞아? 지구는 왜 이렇게 추운 거야!

로빈의 섬세한 배려 덕분에 타라의 방은 따뜻했다. 파브리스와 마니투, 파프니르는 잠시 후 들어왔다.

"조던에게 그 마법사에 대해 물어봤는데 이 동네에 제레미라는 사람은 없다면서 휙 가버렸어." 파브리스는 고개를 갸웃하면서 말했다. "조던…… 정말 이상한 사람이야! 그러니까 다른 방법으로 찾아야겠어."

"타라는 방에 있는 게 좋겠어. 어차피 마법을 쓰면 큰일 나니까." 무아노가 말했다.

"으으으으음음음!" 타라는 분노의 눈빛을 이글거리면서 싫다는 뜻의 몸부림을 쳤다.

"이성적으로 생각해, 타라." 로빈이 무아노의 말에 찬성했다. "너는 지금 싸울 수 있는 상태가 아니라서 우리가 너를 지켜야 하는데 그러면 너나 우리나 다 위험해져."

분노를 폭발할 것이라고 예상했던 로빈은 타라가 보내는 그야말로 은밀하다고 말할 수 있는 미소에 깜짝 놀랐다. 타라에게 매몰차게 거절당한 뒤인데도 로빈은 평소와 마찬가지로 무릎에 힘이 빠지고 가슴이 두근거렸다. 잠시 후, 솀 선생님이 타라를 성에 두고 가는 것은 말도 안 된다면서 하르퀴아들이 지령을 받은 스톤헨지 유적부터 수색해야 하니까 무슨 일이 있어도 타라를 데려가야 한다고 단언했다. 로빈은 비로소 그 미소의 이유를 깨달았다. 타라가 보내는 승리의 눈빛을 뭐라고 표현해야 할까, 순진하다고 해야 할까? 영특하다고 해야 할까?

그들은 을씨년스런 성을 나와 스톤헨지로 향했다.

"방심하지 말고 주위를 잘 살피거라." 드래곤이 말했다. "하르퀴아들은 만만한 것들이 아냐. 불시에 공격받아서 상처를 입으면 절대 안 돼!"

걸어서 15분이면 거석 건조물로 이르는 언덕을 넘을 수 있었다.

그 유적에서 받은 첫 인상은 장관이었다. 구름을 뚫고 햇살을 뿌리던 해가 뉘엿뉘엿 지고 있었고, 거석 건조물이 환상적인 광채를 발하면서 솔즈베리 평야를 굽어보고 있었다. 타라는 거석의 수를 세었다. 서른 개. 대부분 평평한 돌을 얹은 3석탑 형상을 하고 있었다. 높이가 4미터에서 7미터에 이르는 거대한 돌이 이중의 동심원을 이루고 있었다.

거석 건조물을 바라보던 파프니르가 툭 내뱉었다.

"비마들은 저걸 뭐 하려고 세워놓았지?"

"정확한 것은 아무도 모른다. 태양력으로 사용했을지도 모르지." 셈 선생님이 대답했다.

"그렇다면 이상하네요." 무아노가 지적했다. "아더월드인이 쓴 책을 읽었는데 저걸 세운 것은 드래곤들이라고 쓰여 있었어요. 유적을 건조한 것으로 추정되는 5000년 전에 도르래는 존재하지 않았어요. 그런데 저 거석들의 무게를 합하면 무려 20만 톤이에요. 그중 '블루 스톤'은 무게가 50톤이 넘는 것들이에요. 게다가 채석장에서 380킬로미터나 떨어져 있어요. 마법을 사용하지 않고서는 당시 원주민들이 거석 건조물을 세운다는 것은 절대 불가능해요."

셈 선생님은 당혹스러운 미소를 지었다.

"그 시기에 우리는 악마와 싸우고 있었다. 한창 전쟁 중이었어. 내 동족들이 뭘 했는지 몰라. 스톤헨지가 드래곤의 건축물일 수도 있겠지. 하지만 맹세코 나는 아니야. 돌덩어리들을 세워서 뭐에 쓰겠니?"

무아노는 드래곤에게 미심쩍은 눈길을 보냈다.

그때 갑자기 파프니르가 내지르는 소리에 그들은 깜짝 놀랐다.

"맙소사, 저기 하르퀴아들이 나타났다!"

환상열석(거대한 선돌이 둥글게 줄지어 놓인 거석 기념물—옮긴이)이 가까워질수록 점점 더 불안해하던 이사벨라가 멈춰 섰다.

"어디?"

"저쪽이요! 저기 마을 상공이요!"

난쟁이의 예리한 눈은 정확했다.

"릴란드릴의 혼령들이여!" 로빈이 크리스털 눈을 찡그리면서 외쳤다. "저기 있다!"

주문이 필요 없는 드래곤만 빼놓고 그들은 이미지를 확대하는 주문을 읊어야 했다. 이윽고 저 멀리 몇 킬로미터 떨어진 지점에서 맴도는 실루엣을 알아볼 수 있었다.

"달리 방법이 없다." 이사벨라가 선언했다. "모두 보이지? 트란스미투스를 작동해야겠다!"

"그럼 타라는?"

"음음음음!" 타라가 자기는 신경 쓰지 말고 빨리 공격하라는 표시를 했다.

"나는 특수한 힘의 장막으로 타라를 에워싸겠다." 드래곤이 말했다. "이사벨라, 어서 작동하시오!"

위기 상황이라는 것을 알고 있기 때문에 마니투와 패밀리어들까지 모두 복종했다. 지구에서는 마법이 약하고 변덕스럽기 때문에 트란스미투스를 한꺼번에 작동하지 않고 몇 명씩 무리를 지어서 따로 이동했다.

"내 마법을 너의 마법에 합치겠다." 셈 선생님이 힘의 장막으로 타라를 보호한 뒤에 말했다. "자, 간다!"

"트란스미투스의 이름으로 우리를 당장 하르퀴아들이 있는 곳으로 이동시킬지어다!"

그들은 아담한 농가 앞에서 유형화될까 걱정할 겨를이 없었다. 이미 농가의 일부가 불타고 있었다. 농가 상공에서 하르퓌아 열 마리가 약간 떨어져 있는 실루엣을 향해 돌진하고 있었고, 실루엣은 가공할 마법 광선으로 맞서고 있었다.

마법사들이 합세하여 발사한 광선에 맞아 새까맣게 탄 하르퓌아 네 마리가 픽, 픽, 픽, 픽 떨어졌다. 다섯 번째 놈은 날아오는 도끼에 놀랄 사이도 없이 가슴을 정통으로 맞았다.

하르퓌아들은 타라를 경계하지 않고 있었다. 그건 실수였다. 소녀는 미소를 지었다. 그러고는 입을 열었다.

하늘 높이 있어서 안전하다고 믿던 하르퓌아들은 단번에 깃털이 홀랑 빠져서 땅바닥에 으스러졌다.

뜻밖의 도움 때문에 한순간 당황한 탓일까, 맹렬하게 싸우던 실루엣이 놀라운 것을 보여주었다. 그가 발사한 마법 광선은 직선으로 날아가는 것이 아니라 정말 특이하게도 원을 이루며 퍼져 나갔으니! 듣도 보도 못한 강력한 공격력 앞에서 하르퓌아들은 속수무책이었다. 하늘에 남아 있던 하르퓌아들은 지우개로 지운 듯 흔적도 없이 사라졌다.

실루엣이 땅바닥에 쓰러져 있는 형체들 옆에 주저앉아서 흐느꼈다. 가까이 다가서던 그들은 마법사가 타라와 거의 같은 또래의 소년이라는 것을 알았다. 소년은 두 어른을 끌어안고 오열하고 있었다.

타라는 너무 딱해서 가슴이 조이는 듯 아팠다.

그들이 너무 늦게 도착한 것이다.

하권에서 계속……

아더월드의 용어 해설

아더월드_ 아더월드는 지구 표면적의 1.5배에 이르는 마법 행성으로 태양 주위를 자전하며, 하루 26시간, 1년 454일, 14개월, 7계절(카일로스, 보탄트, 트레보, 파이초, 플루초, 모인초, 살탄)로 이루어져 있다. 위성으로는 두 개의 달 마딕스와 타딕스가 아더월드의 주위를 돌고 있으며, 춘·추분에 조수간만의 차가 몹시 크다.

아더월드의 산들은 지구의 산보다 훨씬 더 높으며, 채굴되는 광물은 대체로 마법의 폭발성이 있어서 추출하는 것이 상당히 위험하다. 지구(육지 29%, 바다 71%)보다 바다가 차지하는 비율은 적으며(아더월드: 육지 45%, 바다 55%), 그중 두 개의 바다는 민물이다.

 아더월드를 지배하는 마법은 동물상과 식물상과 마찬가지로 기후에도 영향을 미친다. 그로 인해 계절은 예측하기가 아주 힘들다(아더월드에서는 한여름에도 폭설이 내려 1미터나 되는 눈에 덮일 수 있다!).

 아더월드에는 인간, 난쟁이, 거인, 트롤, 뱀파이어, 땅신령, 꼬마도깨비, 엘프, 유니콘, 키마이라, 타트리스, 드래곤 등 수많은 종족이 살고 있다.

그 밖의 다른 행성

드란보우글리스펜쉬르_ 드래곤들의 왕 샨도우바릴로우바쉬부가 통치하는 행성이다. 지능이 높은 거대한 파충류인 드래곤은 마법 능력을 타고나서 어떤 형상으로든 변신할 수 있으며, 대체로 인간으로 변신해 있다. 마법사들 편에 서서 림보의 악마들과 싸우고 있다. 세계의 영토를 점령하기 위해 악마들과 대립하면서 드래곤들은 지구의 마법사들과 충돌하는 순간까지는 알려져 있는 모든 세계를 정복했다. 끊임없이 악마들과 싸워야 하는 드래곤들은 지구인 마법사들과 전쟁을 벌인 뒤에 동맹을 맺는 것이 유리하다는 결론을 내렸다. 지구를 지배하겠다는 계획은 포기했지만, 마법사들이 지구를 지배하는 것도 인정할 수 없는 드래곤들은 지구의 마법사들에게 아더월드에서 더 많은 마법사들을 양성하고 훈련시키자고 제안했다. 수년 동안 드래곤들을 경계하면서 고심한 끝에 지구의 마법사들은 결국 그 제안을 받아들이고 아더월드에 정착하였다.

🦋 **림보_** 악마의 세계로 악마들의 영역. 림보는 서클이라고 불리는 여러 세계로 나뉘어 있으며, 서클에 따라 악마들의 능력과 학식이 차이 난다. 제1, 2, 3 서클의 악마들은 거칠고 아주 위험하다. 제4, 5, 6 서클의 악마들은 마법사들과 정해진 조건에서 서로 도움을 주고받는다(마법사는 필요한 것을 악마에게서 얻을 수 있으며 악마의 경우도 마찬가지다). 제7서클은 마왕이 군림하는 서클이다.

림보에 사는 악마들은 저주받은 태양이 제공하는 악마의 에너지를 먹고산다. 다른 세계로 가기 위해 림보를 나갈 경우엔 생명력이 강한 존재의 살과 정신을 먹어야 한다.

전 세계를 침략하던 중 갑자기 나타난 드래곤들과의 전쟁에서 패배한 뒤로 악마들은 림보에 갇히게 되었고, 마법사나 마법 능력이 있는 존재의 긴급 요청이 있어야만 다른 행성으로 갈 수 있게 됐다. 악마들은 이런 활동범위 제한을 견디기 힘들어서 끊임없이 해방될 방법을 모색하고 있다.

🌿 **산티보르_** 텔레파시 능력이 있는 식물성 존재 진실의 입들이 사는 얼음 행성.

🌿 **지구_** 인간과 비밀 임무를 맡은 마법사들이 살고 있다.

☀ 아더월드의 나라들과 종족

🌿 **간디스_** 거인들의 나라로 수도는 제오폴. 세력 있는 그로아르 가문이 통치하며 흑장미 섬과 황무지 늪이 있다. 나라의 문장은 '주문방지' 돌로 쌓은 벽에 아더월드의 태양이 올라앉은 형상이다.

🌿 **랑코비트_** 인간이 지배하는 가장 큰 왕국으로 수도는 트라비아. 왕국의 문장은 은빛 초승달 아래 금빛 뿔의 하얀 유니콘이다. 왕 베어와 왕비 티타니아가 통치하고 있으며, 타라와 어머니 셀레나의 조국이다.

🦄 **멘탈리르_** 보우 대륙 동쪽의 광활한 평원이며 유니콘들과 켄타우로스들의 나라. 유니콘은 생김새와 크기가 말과 같고, 이마에 나선형 뿔이 하나 있으며 발굽은 갈라져 있고 털은 흰빛이다. 지능이 떨어지는 유니콘도 간혹 있지만, 대부분은 영리하며 그 지능은 용들의 지능에 견줄 수 있다. 유니콘의 이 특성을 어떤 종족의 지능이나 동물의 지능으로 분류하기는 힘들다.

켄타우로스는 반은 남자나 여자의 형상, 반은 말의 형상을 하고 있는데 두 종류가 있다. 상반신은 인간, 하반신은 말의 형상을 한 켄타우로스와 상반신은 말, 하반신은 인간의 형상을 켄타우로스. 켄타우로스가 어떤 마법에 걸려 있는 것인지는 알 수 없으나 소금이나 향유 같은 생필품을 얻기 위해서가 아니면 다른 종족들과 섞이기를 싫어하는 까다로운 종족이다. 사납고 거칠어서 영역을 침범하는 이방인들을 발견하면 가차없이 화살을 쏘아댄다. 켄타우로스의 샤먼 부족은 평원에서 하얗고 파란 맹독성 개구리 플로프들을 잡아 그 등을 핥는 것으로 미래를 점친다고 전해진다. '찌르레기 대전'이 벌어지는 동안 켄타우로스들이 엘프들에게 몰살되었다는 것은 이 방법이 100퍼센트 믿을 만한 것은 아닌 듯하다.

🦄 **살테렌스_** 살테렌스들의 나라로 수도는 살라. 나라의 문장

은 파란색 투명한 소금을 물고 곧추서 있는 커다란 벌레. 왕은 없고 위대한 카샤라고 불리는 족장과 재상 일파봉이 통치하며 여러 부족으로 나뉘어 있다. 노예제도를 주장하는 종족으로 사자와 표범의 잡종인 두 발 동물이다. 침투할 수 없는 사막에서 숨어 지내다 마법의 소금광산을 약탈한다.

🦌 **셀렌다_** 엘프들의 나라로 수도는 세보른. 문장은 대각선으로 시위를 메긴 두 개의 활 위로 보이는 은빛 보름달.

엘프들은 마법사들과 마찬가지로 마법에 재능이 있다. 겉모습은 인간이며 뾰족한 귀와 고양이의 눈처럼 동공이 수직으로 움직이는 크리스털 눈, 은발이 특징이다. 아더월드의 숲과 평원에서 살며 가공할 만한 사냥꾼이다. 엘프들은 전투와 싸움, 상대를 유인하는 온갖 종류의 게임을 좋아하기 때문에 그들의 에너지를 적절히 이용하기 위해 경찰국이나 안기부에 고용된다. 하지만 엘프들이 옥수수나 마법의 귀리를 경작하기 시작하면 아더월드의 종족들은 불안해한다. 그건 엘프들이 전쟁을 시작할 거란 뜻이기 때문이다. 실제로 전시에는 사냥할 겨를이 없기 때문에 엘프들은 곡식을 재배하고 가축을 기르며, 일단 전쟁이 끝나면 예전의 생활로 돌아간다. 또 다른 특성으로 아이들이 걸어다닐 수 있을 때까지 수컷 엘프들은 배에 달린 육아낭 같은 작은 주머니에 아기를 넣고 다닌다. 여자 엘프는 남편을 다섯 명 이상은 가질 수 없다. 엘프는 거의 죽지 않기 때문에 아이들이 별로 없다. 하프엘프 로빈은 혼혈이라는 이유로 엘프들에게 따돌림을 받고 있다.

스몰컨트리_ 땅신령, 꼬마도깨비 파보, 요정, 고블린의 나라로 수도는 스몰빌. 문장은 원 안에 도안한 꽃, 새, 거미. 땅신령은 파란색, 꼬마도깨비는 초록색, 고블린은 회색, 요정은 여러 가지 색이다.

땅신령은 작달막하고 단단한 체구며 털은 오렌지색이다. 돌을 먹고살며, 난쟁이들과 마찬가지로 광부들이다. 그들의 털가죽은 고성능 가스 탐지기이다. 털이 곤두서면 별 탈이 없지만, 털이 내려앉는 순간부터 땅신령은 광산에 가스가 있다는 걸 알아채고 도망치기 때문이다. 또한 알 수 없는 이유로 인해 땅신령들만 '진실의 입'들과 교감할 수 있다.

스몰컨트리의 익살꾼인 꼬마도깨비 파보들은 키디코이라는 막대사탕을 만들어낸 이들이다. 착시 현상을 일으키거나 일시적으로 보이지 않게 할 수도 있으며 금을 좋아해 비밀주머니에 숨겨둔다. 그 주머니를 찾아낸 자는 두 가지 소원을 빌 수 있고, 귀한 금을 회수하려면 반드시 그 소원을 들어줘야 한다. 하지만 꼬마도깨비들은 반대로 해석하는 데 선수여서 예측불허의 결과가 나올 수 있으므로 소원을 비는 것에는 항상 위험이 따른다.

🐾 **오무아** 인간이 지배하는 가장 큰 제국으로 수도는 팅가푸르. 제국의 문장은 100개의 금빛 눈을 가진 주홍빛 공작이다. 타라의 고모인 여제 리스베스틸랑넴 탈 바르미 압 산타 압 마루와 삼촌인 황제 산도로 탈 바르미 압 마르치 압 브레비스가 통치하고 있다. 제국을 설립한 최고 마구스 데미데루스의 후손들이다.

🐾 **크라살비** 뱀파이어들의 나라로 수도는 우를라. 나라의 문장은 천문관측 위에 무한을 상징하는 누운 8자와 별이 올라앉은 형상이다.

뱀파이어는 총명하고, 인내심이 많으며 학식이 깊다. 수명이 아주 길고, 수학과 천문학에 몰두하며, 대부분의 시간을 명상하는 데 보내면서 삶의 의미를 추구한다.

아더월드의 뱀파이어는 동물의 피를 먹고살기 때문에 가축을 키운다. 브르르르아아아, 모오오오우우우, 지구에서 수입한 말, 염소, 양 등. 하지만 몇몇 피는 금지되어 있다. 유니콘이나 인간의 피를 먹으면 미치게 되며, 수명이 절반으로 줄기 때문이다. 반면에 뱀파이어에게 물리면 독이 퍼지게 되며, 뱀파이어에게 물린 인간은 그들의 노예가 된다. 게다가 독성 피가 전이되면 뱀파이어가 되는데 이 경우의 뱀파이어는 파괴적이고 악독하기 때문에, 저주에 희생된 뱀파이어는 동족은 물론 아더월드의 모든 종족에게 쫓겨다닌다.

크랑카르_ 트롤들의 나라로 수도는 크리아. 나라의 문장은 나무꼭대기에 몽둥이가 걸려 있는 형상이다. 트롤은 거대한 몸집에 납작한 이빨이 있는 초록빛 털북숭이로 채식주의지만, 고기를 흡수할 경우 식인귀가 될 수 있다. 먹고살기 위해 나무를 마구 죽이며(이것이 엘프들의 울화를 치밀게 한다), 쉽게 자제력을 잃어버리는 성향이 있어서 한 번 성질이 나면 닥치는 대로 짓뭉개버리기 때문에 평판이 나쁘다.

타트란_ 타트리스, 카흠보움, 타츠보움의 나라로 수도는 시티빌. 문장은 양피지 위에 놓인 직각자, 컴퍼스, 크리스털 볼.

 타트리스는 머리가 둘인 특성을 가지고 있다. 관리 능력이 뛰어난 데다 신체적 특성 덕분에 행정관이나 정부 고위층에서 일하고 있다. 타트리스들은 오로지 일을 중요하게 여기면서 헛된 꿈을 꾸지 않는 현실주의자들이다. 타트리스들은 꼬마도깨비 파보들이 즐겨 놀리는 대상 중 하나며, 이 장난꾸러기들은 유머가 결핍된 종족이라는 소리를 듣지 않기 위해 수세기 동안 끈질기게 타트리스 종족을 웃기려고 애쓰고 있다. 게다가 파보들은 웃기는 데 성공한 자들 중에서 1등에게는 상까지 수여하고 있다.

카흠보움은 빨간 눈과 촉수들이 있는 노란색 덩어리 모습을 하고 있으며 주로 도서관 사서로 일한다. 타츠보움은 촉수로 놀라운 멜로디를 연주하는 음악가들이다.

히믈리아 난쟁이들의 나라로 수도는 미나트. 대장장이 씨족이 통치하고 있다. 나라의 문장은 광산 지하의 전쟁용 모루와 쇠망치.

키와 몸통 폭의 길이가 똑같은 단단한 체구가 난쟁이들의 신체적 특징이다. 아더월드의 광부, 대장장이로 활동하고 있으며, 뛰어난 금속 가공업자, 보석 세공인도 거의 난쟁이들이다. 또한 성격이 몹시 까다로운 것으로 알려져 있으며, 마법을 싫어하며 아주 길고 복잡한 노래를 즐겨 부른다.

아더월드와 주변 행성의 동·식물상 및 속담

간다리 대황에 가까운 식물이며, 꿀처럼 단맛이 난다.

🐾 **갬볼_** 마법에 흔히 사용되는 파란 이빨의 설치류 동물. 그 살 가죽과 피에 마법이 침투하지 못할 정도로 땅을 깊이 파고 들어간다. 건조시키면 딱딱해졌다가 가루처럼 변하며, '갬볼 가루'는 마법을 실행하기 힘들게 만든다. 몇몇 마법사들은 갬볼 가루를 식용하는데 그것은 그 가루가 환각 증세를 일으키기 때문이다. 갬볼 가루 복용은 아더월드에서 엄격하게 금지되어 있으며 위반할 경우 엄중한 처벌을 받는다.

🐾 **글로우톤_** 털북숭이 동물. 길게 늘어나는 특성이 있어서 목을 조르는 밧줄로 사용한다.

🐾 **글루릅스_** 머리가 아주 갸름한 초록색과 갈색의 도마뱀으로 호수와 늪에서 서식한다. 식욕이 왕성하며, 물 속에서 숨을 쉬지 않고 몇 시간을 견딜 수 있어서 목을 축이러 오는 순진한 동물을 잡아먹는다. 물가의 은신처에 굴을 파놓고 살며, 호수 바닥의 구멍 속에 먹이를 숨겨놓는다.

🐾 **드래코-티라노사우루스_** 뱀과 공룡의 잡종. 드래곤의 사촌이지만 지능은 많이 떨어지며, 날개가 작아서 날지 못한다. 가공할 만한 포식동물로 움직이는 것뿐만 아니라 움직이지 않는 것조

차 닥치는 대로 잡아먹는다. 오무아 제국의 따뜻하고 습한 숲에서 살며, 이 지역은 관광 개발이 불가능하다.

🦌 **디스쿠타리움**_ 지구와 아더월드, 드란보우글리스펜쉬르, 악마들의 림보와 관련된 모든 책, 영화, 예술작품에 관한 정보를 조회할 수 있다. 디스쿠타리움에서 나오는 목소리는 어떤 질문에도 답변을 못하는 경우가 거의 없다.

🦌 **마누릴**_ 마누릴의 하얀 싹은 즙이 많아서 아더월드 사람들이 즐겨 음식에 곁들여 먹는다.

🦌 **모오오오우우우**_ 뿔은 없고 머리가 둘 달린 고라니. 머리 하나가 먹을 때 다른 하나는 포식동물들을 감시한다. 이동할 때는 게처럼 옆으로 걷는다.

🦌 **므르모움**_ 나무들이 숲 모양으로 거대한 군락을 이루고 있어서 따기가 아주 힘든 과일이다. 므르모움나무는 접근하는 것이 있으면 괴상한 소리를 내면서 땅 속으로 파고들기 때문에 붙여진 이름이다. 아더월드에서 산책을 하다 보면 므르모움나무 숲이 통째로 사라지고 벌판만 남는 아주 놀라운 광경을 목격할

수 있다.

🍃 **미암** 크기가 복숭아만한 빨간 체리.

🍃 **버디 드라이어** 바람의 원소를 이용한 무형물로 욕실에서 주로 사용한다.

🍃 **발분** 거대한 고래로 붉은색이며 지구의 고래보다 두 배로 크다. 발분은 잊지 못할 멜로디의 노래를 부르며, 젖이 아주 풍부하다. 발분의 젖으로 만든 버터와 크림은 영양가가 높은 인기 식품이어서 물에 사는 트리톤과 사이렌들과 육지에 사는 거주자들 사이에 무역 교류의 대상이 되고 있다. 노래를 아주 잘 부를 때 '발분처럼 노래부른다' 는 말로 칭찬한다.

🍃 **발로르키데** 꽃이 아주 화려한 기생식물. 이름은 개화하기 전의 노란빛과 초록빛의 봉오리에서 따온 것이다. 성장속도가 아주 빨라서 몇 계절 만에 나무 한 그루를 죽일 수 있으며, 뿌리로 이동해서 그 다음 나무를 공격한다. 그래서 아더월드의 나무들은 발로르키데들이 들러붙지 못하게 부식시키는 물질을 분비하는 것으로 생존경쟁을 벌이고 있다.

🐾 **베에에_** 아름다운 흰 털 양. 마법 행성의 변화무쌍한 계절에 대한 적응력이 뛰어나서 몇 시간 만에 털이 빠지거나 털을 자라게 할 수 있다. 그래서 털 깎는 시기에 사육자들이 그 특성을 이용해서 날씨가 갑자기 더워졌다고 하면 베에에들은 즉시 털을 홀랑 벗어버린다. 아더월드에서 '베에에처럼 순진하다'는 표현을 쓰는 것은 여기서 유래한다.

🐾 **벤드룩_** 림보의 여러 우상 중 하나인 벤드룩은 생김새가 어찌나 흉측한지 다른 우상들조차 그 끔찍한 모습에 두려움을 느낄 정도다. 벤드룩은 내장이 몸밖으로 나와 있어서 먹을 때 소화되는 과정을 구경할 수 있다.

🐾 **보벨_** 앵무새와 유사한 아더월드의 화려한 새.

🐾 **불사르딘_** 공격을 받으면 몸이 팽창하는 특성을 가진 일종의 정어리. 껍질은 칼이 들어가지 않을 정도로 아주 질기다. 그래서 아더월드에서 파괴되지 않는 것을 보면 '불사르딘 같다'고 말한다.

🐾 **브르르르아아아_** 거인들의 나라 간디스에서 생산하는 엄청

나게 큰 소. 털은 숱이 아주 많아서 거인들이 그 털가죽으로 옷을 지어 입는다. 몹시 공격적이어서 움직이는 것이 있으면 뭐든 덤벼든다. 제 그림자를 쫓다가 녹초가 된 브르르르아아아를 보게 되는 것은 그 때문이다. 흔히 고집불통인 사람을 '브르르르아아아 같다'고 표현한다.

🐾 **브르리르_** 흰빛과 금빛이 어우러진 고양이과 동물로 다리가 여섯 개. 특히 브르리르를 사랑하는 오무아 제국의 여제는 이 동물들이 궁전에 갇혀 있다는 생각을 하지 않도록 주문을 걸어놨다. 그래서 브르리르들에게는 가구와 침대의자가 나무와 편안한 바위로 보인다. 브르리르에게는 궁인들이 안 보이며, 궁인들이 쓰다듬어주면 바람에 털이 살랑살랑 흩날리는 것이라고 생각한다.

🐾 **브리양트_** 요정의 사촌으로 날개 달린 작은 인간의 모습을 하고 있다. 어둠 속에서 100와트 밝기의 빛을 발하며, 투명한 스탠드나 램프의 모습으로 아더월드의 모든 가정을 밝혀준다.

🐾 **브릴_** 브릴의 싹 요리는 아더월드에서 아주 인기가 높다. 브릴은 히믈리아에 있는 마법의 산골짜기에서 자라며 난쟁이들이 그 싹을 수확해서 아더월드의 상인들에게 비싼 값으로 판다. 게

다가 히믈리아에서는 브릴을 잡초로 여겨 먹지 않기 때문에 난쟁이들은 이 불로소득에 즐거운 비명을 지른다.

🎗️**블루릅스**_ 갈색 가죽배낭 같은 모습으로 흙 속에 숨어 있다가 접근하는 곤충을 잡아먹는 식물. 어린 블루릅스들이 흰개미처럼 어미 블루릅스에게 물과 먹이를 공급하며, 다 크면 둥지를 떠나 다른 데에 뿌리를 내리고 흙 속으로 파고 들어간다. 아더월드에서는 궁지에서 헤어날 기회가 전혀 없을 때를 가리켜 '블루릅스 둥지에서 헤맨다'고 표현한다.

🎗️**블를**_ 대부분 물 속에서 생활하다 번식기에 물 밖으로 나오는 날개 돋친 물고기. 색이 아름다워서 수영장 장식용으로 쓰인다.

🎗️**블리르**_ 금빛 자두. 지구의 자두와 아주 흡사하며 더 달콤하다.

🎗️**비마**_ 비마법사를 축약한 것으로 비마는 마법 능력이 없는 인간들을 가리킨다.

🎗️**비즈즈즈**_ 빨간색과 노란색의 커다란 벌. 지구의 벌들과는 달리 비즈즈즈는 독침이 없다. 독극물을 분비해서 잡아먹으려고

달려드는 포식동물을 독살하는 것이 비즈즈즈의 방어수단이다. 비즈즈즈들이 아더월드의 마법 꽃에서 생산하는 꿀은 그 어떤 꿀에도 비길 데 없는 맛이다. 아더월드에서는 '비즈즈즈 꿀처럼 달콤하다' 는 표현을 자주 사용한다.

🐾 **빠그락-땅콩_** 땅콩이 벌어질 때 나는 독특한 소리 때문에 붙여진 이름이다. 이 땅콩에서 짜내는 기름은 향이 좋아서 아더월드의 유명한 주방장이나 숙련된 가정주부들이 주로 애용한다.

🐾 **빨간 바나나_** 색깔을 제외하고는 지구의 바나나와 똑같다.

🐾 **뿌익_** 이 장소에서 저 장소로 자신의 몸을 물리적으로 전송할 수 있는 꼬리가 둘 달린 빨간 쥐. 천적은 같은 능력을 지닌 초록색 귀의 오렌지색 뚱보 고양이 므르르르이다.

🐾 **사카트_** 맹독성의 공격적인 빨갛고 노란 곤충으로 아더월드에서 특히 좋아하는 꿀을 생산한다. 미식가들인 난쟁이들만 사카트의 애벌레를 먹을 수 있다. 다른 종족이 먹었을 경우에는 애벌레의 딱지가 인간이나 엘프의 소화액에 용해되지 않기 때문에 뱃속에서 벌떼를 분봉할 위험이 있다.

🌿 **샤먼_** 아더월드에서 의사 역할을 하는 치료사. 마법사는 누구나 다쳤을 때 레파루스 주문으로 상처를 아물게 할 수 있지만, 이 주문만으로 치료할 수 없는 병도 많기 때문에 꼭 필요한 존재이다.

🌿 **샤트릭스_** 일종의 하이에나. 검은색이며, 독이 든 이빨을 사용하는 아주 공격적인 동물로 밤에만 사냥한다. 길들일 수 있어서 오무아 제국에서 샤트릭스들을 문지기로 이용한다.

🌿 **소포르_** 향기로운 꽃들이 탐스러운 식물. 최면작용을 하는 꽃가루로 곤충과 동물을 함정에 빠뜨린다. 곤충이나 동물이 잠들면 꽃가루를 뿌려서 번식을 도와주는 매개체로 삼는다. 소포르 주변에서 육식동물이 보이는 것은 그 때문이다.

🌿 **스너피_** 생김새는 여우 같지만 두 발로 걸어다니며 누더기를 걸치고 옆구리에 배낭을 달고 다닌다. 닭이나 스파슌을 훔치기 때문에 아더월드의 농부들이 아주 싫어한다. 제 몸을 복제하는 특성이 있어서 감옥에 갇혀도 탈옥할 수 있다.

🌿 **스쿠프_** 아더월드의 기술로 생산되는 날개 달린 작은 카메

라. 스쿠프는 지능을 가지고 있어서 촬영한 영상을 크리스털리스트에게 전송한다.

🐾 **스트리둘**_ 지구의 메뚜기에 해당된다. 몹시 파괴적이어서 구름같이 떼를 지어 이동할 때는 삽시간에 농작물을 휩쓸어버린다. 스트리둘은 아주 풍부한 점액을 생산하기 때문에 마법에 널리 사용된다.

🐾 **스파슈니어**_ 닭장처럼 스파슌을 가두어두는 집.

🐾 **스파슌**_ 금빛의 자이언트 칠면조인데 시종일관 울음소리를 내면서 거드럭거리고 다니는 통에 사냥하기가 아주 수월하다. 흔히 '스파슌처럼 어리석다' 또는 '스파슌처럼 거드름피운다'고 표현한다.

🐾 **스팔렌디탈**_ 일종의 전갈이며 스몰컨트리가 원산지다. 땅신령들은 스팔렌디탈을 길들여서 말처럼 타고 다니며, 가죽이 아주 질기기 때문에 유용하게 사용한다. 새를 좋아하는(미각적 의미에서) 땅신령들은 스몰컨트리의 서식동물을 절멸시킴으로써 곤충과 다른 동물에게 생태적 지위를 열어주었다. 천적들에게서

해방된 스팔렌디탈들은 위험 없이 자라면서 그 개체 수는 점점 더 늘어났다. 땅신령들 때문에 스몰컨트리는 결과적으로 자이언트 전갈, 자이언트 거미, 자이언트 다족류에게 점령되었다.

🐾 **슬루룹_** 멘탈리르 평원이 원산지인 식물이며 그 즙은 신기하게도 후추를 친 쇠고기의 깊은 맛이 난다. 고기 맛이 나는 것은 초식동물인 유니콘 떼의 공격을 피하기 위해서다. 하지만 이 독특한 맛을 발견한 아더월드 사람들이 슬루룹 즙으로 요리하는 습관이 생겼다.

🐾 **아스토펠_** 며칠 동안 후각을 마비시키는 속성을 가진 장밋빛 작은 꽃. 아스토펠은 후각으로 초식동물과 포식동물을 탐지하는 능력이 발달되어 있다.

🐾 **에프리트_** 지각단층을 둘러싼 전쟁이 일어났을 때 인간들 편에 서서 악마들과 싸웠던 악마 종족. 감사의 뜻으로 데미데루스는 마법사의 호출을 받는 에프리트에게 아더월드로 오는 것을 허락했다. 아더월드에 온 에프리트들은 자기들의 능력을 인간을 돕는 데 사용하기로 결정했고, 대부분 하인, 전령, 경찰로 일하고 있다.

🐾 **원소_** 불, 물, 흙, 공기 등 여러 종류의 원소가 존재한다. 성질이 포악한 불의 원소를 제외하고 원소들은 대체로 다정하며 일상생활에서 아더월드 사람들을 도와준다.

🐾 **자이언트 거미_** 스팔렌디탈과 마찬가지로 스몰컨트리가 원산지이다. 땅신령들이 말처럼 타고 다니며, 그 거미줄은 아주 질긴 것으로 유명하다. 여덟 개의 발과 여덟 개의 눈, 전갈처럼 독침이 있는 꼬리가 달려 있는 것이 특징이다. 아주 영리하며, 잡아먹기 전에 먹이에게 수수께끼를 내는 것이 취미이다.

🐾 **젤리소르_** 림보에서 숭배하는 신. 입김이 어찌나 센지 향기가 나는 천으로 주둥이와 얼굴을 가려야만 신전으로 들어갈 수 있다. 악취 때문에 젤리소르의 신전에서는 파리도 살 수 없다. 다른 신들과 회의가 있을 때는 실내공기를 고려하여 송곳니를 깨끗이 닦고 들어가야 하며, 젤리소르 옆에서는 담배를 피울 수 없다.

🐾 **주르스탈_** 텔레크리스털이 방송하는 아더월드의 뉴스이며, 마법사와 비마는 크리스털 볼과 크리스털 전광판으로 받아본다.

🐾 **진실의 입_** 아더월드에서 가까운 얼음 행성 산티보르 원산

의 식물성 존재. 텔레파시 능력이 있어서 어떤 거짓말도 탐지할 수 있다. 말을 못하기 때문에 진실의 입들의 생각을 읽어낼 수 있는 파란 땅신령을 통해 의사소통한다.

🐾 **진흙먹보_** 간디스의 황무지 늪에 사는 털북숭이 동물이며 진흙에 들어 있는 영양소와 곤충, 수련을 먹고산다. 진흙먹보들의 원시족은 아더월드의 다른 거주자들과 거의 접촉이 없다.

🐾 **친파프_** 콜라, 사과, 오렌지 맛이 나고, 콜라처럼 거품이 나며, 상쾌하게 해주고 활력을 주는 청량 음료이다.

🐾 **카멜레_** 하트 모양의 식물로 잎은 식용한다. 카멜레 잎만 섭취하고도 생존한 여행자가 많아서 '여행자의 식물'이라고도 불린다.

🐾 **카멜린_** 이름은 환경에 따라 색이 변하는 특성에서 유래한 희귀종 식물. 멘탈리르 평원에서는 파란색이고, 살테렌스 사막에서는 금빛이나 흰색이다. 꺾거나 옷감으로 짜도 그 특성은 유지되기 때문에 활용 가치가 높다.

칵스_ 근육을 풀어주는 효능이 있는 약초로 달여 마시며, 잠자기 직전에만 복용하라고 되어 있다. 근육에 영향을 준다고 하여 아더월드에서는 '몰몰'이라고도 부른다. '이런 칵스 같은 놈!'이라고 말하면 아주 흐늘흐늘한 사람을 가리킨다.

칸타루프_ 공격적인 식충식물이며, 주로 곤충과 설치류 동물을 잡아먹는다. 꽃잎의 색은 다양하지만 항상 눈에 거슬리는 빛깔이며, 날카로운 가시를 사용하여 마치 작살로 찍듯이 먹이를 잡는다. 크기는 큰 개만해서 꺾기가 힘들고, 아더월드의 특선 요리에 들어가는 재료로 사용한다.

칼로르나_ 숲에 피는 매혹적인 꽃. 달콤한 장밋빛과 흰빛 꽃잎으로 아더월드의 초식동물과 모든 동물에게 특선요리를 만들어준다. 멸종을 피하기 위해서 칼로르나는 세 개의 꽃잎을 포식동물의 접근을 감지할 수 있는 탐지기로 만들었다. 커다란 눈 모양의 이 꽃잎들 덕분에 칼로르나는 재빨리 모습을 감출 수 있다. 그런데 불행히도 호기심이 많은 칼로르나는 그 꽃잎들을 세우고 있다가 포식동물을 제때에 피하지 못하는 경우가 종종 있다. 호기심이 많은 사람을 보고 '칼로르나 같다'고 말하는 것은 바로 그 때문이다.

🐾 **켈트릴_** 가볍고 아주 단단해서 갑옷과 보호대를 만드는 데 사용하는 은빛 금속. 난쟁이들이 만들어서 엘프와 인간에게 아주 비싼 값으로 판다.

🐾 **크라크덴트_** 트롤의 나라 크랑카르 원산의 장밋빛 털북숭이 동물. 앞뒤가 분간되지 않지만, 세 배 크기로 늘어나는 입을 갖고 있어 무엇이든 거의 한 입에 덥석 집어삼키므로 상당히 위험하다. 아더월드를 방문한 많은 관광객들이 "어머 어쩌면 이렇게 귀여울까!" 하고 감탄하다가 목숨을 잃었다.

🐾 **크라켄_** 시커먼 발들이 위협적인 자이언트 문어. 엄청난 크기 때문에 아더월드의 바다에서 발견되지만, 민물에서도 살 수 있다. 뱃사람들에게는 위험한 존재로 널리 알려져 있다.

🐾 **크레크레크레_** 레몬빛 털의 설치류 동물로 생김새는 토끼와 비슷하다. 빛깔이 화려한 아더월드의 환경을 이용해서 포식동물들을 아주 쉽게 피한다. 고기는 맛이 없는데도 굶주린 여행가나 사냥꾼이 먹기도 한다. 아더월드에서는 크레크레크레를 사로잡아서 사육한다.

🐾 **크로그로세이유_** 갈증을 풀어주는 청량 음료. 아더월드 사람들이 즐기는 탄산 음료 중 하나다.

🐾 **크로쉬엥_** 살테렌스 종족 사막의 재칼. 크로쉬엥은 무리를 지어 사냥한다.

🐾 **크로아_** 두 가지 색의 개구리. 크로아는 글루릅스들의 주식이며, 신경을 거스르는 독특한 울음소리 때문에 쉽게 찾을 수 있다.

🐾 **크로크-르캥_** 아더월드의 바다 포식동물인 일종의 상어. 날카로운 이빨을 무기로 주저치 않고 크라켄을 공격한다. 크로크-르캥은 아더월드의 바다에서 크라켄과 함께 뱃사람들에게 위협적인 존재들이다.

🐾 **크루이크크크_** 빨간 상아가 돋친 파란색 잡식성 포유류 동물. 성질이 포악한 것으로 알려져 있으며, 고기가 맛있어서 사육한다. 야생 크루이크크크 떼는 삽시간에 밭을 황폐하게 만들어 놓는다. 그래서 아더월드의 농부들은 곡물을 지키기 위해서 크루이크크크 퇴치 주문을 사용한다.

타라 덩컨 317

키디코이_ 장난꾸러기 꼬마도깨비 파보들이 창안한 막대사탕. 겉을 빨아먹으면 속에서 예언 글귀가 나타난다. 이 예언은 항상 실현되지만 그 순간에는 당사자가 이해하지 못하는 경우가 대부분이다. 모든 국가의 최고 마법사들은 그 기능을 이해하기 위해 신비한 키디코이를 연구하고 있지만 성과를 얻지 못했다. 파보들이 그 비밀을 잘 지키고 있기 때문이다.

타로데르_ 자는 동물의 살 속에 유충을 넣어서 번식하는 벌레. 타로데르에게 물리면 통증이 심하므로, 유충이 몸속으로 퍼지기 전에 즉시 소독해야 한다.

타오르미스_ 얼굴이 개미처럼 생긴 쥐인데 깨물면 굉장히 아프다. 개미집 하나가 이동할 때 숲 전체가 쑥대밭이 될 수 있다. 타오르미스는 아더월드의 동물이 좋아하는 꿀을 생산하지만, 그 꿀을 얻으려면 목숨을 걸어야 한다.

타춤_ 노란색 꽃이며, 그 꽃가루는 아더월드의 후추로 사용된다. 자극성이 아주 강해서 타춤의 냄새를 맡으면 어떤 상태의 코든 뻥 뚫린다.

타트롤_ 지구와 아더월드는 측량 단위가 서로 다르다. 타트롤은 킬로미터, 바트롤은 미터에 해당한다.

트라둑_ 살코기와 털가죽을 얻기 위해 켄타우로스들이 키우는 동물. 악취를 풍기는 특성이 있어서 포식동물들로부터 자신을 보호한다. 그러나 트라둑의 냄새를 맡지 않기 위해 콧구멍을 막을 수 있는 늑대 크르르렉은 예외다. 아더월드에서 '병든 트라둑 같은 악취가 난다' 라는 표현은 모욕으로 받아들여진다.

트리크로크_ 표적을 정확하게 찾는 마법의 무기로 3개의 치명적인 침이 달려 있다. 공격자가 표적을 죽이고 싶은가 잠들게 하고 싶은가에 따라 3개의 침에 독이나 마취제가 생성된다.

트실_ 살테렌스 사막의 벌레. 모래 속에 숨어서 동물이 지나가기를 기다리다 동물에 들러붙어서 살갗이든 딱딱한 껍질이든 뚫어버린다. 그 알들은 혈관을 침투해서 숙주의 몸속에 퍼진다. 100시간이 지나면 알들이 부화하며, 새로 태어난 트실들이 숙주의 몸을 먹는다. 아더월드에서는 트실로 인한 죽음이 가장 끔찍한 죽음 중 하나다. 이런 이유로 살테렌스 사막을 여행하는 사람은 거의 없다. 일반적인 트실에 대한 해독제는 존재하는 반면에 금빛 트실에 대한 해독제는 없어서 공격을 받으면 죽음을 면할 길이 없다.

🐎 **페가수스_** 날개 돋친 말. 지능은 개의 지능에 가깝다. 발굽은 없지만 갈퀴발톱이 있어서 어디든 쉽게 올라앉을 수 있다. 야생 페가수스는 키가 무려 300미터까지 자라는 자이언트 강철나무에 거대한 둥지를 짓고 산다.

🐎 **푸프푸프_** 발이 여섯 개 달린 살아 있는 작은 상자로 아더월드의 청소기이다. 무엇이든 떨어지기가 무섭게 달려가서 집어삼킨다.

🐎 **프르루트_** 아더월드의 식충식물로 하이에나와 포식동물을 유인하기 위해 짐승의 썩은 고기 냄새를 피운다. 동물이 다가와서 촉수에 닿는 순간 꿀꺽 삼킨다.

🐎 **플로프_** 맹독성의 하얗고 파란 개구리로 멘탈리르의 평원에서 볼 수 있다.

🐎 **피크크크_** 이름이 가리키는 대로 피크크크는 흡혈파리처럼

피를 빨아먹고 사는 아더월드의 곤충이다. 피크크크의 독침에 쏘이면 트라둑이나 모오오오우우우, 베에에는 몸속의 피를 다 토해낸다. 다행히 피크크크는 늪 주위에 서식하면서 알을 낳는다.

🐾 **흡혈파리** 물리면 통증이 몹시 심하다.

랑코비트의 덩컨 가문 가계도

-5014년 파이초 25일(아더월드력)을 기준으로 작성-

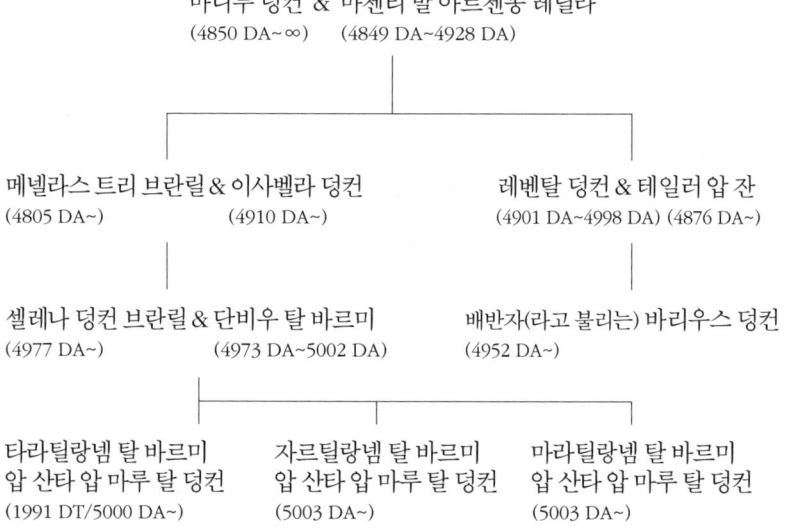

DA = 아더월드력
DT = 지구력

오무아 제국의 탈 바르미 압 산타 압 마루 가문 가계도

-5014년 파이초 25일(아더월드력)을 기준으로 작성-

'불의 주먹' 데미데루스, 오무아 제국의 시조
(-2984 DT~)

5000년 이후의 후손

오무아 여제
리스베스틸랑넴 & 다릴 크라투스
탈 바르미 압   (4950 DA~5005 DA)
산타 압 마루
(4970 DA~)

전 오무아 황제
단비우 탈 & 셀레나 덩컨
바르미 압   (4977 DA~)
산타 압 마루
(4973 DA~5002 DA)

**오무아 여제의 이복동생,
이복형제 단비우를 계승한
현 오무아 황제**
산도르 탈 바르미 압 마르치
압 브레비스 (4958 DA~)

타라틸랑넴 탈 바르미
압 산타 압 마루 탈 덩컨
(1991 DT/5000 DA~)

자르틸랑넴 탈 바르미
압 산타 압 마루 탈 덩컨
(5003 DA~)

마라틸랑넴 탈 바르미
압 산타 압 마루 탈 덩컨
(5003 DA~)

DA = 아더월드력
DT = 지구력

BESTSELLER MINIBOOK

책의 명품 선언! 소담출판사 베스트셀러 미니북

신개념 MINI 사이즈, 양장본+케이스, 원본에 충실한 번역
뚜렷한 개성과 세련미 넘치는 삽화

어린 왕자 | BESTSELLER MINIBOOK 001

지은이_생텍쥐페리 옮긴이_김윤진 분류_문학일반(프랑스소설) 가격_6,000원

"영원한 순수성의 상징, 어린 왕자. 별세계에서 온, 어른들을 위한 아름다운 동화"

『어린 왕자』는 2차 세계대전 중, 프랑스가 패전하고 나서 생텍쥐페리가 미국에 건너가는 동안에 쓰여졌다. 이 작품에서 그는 어린 왕자라는 맑고 깨끗한 어린이의 눈을 통해 잊혀졌던 진실들을 일깨워주고 있다. 속이 보이지 않는 보아구렁이의 그림으로부터 시작해, 가장 중요한 것은 눈으로는 볼 수 없고 마음으로 보아야 한다는 것, 길들인 것에 대하여 책임을 져야 한다는 것이 이 작품의 중심 내용이다. 『어린 왕자』를 통해 우리는 인간미 넘치는 휴머니즘을 발견할 수 있을 것이다.

김윤진 1957년 11월 서울 출생. 서울사대 불어교육과와 서울대 대학원 졸업. 문학박사. 서울대, 이화여대 통번역대학원, 홍익대, 경원대 출강. 저서_『불문학 텍스트의 한국어 번역 연구』 주요역서_『프랑스의 낭만주의』『조서』『플랫폼』 등 다수.

위대한 개츠비 | BESTSELLER MINIBOOK 002

지은이_F. S. 피츠제럴드 옮긴이_유혜경 삽화가_오유경 분류_문학일반(영미소설) 가격_6,800원

"청춘과 정열의 상징, 개츠비… 그를 모르고서는 진정한 20대라 할 수 없다."

1925년에 피츠제럴드는 자신의 문학적 천재성을 유감없이 발휘하여 대표작 『위대한 개츠비』를 남겼다. 『위대한 개츠비』는 단번에 그를 동시대의 작가, 이른바 '잃어버린 세대'의 대표적 작가들의 반열에 올려놓았다. 『위대한 개츠비』를 두고 T. S. 엘리엇은 '헨리 제임스 이후 미국소설이 내디던 최초의 일보'라는 격찬까지 했으며, 랜덤 하우스가 선정한 20세기 영문 소설 100권 중에서 2위에 올랐다. 『위대한 개츠비』만큼 '재즈 시대'라 불리는 1920년대 미국의 사회상과 '아메리칸 드림'을 가장 잘 표현한 작품은 없을 것이다.

유혜경 한국 외국어대학교 통역번역 대학원 졸업. 동 대학원 통역번역학 박사과정 수료. 현 한국 외국어대학교 통역번역 대학원 상임 연구원. 번역 작가. 주요역서_『너만의 명작을 그려라』『마호메트 평전』『펠레 자서전』『암중모색』『코끼리 던지기』『쉐클턴의 항해 모험』『튤립 피버』『아이러브유 로니』『부의 패턴』『해부학자』 등 다수.

사람은 무엇으로 사는가 | BESTSELLER MINIBOOK 003

지은이_톨스토이 옮긴이_이은연 삽화가_서연희 분류_문학일반(러시아소설) 가격_6,500원

"인간이 이 세상에 존재하는 것은 행복해지기 위해서이다."

톨스토이의 인생이란 선에 대한 희구라고 볼 수 있다. 선이 인생의 목적이며, 사람은 모두 이 목적을 향해서 전진해야 한다는 것이다. 인간은 자기만을 위해서 살아서는 안 되며 남을 위해서, 인류 전체의 행복을 생각하면서 살아가야 한다. 인간이 자기 행복만 생각하고 살면 그 희망은 서로 충돌하기 때문에 도저히 행복해질 수 없다. 즉, 이성의 활동인 사랑을 가지고 일반 선을 위해 살아가는 것이 인생 최고의 목적이며 그 가운데 올바른 행복이 존재한다고 믿었다.

이은연 서울에서 태어났으며 헝가리 국립대학교(KLTE) 노어노문학과를 졸업했다. 동 대학원 석사학위를 취득했으며, 러시아 학술원 비노그라도프 러시아어 연구소 박사학위를 취득했다. 현재 수원대학교 러시아어 강사, 육군정보학교 강사이며, 번역가로서 활동 중이다. 주요역서_『대위의 딸』, 『톨스토이와 떠나는 내 마음으로의 여행』 등 다수.

동물농장 | BESTSELLER MINIBOOK 004

지은이_조지 오웰 옮긴이_임병윤 삽화가_오승원 분류_문학일반(영미소설) 가격_6,500원

"자유를 향한 동물들의 반란. 그것은 바로 인간 본연의 모습이다."

조지 오웰은 본질적으로 정치적인 작가라고 할 수 있다. 다만 어느 특정한 정치 이념을 표방하거나 이를 반대하기 위해 쓴 것이 아니라, 자유주의적인 입장에서 개성의 존립을 위협하는 '전체' 라는 허수아비와 맞선 작가였던 것이다. 1945년에 출판된 『동물농장』 역시, 소련 공산주의를 풍자한 작품으로 당시 반향을 불러일으켰던 문제작이다. 동물들의 반란과 등장인물들은 러시아 혁명의 역사적·정치적 배경에서 그 의미를 재조명할 수 있을 것이다.

임병윤 서울대학교 언론정보학과 졸업. 영어 저술 및 번역 프리랜서로 활동 중. 저서_『영어로부터의 자유』 주요역서_『동물농장』, 『포우단편집』, 『데미안』 등 다수.

포우단편집 | BESTSELLER MINIBOOK 005

지은이_E.A.포우 옮긴이_임병윤 삽화가_이종균 분류_문학일반(영미소설) 가격_6,500원

"포우가 그린 세계는 인간 내면에 도사린 광기와 흉포함에 대한 냉철한 비난이다."

포우는 프로이트 이전에 이미 인간의 잠재의식을 탁월하게 문학 작품으로 형상화한 작가이다. 아름답고 건강해 보인다 하더라도 인간의 이면에는 누구나 보이지 않는 이상 심리가 있다는 것이 작가 포우가 말하고자 하는 바이다. 하지만 우리는 아름다운 겉모습만 보기 때문에 포우의 작품과 같은 인간의 다른 모습을 접하게 되면 기괴하게 느껴지지 않을 수 없다. 그렇다 하더라도 포우가 그리고 있는 한 남자의 모습이 바로 우리의 모습일 수 있음을 상정한다면, 그야말로 포우는 인간의 내면을 냉철하게 분석한 최초의 심리학자일 것이다.

수록단편_검은 고양이, 어셔가의 몰락, 적사병의 가면, 모르그가의 살인, 도난당한 편지, 함정과 시계추, 유리병에 남긴 편지

임병윤 서울대학교 언론정보학과 졸업. 영어 저술 및 번역 프리랜서로 활동중. 저서_『영어로부터의 자유』 주요역서_『동물농장』, 『포우단편집』, 『데미안』 등 다수.

독일인의 사랑 | BESTSELLER MINIBOOK 006

지은이_막스 뮐러 옮긴이_안영란 삽화가_이재훈 분류_문학일반(독일소설) 가격_6,500원

"마치 한 점의 난을 그리듯 정결하고 아름답게 그려진 독일문학의 정수."

언어학자였던 막스 뮐러는 언어의 사용과 문학적 감수성의 어우러짐으로 독자를 작품 속으로 몰입시킨다. 단어 하나하나가 살아숨쉬면서, 독자를 먼 상상의 세계로 흡수했다가 다시 현실로 되돌려놓는 그의 탁월한 언어 사용은 신비감마저 느끼게 하며, 이러한 그의 문장은 산문이라기보다는 명상에서 우러나온 서정시라 부를 만큼 아름답다. 그가 남긴 유일한 순수문학 작품인『독일인의 사랑』은 다른 낭만주의 작가의 작품과 또 다른 감동을 준다.

안영란 전문 번역가. 이화여대 독문학과와 한국외대 동시통역대학원을 졸업했다. 독일 뮌스터 대학 독문과를 수료하고 92, 93년 독일 마이츠 대학교에서 한국어를 가르쳤다. 주요역서_『독일인의 사랑』,『나의 사랑 슈테가르딘』,『젊은 베르테르의 슬픔』,『꽃집에는 민들레가 없습니다』,『마법사 모아와 보낸 이틀』,『아직 한번도 이야기되지 않은 동화』,『밤』,『수학악마』등 다수.

젊은 베르테르의 슬픔 | BESTSELLER MINIBOOK 007

지은이_J.W.괴테 옮긴이_안영란 삽화가_김현래 분류_문학일반(독일소설) 가격_6,800원

"우리 삶에서 가장 중요한 것은 사랑… 젊은이의 영원한 기쁨이요, 슬픔이어라!"

독일 문단에 한 획을 그은 괴테의『젊은 베르테르의 슬픔』은 단순히 괴테의 성공작이라기보다는 당시 젊은 이들의 가슴에 커다란 충격을 안겨준 문제작으로 더 큰 의미를 갖는다. 서간체 형식으로 개인적인 고백을 서술한 이 작품은 괴테 자신이 젊은 시절에 체험한 절망적인 사랑과 불행한 연애를 소재로 했다. 그 불행한 연애가 파멸에까지 이어지는 이 작품은 서정적이며 극적인 요소가 내재되어 있어 그 감동이 단순한 상상과 허구적 공간에서 이루어지는 소설들과는 달리 매우 절절하며 실재적으로 느껴질 수밖에 없는 것이다.

안영란 전문 번역가. 이화여대 독문학과와 한국외대 동시통역대학원을 졸업했다. 독일 뮌스터 대학 독문과를 수료하고 92, 93년 독일 마이츠 대학교에서 한국어를 가르쳤다. 주요역서_『독일인의 사랑』,『나의 사랑 슈테가르딘』,『젊은 베르테르의 슬픔』,『꽃집에는 민들레가 없습니다』,『마법사 모아와 보낸 이틀』,『아직 한번도 이야기되지 않은 동화』,『밤』,『수학악마』등 다수.

일곱 가지 이야기 | BESTSELLER MINIBOOK 008

지은이_미셸 투르니에 옮긴이_이원복 삽화가_오승원 분류_문학일반(프랑스소설) 가격_6,000원

"투르니에의 단편 하나하나는 결말이 아닌 또 다른 이야기의 시작을 보여준다."

현존하는 프랑스 최고의 작가 미셸 투르니에의 작품은 자아, 타자, 존재, 사물, 우주의 본질을 끊임없이 생각하게 한다. 그의 작품은 한번 대충 읽고 던져버리는 책이 아니라, 한 글자 한 글자 씹어먹으면서 생각하고 추리하며 분석해야 제 맛이 난다. 투르니에는 신화, 전설, 성서, 철학의 작가이기 때문이다. 이 책에 소개된 일곱 동화는 작가의 다른 장편소설에 비하면 상당히 쉽고 간결하며 명료하게 쓰여진 글이다. 결코 가볍지 않지만 읽을수록 새롭고 마음이 풍부해지며 때로는 환상적이고 마법적인 동화들이다.

수록단편_ 피에로, 밤의 비밀, 아망딘, 두 정원, 엄지 소년의 가출, 로빈슨 크루소의 최후, 황금수염, 엄마 산

타클로스, 나의 영원한 기쁨

이원복 원광대학교 불어불문학과와 한국외국어대 대학원 불어과 졸업. 1996년 미셸 투르니에 연구로 문학박사학위 취득. 주요 역서_『방드르디, 원시의 삶』, 『메테오르1,2』, 『동방박사와 헤로데대왕』, 『마왕과 황금별』, 『동방박사』, 등이 있고, 주요 논문은 「미셸 투르니에의 마왕에 나타난 신화연구」, 「미셸 투르니에의 작품에 나타난 여행의 역할」 등. 저서_『생활프랑스어회화』, 『프랑스문화산책』, 『유럽문화산책』, 『델프프랑스어』 등 다수.

별, 알퐁스 도데 단편집 | BESTSELLER MINIBOOK 009

지은이_알퐁스 도데 옮긴이_이원희 삽화가_다니엘 부르 분류_문학일반(프랑스소설) 가격_6,500원

"프랑스의 목가적인 배경을 바탕으로 로맨틱한 묘사가 돋보이는 도데 문학의 대표작들."

아카데미 상 수상작가인 알퐁스 도데는 서정적인 문체와 우수가 깃든 환상적인 소설들로 전세계적 사랑을 받는 작가이다. 경제적 고통과 오랜 지병으로 인한 고통을 끈기 있게 극복하며 창작생활에 혼신의 힘을 기울인 도데의 모든 작품에는 소외된 인간들에 대한 따뜻한 인간애, 현실에 대한 씁슬하고도 냉정한 인식, 당시 프랑스 사회에 대한 예리한 풍속묘사 등 생생한 감동이 녹아 있다. 특히, 목가적이면서도 로맨틱한 분위기를 느낄 수 있는 「별」을 중심으로 하여, 이 책에 선별된 단편들은 아름다운 자연묘사, 서민생활의 애환, 미묘한 환상 등이 작가의 시정어린 섬세한 필치로 채색되어 한폭의 수채화를 보는 듯하다.

수록단편_방앗간에 입주하는 날, 코르니유 영감의 비밀, 스갱 씨의 염소, 별, 교황의 노새, 퀴퀴냥의 신부, 노인들, 들판의 군수, 시인 미스트랄, 세 번의 독송미사, 고셰 수사님의 약초 술

이원희 1956년 서울 출생. 프랑스 아미앵 대학에서 「장 지오노의 작품세계에 나타난 감각적 공간에 관한 문체 연구」로 석사학위를 받았다. 현재 프랑스 문학 전문 번역가로 활발하게 활동 중이다. 주요 역서_『소생』, 『언덕』, 『세상의 노래』, 『그의 여자』, 『금요일 저녁』, 『마르코 폴로』, 『코코 샤넬』, 『키루스 2세』 등 다수.

도련님 | BESTSELLER MINIBOOK 010

지은이_나쓰메 소세키 옮긴이_한은미 삽화가_이소연 분류_문학일반(일본소설) 가격_6,500원

"도련님의 저변에 흐르는 도의 정신은 부조리와 허위에 맞서는 저자 신념의 반영이다."

1905년 1월에 『나는 고양이로소이다』의 제1장이 《호토토기스(두견새)》란 잡지 1월호에 실리자마자 호평을 받아, 단번에 소세키는 문필가로서 명성을 떨쳤다. 그 소설 연재와 함께 4월호에 『도련님』이 실리면서 그의 명성은 더욱 높아졌다. 나쓰메 소세키는 세상을 떠난 지 90여 년이 되었어도 아사히 신문사에서 실시한 '천년의 문학자' 인기투표에서 당당히 1위를 차지할 정도로, 그의 작품은 '일본인의 교양서'로서 명실 공히 자리를 굳혔다. 나쓰메 소세키라는 작가가 일본 문단에서 차지하는 위치와 영향력은 우리의 상상을 훨씬 초월한 것이다. 일본인들은 그를 '일본의 대문호', '일본의 셰익스피어'라 일컫기를 주저하지 않을 정도다.

한은미 현재 일본어 전문 번역가로서 활발하게 활동 중이다. 주요 역서_『도련님』, 『태양의 유산1,2』, 『여성을 위한 그리스 신화』, 『일본인 이야기』, 『나를 사랑하는 법』 등 다수.